艾米莉·狄金森的永恒观及其诗歌创作研究

向玲玲 著

浙江工商大學出版社
ZHEJIANG GONGSHANG UNIVERSITY PRESS

·杭州·

图书在版编目(CIP)数据

艾米莉·狄金森的永恒观及其诗歌创作研究 / 向玲玲著.
—杭州:浙江工商大学出版社,2021.4
　　ISBN 978-7-5178-4350-4

Ⅰ.①艾… Ⅱ.①向… Ⅲ.①狄金森(Dickinson,
Emily Elizabeth 1830-1886)—诗歌研究 Ⅳ.①I712.072

中国版本图书馆 CIP 数据核字(2021)第029077号

艾米莉·狄金森的永恒观及其诗歌创作研究
AIMILI DIJINSEN DE YONGHENGGUAN JIQI SHIGE CHUANGZUO YANJIU
向玲玲 著

责任编辑	王　英	
封面设计	沈　婷	
责任印制	包建辉	
出版发行	浙江工商大学出版社	
	(杭州市教工路198号　邮政编码310012)	
	(E-mail:zjgsupress@163.com)	
	(网址:http://www.zjgsupress.com)	
	电话:0571-88904980,88831806(传真)	
排　　版	杭州朝曦图文设计有限公司	
印　　刷	杭州宏雅印刷有限公司	
开　　本	710mm×1000mm　1/16	
印　　张	14.75	
字　　数	203千	
版 印 次	2021年4月第1版　2021年4月第1次印刷	
书　　号	ISBN 978-7-5178-4350-4	
定　　价	52.00元	

目　录

绪　论

　　美国诗人、现代诗歌先驱艾米莉·狄金森(Emily Dickinson,1830—1883)的诗歌,流传至今的有将近1800首。其中既有符合传统审美的抒情诗、哲理诗,也有朴实直白的口语诗,更有颇具现代甚至后现代气质的谜一般的诗歌。其中最为神秘艰深的,莫过于她笔下那些有关彼岸思考与玄思体验的诗歌,如死亡、永恒、永生、不朽、无限、上帝、天国、乐园等主题的诗歌。这些诗歌或以隐喻、象征、悖论、戏仿、反讽的文学方式"斜着说出"(J1129,F1263)①,或与神学、科学等历史语境交织在一起,结出一张张语言之网,歧义丛生而又自成一体,引人入胜而又讳莫如深。

　　这些与彼岸思考、玄思体验有关的永恒主题诗歌,是狄金森诗歌的重要组成部分。

　　温迪·马丁(Wendy Martin)在她编辑的"狄金森百科全书"《狄金森万

---

① 狄金森诗歌均没有标题,故以文中夹注"诗集编辑的姓名缩写+诗歌编号"的方式,标注该诗在以下两部狄金森诗集中的出处: *The Poems of Emily Dickinson, including variant readings critically compared with all known manuscripts* (Thomas Johnson, ed. Cambridge: The Belknap Press of Harvard University Press, 1955), 缩写为J, 夹注方式为"J+诗歌编号"。*The Poems of Emily Dickinson*, *Variorum Edition.* (R. W. Franklin, ed. Cambridge: The Belknap Press of Harvard University Press, 1998), 缩写为F, 夹注方式为"F+诗歌编号"。例如,文中夹注"J1129, F1263", 表示该诗为约翰逊编辑的《狄金森诗集》(1955)第1129首、富兰克林编辑的《狄金森诗集》(1998)第1263首。

象》(2014)中分析道,狄金森有数百首诗歌在某种意义上与死亡、不朽等主题有关①。约翰逊(Thomas Johnson)在他编辑的第一部学术意义上的狄金森诗歌全集《艾米莉·狄金森诗歌集》(1955)的附录"主题索引"中,将300多首诗歌归入死亡、不朽、复活、永恒、无限、上帝、天国、乐园等主题。本文作者采用关键词检索的方法,从 R. W. 富兰克林(R. W. Franklin)编辑的《艾米莉·狄金森手稿本》(1984)中,亦检索出含有上述关键词的诗歌300多首。

这些与彼岸思考、玄思体验相关的诗歌,也是狄金森诗歌中理解难度颇高、极富争议的部分。从文体上说,这与狄金森创作时使用的凝练简洁的"电报体"、省略跳跃的语言风格有关,即语言之间丰满的联系被省略、打断甚至错位,造成读者的阅读困难。从立意上说,这些诗歌的晦涩艰深与该主题自身神秘晦涩的特点是一致的。按照不可知论哲学家们的划分,这些话题属于不可认知的"彼岸"领域,是只能信仰而不能思想的。最后,从创作的角度上说,狄金森以各种实验性的、非常规的语言和逻辑方式,不断尝试接近这个不可"理喻"、不可言说的"彼岸"话题,进一步增添了这些诗歌的阅读难度。

本文把这些与"彼岸"思考有关的诗歌统称为"永恒"主题诗歌。一方面,因为狄金森对"彼岸"的思考很多时候是渗透在现世生活细节中的,所以我们很难区分哪些诗歌是只描绘现世的,哪些诗歌是只思索彼岸的。另一方面,死亡、上帝等主题也并不适合被归入"彼岸"的疆界。毕竟在宗教意义上,"死亡"只是被视为通往彼岸或天国的"门户",而非彼岸本身。"上帝"主题更是如此。对于信徒来说,上帝是无所不在的,并非只局限于彼岸。其他确定可以被划入"彼岸"疆界的主题,如永生、不朽、无限、天国、乐园等,又常被用作"永恒"的同义词或近义词,与永恒之间有着密不可分的关系。因此,本书对这些主题不做区分,统称为永恒主题,并将这些诗歌称为永恒主题诗歌。

对永恒主题的关注、体验与表达,形成狄金森诗歌最基本的风格元素,

---

① Wendy Martin. *All Things Dickinson*: *an Encyclopedia of Emily Dickinson's World*. Santa Barbara: Greenwood, 2014, p. 229, p. 763.

也最能体现狄金森的诗歌成就与影响。新批评主将艾伦·推特（Allen Tate）指出，狄金森诗歌"风格的两个基本元素……就是不朽，或关于永久的观念，以及死亡或腐朽的物理过程"①。英国桂冠诗人特德·休斯（Ted Hughes）在自己选编并作序的《艾米莉·狄金森诗选》（1968）中，也再三强调永恒体验对狄金森诗歌的重要性，指出"这体验是她最伟大的一些诗歌的主题，而她最好的诗歌无不对此有所触及……它是她更深的、最神圣的体验"。特德·休斯也像狄金森一样，并没有为这一体验命名，而是称之为"在她可怕的幻象背后的无论什么东西"，或"另一种体验""一个谜"。②鲁思·麦克诺顿（Ruth McNaughton）则谈到了永恒主题在狄金森诗歌中的普遍性与渗透性，"在她的玄学体系中以下所有术语几乎都是同义词：死亡、爱、永恒、不朽、时间、此刻、那时"，其中"对不朽表达最强烈愿望的诗歌是爱情诗"。③琼·柯比（Joan Kirby）也认为，狄金森诗歌"最迷人或最揪心的就是围绕着'何为死亡？''死亡何来？''死亡何往？'之疑问的那些诗歌"④。

虽然狄金森永恒主题诗歌的重要性已被公认，但对这一主题诗歌的研究往往讳莫如深。迄今为止，国内外尚没有一部关于狄金森永恒主题诗歌研究的专著，相当一部分重要论断都来自专家学者、文学大家在进行狄金森诗歌的综合研究或其他专题研究时，对永恒主题诗歌所做的补缀式的、点到为止的兼顾研究。虽然其中也不乏有价值的真知灼见，但狄金森永恒主题诗歌的思想深度与文学成就值得更多的关注和更充分的探索。

另一方面，外界对狄金森的创作动机也一直有着诸多猜想，譬如情伤

① Allen Tate. "Emily Dickinson," in Richard B. Sewall, ed. *Emily Dickinson*: *A Collection of Critical Essays*. Upper Saddle River: Prentice Hall, 1963, p. 26.

② Emily Dickinson. *Emily Dickinson*: *Poems selected by Ted Hughes*, London: Faber and Faber, 2004, pp. xv-xvi.

③ Ruth Mcnaughton. "Emily Dickinson on Death," *Prairie Schooner*, 1949, 23(2), p. 208, p. 213.

④ Joan Kirkby, "Death and Immortality," in Eliza Richards, ed. *Emily Dickinson in Context*. New York: Cambridge University Press, 2013, pp. 160-161.

说、疾病说等,由此引发了评论界对诗人的感情生活、身体状况的猜测,以探讨她如此丰沛而持久的创作力。

结合诗人成年后"遁世隐居"的生活方式,早期传记作者曾热衷于挖掘"狄金森的情人",即把狄金森独特的生活方式与创作动机最小化为"她为谁隐居?她为谁写诗?"的情伤问题,甚至还曾出现一部传记一个情人假设的现象。但随着研究的深入,"情伤说"逐渐冷却。毕竟狄金森诗歌创作的题材之广泛、情感之多元、创造力之持久,只将其归结为某一次或几次情伤的产物,未免有失偏狭。

再看"疾病说"。这一倾向似乎方兴未艾,从心理疾病到生理疾病,从最初对于诗人少女时期曾经历过的心理崩溃到恋父情结、广场恐惧症,甚至发展到恋尸癖倾向的推测[1],愈演愈烈,似乎有脱离诗人的历史时代语境或个人创作的整体风格而倾向于对某个具体理论牵强附会的危险。生理疾病涉及诗人患有的眼疾和可能经历过的肺、肾疾病,甚至癫痫等[2],并将其作为狄金森拥有独特诗歌风格的动因。无论这些生理疾病的真实性与否,将它们视作诗人的创作动机本身,也实有不妥。

越来越多的评论者注意到某种更为基础的、根本的、持久的影响力,促使狄金森不断创作,尤其对死亡、永恒主题保持浓厚的兴趣。这就是形而上困境说。克拉克·格里菲斯(Clark Griffith)从心理分析的角度提出,狄金森长期火山喷发式不竭的诗歌创作,起因于"某种形而上的困境",而非某次罗

---

[1] "广场恐惧症"一说,参见 Roger Lundin. *Emily Dickinson and the Art of Belief.* Grand Rapids:William B. Eerdmans Publishing Co., 1998, p. 134."恋尸癖"一说,参见 Joan Burbick. "Emily Dickinson and the Economics of Desire," in Judith Farr, ed. *Emily Dickinson:A Collection of Critical Essays.* Upper Saddle River:Prentice Hall, 1996, p. 85.

[2] "肺病"说源于诗人的一封信件,信中称自己婴儿时期曾患过"肺病"(L401),但成人后并无相关报道。"肾病"说,参见 Roger Lundin. *Emily Dickinson and the Art of Belief.* Grand Rapids:William B. Eerdmans Publishing Co., 1998, p. 187, p. 258. "癫痫"说,参见 Lyndall Gordon. *Lives Like Loaded Guns:Emily Dickinson and Her Family's Feuds.* London:Hachette Digital, 2010, pp. 120-124.

曼史的感情危机,即由于宗教不确信而引起的恐慌与意义系统的崩溃,譬如上帝可能不存在、人类经历可能不再具有连续性和意义等形而上的恐惧。用格里菲斯的话说,狄金森"热烈爱恋的"是"抛弃了她的上帝"。①圣·阿蒙德(Barton Levi St. Armand)从十九世纪新英格兰的大众文化语境,如死亡审美化、"太平间诗歌"或悼亡诗潮流出发,提出狄金森借用这一大众流行的文化体裁——而非她特立独行的怪癖嗜好——表达的是逆潮流而行的无法确信的信仰与无法提供的安慰。②柯克比(Joan Kirkby)将时代语境具体到十九世纪的"死亡危机",即去象征化、去神圣化、赤裸裸的"扁平化死亡"或"平淡的死亡"(flat death)的精神危机,提出狄金森作为"坐立不安的"十九世纪新英格兰社会的一员,试图在信仰的边缘为死亡与神圣赋义,以实现某种意义的延续性。③以形而上困境、信仰危机来解释狄金森持续30余年的诗歌创作,尤其是对于永恒主题诗歌的偏爱,无疑是一种宽广的视野与深入的洞察。正如诗人自己所述:

> 我依靠恐惧生活——
> ……
>
> 仿佛那是——
> 灵魂上的马刺
>
> (J770,F498)

　　这也正是本研究的两个主要目的:首先,针对狄金森永恒诗歌的重要性已得到公认,但在批评实践方面尚未得到充分发掘的现状,本书旨在更加系

① Clark Griffith. *The Long Shadow*: *Emily Dickinson's Tragic Poetry*. Princeton: Princeton University Press, 1964, pp. 77-78, pp. 80-81.

② Barton Levi St. Armand. *Emily Dickinson and Her Culture*: *The Soul's Society*. Cambridge: Cambridge University Press, 1984, p. 41, p. 47.

③ Joan Kirkby. "Death and Immortality," in Eliza Richards, ed. *Emily Dickinson in Context*. New York: Cambridge University Press, 2013, p.161.

统、全面而深入地挖掘狄金森的永恒观,包括狄金森的永恒观对于西方形而上的,尤其是基督教传统永恒观的承袭与突破,其永恒观的具体内容及其在诗歌创作中的具体体现。同时,针对长期以来对狄金森诗歌创作动机的种种猜测,如试图物化的、较为狭隘的情伤说与疾病说,本书旨在从另一个更为宽广的角度,即从诗人的形而上困境出发,探讨诗人在面对终极命题的无法满足的形而上欲望与难以消解的形而上恐惧的双重驱动下,以诗歌形式探索永恒主题所取得的艺术成就,以及获得的慰藉、加深的疑惑与恐惧等。

狄金森的永恒观形成于十九世纪新英格兰的宗教转型期,因此既承继了正统的清教思想与新教加尔文宗教义的部分传统,也受到自由派基督教思想、科学主义神学、浪漫主义文学、通俗文化等多元杂糅思想的影响。因此,狄金森的永恒观,首先是对基督教永恒观的继承、叛离与颠覆,包括对宗教训诫模式的摒弃,对狭隘排他、否定个体意义的神学观念的驳斥,对基督教永恒观念的改造利用,等等。同时,狄金森也承认永恒是一个"安静的谜",即当代理论家所谓外在于认知的、不可进入的"绝对他者"。她的永恒诗歌,从形式到内容都呈现出"不可言说之言说"的特点,譬如大量使用的隐喻语言、"美满结局"式缺席的结构形式、从"天国家园"到"天国非家"的概念颠覆与命题转移、"地下村镇"这一独特的诗意构建及其无法实现的认知努力等。她以文学隐喻的方式探讨永恒中的身体、意识问题,借此理解与归化永恒问题本身,并创作了一系列独特的身体隐喻和矛盾的意识隐喻,如处境化的金石身体、变态昆虫与球根植物的重生隐喻、天国中的微粒身体、彻底物化与彻底抽象的"面孔"、矛盾冲突的"天国中的我"(天国语境中的自我意识)等,试图借助隐喻的超越性思维来实现从日常语言到永恒这一未知领域的概念映射,同时又对这种书写的有效性保持质疑。

面对信仰危机及随之而来的对彼岸未知深渊的恐惧,狄金森以反讽姿态解构了形而上的、基督教传统中的永恒观,同时试图以诗歌语言的方式再次接近永恒、感知永恒、重建永恒。虽然她未能冲破认知的局限性破解这个"安静的谜",却在永恒的观照下赋予生命、死亡、人类的经历以独特的连续性与意义。

第一章

狄金森的永恒观概述

第一节 "永恒"溯源

从古至今,很多哲学家都对"永恒"提出了自己的观点。在柏拉图笔下,永恒指的是灵魂的轮回不朽,与之相对的则是肉体的可朽。根据他的灵肉二分法,身体作为复合的物体,是容易分解、消散的;而灵魂作为纯粹、单一、不可分的事物,正如"神、生命的形,以及其他不朽的事物"一样是不朽的、不可灭的,是灵魂固有的属性。[①]他在《斐多篇》中借苏格拉底之口说,"灵魂在获得人形之前就有一个在先的存在",同时"当死亡降临一个人的时候,死去的是他的可朽部分,而他的不朽部分在死亡逼近的时候不受伤害地逃避了",继续"存在于另一个世界"。[②]简言之,灵魂在肉身意义上的人出生前就已存在,而在人去世后也继续存在于某个"像灵魂自身一样辉煌、纯粹、不可见"的地方,或不得已离开那个纯粹的理念世界,再次与一个可朽的肉身结合、分离。[③]

基督教的"永恒",被严格定义为基督复临(末日审判)后的复活与永生。如巴克斯特(Richard Baxter)在《圣徒永恒的安息》(1650)一书中的总结:

---

① 柏拉图:《柏拉图全集》(第一卷),王晓朝译,人民出版社2002年版,第120页。
② 柏拉图:《柏拉图全集》(第一卷),王晓朝译,人民出版社2002年版,第78、120页。
③ 柏拉图:《柏拉图全集》(第一卷),王晓朝译,人民出版社2002年版,第84页。

"'永恒'一词的含义是——罪人将受的折磨、基督徒将得的荣耀乃绝对而永无止境。"①从广义看,基督教以"上帝"为世界的本原、实质和原动力,这与西方哲学力图在纷纭变化的、不可靠的表象世界以外抓住一些恒常本质、先验本体的精神是一脉相承的。从狭义看,基督教永恒观的内容至少包括:

(1)从线性的时间到不变的永恒的发展过程中,末日审判起着终结历史、开启永恒的不可逆的作用。也就是说,基督教的永恒是迥异于建立在循环时间观、历史循环论基础上的永恒观的。

(2)"按着定命,人人都有一死。"(《新约·希伯来书》9:27)②,且人的灵魂与肉体都是趋向死亡的、可朽坏的、必朽坏的,而不是像柏拉图所说的,一部分可朽,一部分不可朽。

(3)在末日到来时基督复临,死人将复活、接受审判。

(4)一些死者("属灵的人""属基督的人")将带着"灵性的身体"复活,并拥有不再朽坏的灵魂和身体,得享与神同在的永生和至福;另一些死者(不信主的人、受罚的人)复活后,将在"烧着硫黄的火湖里"承受"第二次的死",即被判永死或永罚。(《新约·启示录》21:8)换句话说,基督教死亡观、永恒观的重心在于"死人怎样复活"(《哥林多前书》15:35-36)以及复活之后的不同命运。

(5)永恒得以实现的前提条件是明确的,但永恒自身的内容并不明晰,往往呈现为安息、至福、圣洁、完善、荣耀、欢天喜地地站在神的右边、正午、永昼、永夏等概括性或象征性的表达。

与神学家不同的是,近现代哲学家如笛卡尔、斯宾诺莎等不再解释永恒

---

① 理查德·巴克斯特:《圣徒永恒的安息》,许一新译,生活·读书·新知三联书店2013年版,第47—48页。

② 引文参见中国基督教三自爱国运动委员会、中国基督教协会版《圣经·中英对照》(2007),中文为和合本,英文为新国际版(NIV)。夹注方式为"《新约(或旧约)·卷名》+章序号:节序号",多处引文则以逗号分隔,分别列举。例如,夹注"《新约·启示录》21:19,22:1—2",表示引文分别出自《新约·启示录》第21章第19节、第22章第1至2节。

是什么,而是重回神学之前,开始像苏格拉底一样,试图以逻辑的方式论证上帝、永恒、无限等"理念实体"的存在本身。而一旦这些理念需要被证明,它们的真实性或不言而喻性便受到怀疑。

康德给了"灵魂不朽"一个"定义":"同一个有理性的存在者的某种无限持续下去的生存和人格性(我们将它称为灵魂不朽)。"他不再讨论"灵魂不朽""上帝存有"的真实性问题,而是强调这些理念在道德上、实践上的必要性。用他的话说就是,"在道德上有必要假定上帝的存有",正如有必要假定灵魂不朽一样,因为"至善在实践上只有以灵魂不朽为前提才有可能"。①

博尔赫斯在《永恒史》中也响应了神学永恒崩塌以后的哀叹。在梳理了时间之外的"神性永恒"(如基督教永恒)作为"人类的作品"的产生发展过程之后,他又补充了种种新的模式,或曰"次类永恒"。譬如,由时间构成的"世俗永恒",即"永恒是纯粹的今天,是无限的即刻和光明的结果……是无尽的生活和完全的拥有"。又如,非时间限制的"回忆的永恒"等等,并得出结论:"生活即浪费时间:除非在永恒的形式下,否则我们不能恢复或保存任何东西。""没有永恒……宇宙史就成了流失的时间。"同时,他坦诚自己的永恒理论"是个没有上帝的可怜的永恒,而且没有其他拥有者,没有原型"②。

无论是试图证明永恒的存在,还是强调永恒的必要性,作为真理的永恒似乎已在理性思维的冲击下不复存在。但与此同时,抗衡的声音也不断涌现。宗教复兴的浪潮一次次席卷欧美社会,如17世纪到18世纪的德国虔敬主义(Pietism)、英国循道主义(Methodism),18世纪到20世纪美国的数次大觉醒运动(the Great Awakenings)等,不断发出回到神与真理身边的呼声。

---

① 康德:《实践理性批判》,邓晓芒译,人民出版社2003年版,第168、172页。
② 博尔赫斯:《永恒史》,刘京胜、屠孟超译,上海译文出版社2015年版,第2、13、17、22—24页。

第二节　狄金森永恒观的形成

狄金森与惠特曼齐名,被誉为美国现代诗歌的开创者,并受到超验主义思想家爱默生的很大影响,以至于她生前发表的几首匿名小诗中的一首,曾被普遍认为是爱默生所作。[①]但与惠特曼放声"歌唱"大千世界芸芸个体、死生不息的宇宙生命洪流,以及爱默生对人的神性和自然的可理解性的乐观态度及对死亡话题的巧妙规避比起来,狄金森的诗歌则往往显得挣扎而矛盾,尤其是当她怀着对宗教确信的需求而得不到满足,只能以其他方式面对死亡、永恒等"彼岸"话题时。这与她所处的时代背景与独特的个人经历有着密不可分的关系,包括狄金森曾受过的教育、所处的宗教环境,以及十九世纪英美浪漫主义文学、新英格兰通俗文化等的影响。

一、狄金森的教育背景与宗教背景

狄金森以"隐士"身份及其具有的"认知原创性"[②]为世人所知,但并非与西方文化传统"绝缘"。她接受了同时代女性所能接受到的开明、前沿的教育,完成了包含人文、社科、自然科学课程的中学教育和一年的高等教育。她在校园生活的方方面面力求完美,是个"任何时候都不会失败"的优等生(除了在最后一所学校,因拒绝皈依宗教而被划入"没有希望"的最末信仰等级)。她作为"学校的一大才女",是一群志同道合的女生自己创办的校刊《林叶》"'不可阻挡'的撰稿人",每期都会将自己的得意之作以"细小、清晰、精美"的笔迹誊写在手抄刊物上,然后骄傲地看着它在同学们手中流传。她

---

① Jack Capps. *Emily Dickinson's Reading, 1836–1886.* Cambridge: Harvard University Press, 1966, p. 71.

② 哈罗德·布鲁姆:《西方正典》,江宁康译,译林出版社2011年版,第254页。

修习了至少3—4年的拉丁语课程,且表现优异,达到大学免修程度。她连
"欧几里得几何"课程都通过了,对化学、生物、生理学等自然科学颇有兴
趣。①她受过长时间的修辞、文体学训练和古典文学的熏陶,通过模仿18世
纪文笔优美的"文体家"如散文家艾迪生、斯梯尔和诗人德莱顿、蒲柏等的作
品"学会优雅地写作"②,而这无疑与她之后的创作中充满"低级语法错误"的
简单、粗粝、含混、晦涩的诗歌语言风格形成了强烈的对比。

　　狄金森对西方形而上的哲学传统并不陌生。在早期一封写给好友亚比
亚的信中,14岁的狄金森曾俏皮地拿西方哲学的两位鼻祖作比:"那么你可
能是柏拉图,而我将是苏格拉底,假如你并不比我聪明的话。"(L5)③可见,在
她心目中,苏格拉底的智慧是更胜于柏拉图的。在另一封给亚比亚的信中,
她兴致勃勃地介绍了自己的学校生活:"我们有一所很好的学校……我有四
门课。它们是精神哲学、地质学、拉丁语和植物学。它们听起来多么广阔,
不是吗?"(L6)

　　事实上,她曾修习过的与形而上学哲学传统有关的课程远不止这些。
在狄金森1847年注册入学的霍山女子学院(Mount Holyoke College),该学年
教材所涉及的课程内容包括:逻辑、精神哲学、伦理学、自然哲学、自然历史
哲学、自然神学、基督教的证据、教会史、古代史与现代史、修辞、文学、地质
学、天文学、植物学、代数、几何、化学、解剖学、生理学、生理卫生等。④在因
身体略有不适而被父亲强令接回家之前,她即将修完霍山女子学院的中级
班课程,升入高级班。

---

① 阿尔弗雷德·哈贝格:《我的战争都埋在书里:艾米莉·狄金森传》,王柏华、曾轶
　峰、胡秋冉译,北京大学出版社2013年版,第131、156、159页。
② Cynthia Griffin Wolff. *Emily Dickinson*. Cambridge: Perseus Publishing, 1988,
　pp. 345.
③ 狄金森书信的夹注。缩写为"L",夹注方式为"L+书信编号"。Johnson, Thomas,
　ed. *The Letters of Emily Dickinson* [M]. Cambridge: The Belknap Press of Harvard
　University Press, 1958.
④ Jack Capps. *Emily Dickinson's Reading, 1836–1886*. Cambridge: Harvard University
　Press, 1966, pp. 189–191.

关于狄金森的教育、文化背景,还有一句不得不提的"题外话",就是她的家乡阿默斯特——当时仅两三千人口的小镇,却拥有一所值得夸耀的大学阿默斯特学院(Amherst College)和一所私立中学阿默斯特学堂(Amherst Academy)。狄金森家族对小镇教育做出了卓越贡献。其祖父塞缪尔·狄金森,一位典型的"公私不分"的清教徒,倾家荡产与人联合创办了这两所学府。若干年后,重新崛起的狄金森家族再次担任了阿默斯特学院的董事会要职近60年。①超验主义代表人物爱默生等文化名人来阿默斯特讲学时都会专程造访狄金森家族,可见该家族在这座教育小镇的文化影响力。②

狄金森熟读《圣经》,了解基督教永恒的含义,包括基督复临、复活与永生等。她对经书中的教义文字、仪式典故信手拈来。事实上,《圣经》是狄金森诗歌中引用频率最高的文献。除了阅读,她对教会的各种宗教实践也耳熟能详,诸如圣餐、洗礼、告解、礼拜等。通过这些礼仪,虔诚的教徒与神和永恒保持着联系。但这些圣礼是教会为会众提供的"制度性保障"或"支持",因此"教外人士"是无权享用的。这也正是为什么狄金森的宗教诗歌总反映出一种"饥饿""饥渴""缺乏""被剥夺"状态的原因,正如"我忍饥挨饿多少年——"(J579,F439)中描绘的渴望圣餐而不可得的"窗外人"。

但基督教的永恒观并非一成不变,在狄金森的年代就有"正统派"与"自由派"之争。"正统派"强调原罪论、预定论、上帝选民论,代表思想如加尔文宗(Calvinism)教义中愤怒上帝手中的罪人;"自由派"则肯定人的自由意志、理性与尊严,代表思想如自由基督教派(Christian Liberalism)宣扬的通过个人道德提升而达到的永恒福乐。不同的永恒观通过不同教派的牧师、传教士的布道,对诗人产生了或多或少的影响,而从属于不同教派的至亲好友的言传身教,也使她耳濡目染,在新旧宗教思想的冲突中看到更多的永恒可能

---

① Richard B. Sewall. *The Life of Emily Dickinson.* Cambridge:Harvard University Press, 1994, p. 33.

② Gary Lee Stonum. "Dickinson's Literary Background," in Gundrun Grabher, et al., eds. *The Emily Dickinson Handbook.* Amherst:University of Massachusetts Press, 1998, p. 56.

性。从母亲、父亲、嫂子、妹妹到哥哥，一家人除了她都先后加入本地"正统派"的阿默斯特第一教会，还有被视为狄金森爱情诗中神秘"主人"的沃兹沃斯牧师，也来自"正统派"的布鲁克林第二长老会。与之相对的"自由派"的影响力，则多来自文学上的众多良师益友，例如她称为"导师"的本杰明·牛顿，"隐居"后的主要通信对象托马斯·希金森、塞缪尔·鲍尔斯等，都是信奉唯一神论的自由基督教派的知识分子。①

从历史上看，最早到达新大陆的英国移民都是虔诚的清教徒，持新教加尔文宗教义与三位一体论，被称为美国的清教祖先。"虔信"与"罪"的概念曾是美国早期正统清教教义的核心。按照佩里·米勒（Perry Miller）对清教思想的分析，清教神学的四大概念——虔信、理性、修辞、契约——中首要的概念就是"虔信"（piety），而它又由三个基本概念组成：上帝、罪、重生。② 也就是说，人类因"罪"而"堕落"，是咎由自取。对于清教徒来说，这种"罪"不仅是与生俱来的，即人类祖先所犯下的"原罪"及其后果，也深藏于人性本身，所以需要时时躬身自省，反思自己的俗世生活，确认自己与神的联系，因为得救的唯一途径是信奉上帝。在通过圣子耶稣的牺牲实现集体意义上的救赎的同时，还要对上帝保持绝对的虔诚和无限的崇信，才能使自己作为"属基督的""选民"，从而得到上帝的"恩典"，获得"重生"。正如艾伯温所说："约翰·加尔文的神学构成了新英格兰清教遗产的基础。清教徒们崇拜一位绝对的、难以捉摸的上帝，强调在完善的神性与有罪的、无意义的人性之间幽深而巨大的鸿沟。作为三位一体论者，他们信仰圣父、圣子、圣灵，寄希望于将基督的死作为救赎，向圣父弥补人类的原罪及其种种后果。"③

正统清教传统，如加尔文教义中至高无上的、严厉愤怒的上帝，三位一

---

① 阿尔弗雷德·哈贝格：《我的战争都埋在书里：艾米莉·狄金森传》，王柏华、曾轶峰、胡秋冉译，北京大学出版社2013年版，第61、174、197、277、332、399页。

② 张瑞华：《清教与美国——美国精神的寻根之旅》，中央编译出版社2015年版，第79—81页。

③ Jane Eberwein. "New England Puritan Heritage," in Eliza Richards, ed. *Emily Dickinson in Context.* New York：Cambridge University Press，2013，p. 48.

体论中关于人类彻底堕落,耶稣替人类赎罪的正统教义,正受到越来越多的冲击。除了基督教内的自由新思潮,还有来自教外的自然科学的新发现、哲学新思想以及其他世俗力量等。在各种力量的包围之下,清教权威和宗教虔诚正在日益衰退,直到18世纪中叶开始兴起的"宗教大觉醒"运动。教会与信众"普遍认为需要一次'觉醒'来拯救人们的灵魂并救治堕落的社会",牧师们开始重申正统的清教教义,而不是被科学理性裹挟之下的各种妥协的产物,比如"万有引力证明了是上帝使悬在空中的地球不掉下"之类的折中之词。巡回传教士甚至非神职人员纷纷在各地发表了极富宗教热情的布道,重述上帝无所不在的威力①。影响最大的重申"罪"与"恩典"基本教义的布道,莫过于第一次宗教大觉醒运动的灵魂、新英格兰牧师乔纳森·爱德华兹(Joanathan Edwards)的《愤怒的上帝手中的罪人》(1741),尽管他更大的贡献是在清教神学的理论建树上,即试图在启蒙时代通过更新清教的理论基础实现真正的宗教复兴。

但事与愿违,正是在18世纪美国宗教大觉醒运动表面的繁华与最后的挣扎中,清教逐渐失去了自己的统治地位并走向衰亡。进入十九世纪,新英格兰的自由主义、浪漫主义思潮使狄金森所处的宗教语境呈现出更加多样化的面貌,其中既有正统的清教思想遗产,也有更为自由、松散的唯一神论、自然神学、自由主义神学、超验主义等各种新思想。正如麦金托什(James McIntosh)所指出的:"唯一神论的、自由主义的新教思想在谷中弥漫,不顾正统教会,这有助于狄金森以独特而有弹性的方式思考宗教。"②这里的"谷",指的是阿默斯特小镇所处的康涅狄格河谷(Connecticut River Valley),又名"先锋谷"(Pinooer Valley),即殖民地开拓者最早"探索"的地方,也是狄金森广义上的家乡与主要的活动范围。狄金森关系密切的文友,如作家、编辑希

---

① 张媛:《美国基因——新英格兰清教社会的世俗化》,中央编译出版社2016年版,第173—177页。

② James McIntosh. "Religion," in Eliza Richards, ed. *Emily Dickinson in Context*. New York: Cambridge University Press, 2013, p. 153.

金森、鲍尔斯,以及少女时代的"导师"牛顿等,都是持唯一神论的。

"唯一神论"(Unitarianism)针对的是基督教中的"三位一体"说(Trinity)、"彻底堕落"说(Total Depravity),提出的观点有:只有一个神,即上帝,耶稣是人不是神;耶稣与人是兄弟关系;人虽因堕落而受罪,但仍保留了神性,具有内在的善而不是"彻底的堕落",可以因品质而得到拯救。这样,耶稣基督就从神圣的救世主变成了可供向善之人效仿的人间"领袖"与"榜样"。这也正是狄金森屡屡将耶稣基督称为"开拓者"或"温柔的先驱"(J698,F727)的由来。在这样的宗教语境下,狄金森对"罪""堕落""地狱"等概念采取"忽略不计"的态度也就不足为怪了。

也就是说,狄金森的永恒观形成于十九世纪新英格兰的宗教转型期,这使她既能深切感受到正统严苛的新教加尔文宗、清教思想传统的压力,也有机会向强调爱、仁慈、人的自由意志的自由主义神学思潮靠拢,并在诗歌中对两种宗教思想的交锋进行了生动的艺术表现,并形成了自己独特的永恒观。

二、浪漫主义、超验主义与通俗文化的影响

狄金森虽然在成年后离群索居、极少参与"社交"活动,但这并不代表她不与人交流。相反,她通过大量的阅读,包括文学名著、畅销书、报刊等,以及与亲朋好友、文学名家的书信往来,保持着与外界的联系。其中,英国浪漫主义诗歌、美国超验主义思想以及十九世纪新英格兰的通俗文化,都对她的文学观及其诗歌创作实践产生了较为显著的影响。

在浪漫主义诗人中,狄金森与济慈在精神气质上最为接近。狄金森赞同济慈的"美即是真,真即是美"的唯美主义原则,以及诗人对"身后美誉"的渴望。她将济慈列为自己最喜爱的诗人之一[①],并以诗应和济慈的《希腊古瓮颂》:

---

① Jack Capps. *Emily Dickinson's Reading, 1836-1886.* Cambridge:Harvard University Press, 1966, p.79.

"美真是一体，我们是兄弟"——

于是像亲人夜里相逢——
我们隔墙侃侃而谈——
直到青苔蔓延到唇际——
并把我们的姓名——遮掩——

（J449，F448）

在这首唱和的小诗中，济慈的"美"与"真"化身为两个非自然的人物形象——"为美而死的我"和"为真理而死的他"，这两位逝者以二者在永恒之夜的比邻而居来呼应希腊古瓮象征的艺术永恒。

狄金森在生前从未主动发表过作品，但对"诗人"声誉有着不加掩饰的渴望，认为"真正的诗人"在身后将是永享的美誉。正如她在给希金森的信中流露出来的自信：

你建议我推迟"发表"，我不觉莞尔——
因为发表跟我的思想真有天悬地隔之感——
如果名誉属于我，我逃也逃不脱——
如果不归我，我一天到晚穷追不舍也无所获——
我的狗也不会赞同——
还是我这赤脚百姓更好——

（L265）

面对交流不畅的同时代诗友，她以一种看似随意的措辞，毫不谦虚地展示了自己对成为一名真正诗人的野心和自信：以现世的发表来换取一时的声名是她所不屑的，因为时间会证明真正诗人的价值——"如果名誉属于我，我逃也逃不脱"。

对华兹华斯,狄金森的态度则较为复杂。她既欣赏华兹华斯澄澈平静的诗歌风格,又无法认同他所描绘的人对自然完全的信任、人与自然开放互通的状态。在华兹华斯看来,人与自然最理想的关系是"开放的、善于接受的诗人倾听着迷人的、口若悬河的风景;思想'乐意自己工作,也乐意被捶打'"。正如他在《序曲》中描绘的美好场景:"山岩上闪耀的晨曦向他们投来/慈爱;山岩本身也充满爱,从高处/俯首关怀,还有静憩的白云/隐秘处那些唠叨不休的山溪。""那岿然不动的磐石与逶迤不息的/河川为危情提供着生动的见证(speaking monuments)。"①

在狄金森看来,自然可以是美丽的,但也可以是漠然的、危险的、脆弱的。同样,人类不仅是自然的照料者,也是自然的侵入者,包括物质与思想上的侵略与越界。也就是说,人与自然作为不同的存在物,本质上是分离的、竞争的,正如她在"四棵树——在一块荒凉的土地"②(J742,F778)中所描述的人与物、物与物之间的隔阂景象。所以,狄金森曾两度提起华兹华斯《悼亡诗节》中的诗句"从没有在海上或陆地的光"③,是为了表达自己的异议:她将华兹华斯称为"陌生人",并戏谑地将诗人笔下意蕴丰富的"这道光"描绘为随处可见的自然光,从而使这道被崇高化的"光",重新回归为"赤裸裸的自然物"本身。

狄金森对拜伦的喜爱,部分来自他所代表的斗士形象为困于种种束缚中的人们带来的希望,部分则来自她对拜伦诗歌《西庸的囚徒》中的主人公"我"——被囚在寒冷的斗室,却保持着对自由与美的感受——这个以第一人称叙述的"囚徒"的强烈感情代入与认同。④对雪莱和柯勒律治,狄金森虽

---

① 华兹华斯:《序曲》,丁宏为译,北京大学出版社2017年版,第216、221页。
② 狄金森的诗歌均没有标题,且反对编辑对她的诗歌做格式上的修改,包括添加标题等,所以本文中引用的狄金森诗歌,均采用诗歌首句加引号标注的方式代替标题。
③ Elizabeth Petrino. "British Romantic and Victorian Influences," in Eliza Richards, ed. *Emily Dickinson in Context*. New York: Cambridge University Press, 2013, p. 103.
④ Jack Capps. *Emily Dickinson's Reading, 1836–1886*. Cambridge: Harvard University Press, 1966, p. 79.

然没有直接引用或谈论,但在诗歌作品中与他们有诸多呼应。

雪莱和狄金森都十分推崇语言与想象力的"自治"力量,并常以"闪电"意象来传达这种力量。譬如,雪莱在《心之灵》中以闪电比喻横扫天地的想象力,狄金森则以"被闪电击中"来形容诗歌灵感或爱的诞生,并一再创作出像"它击中我——每一天——/闪电新鲜"(J362,F636)这样"永远满含感激被闪电击中的受害者画面"[①]。但狄金森不能认同的是雪莱对自然的虚化,尤其是将自然虚化为某种无形的预言之声,正如《致云雀》中的"云雀之声"。因为对狄金森来说,无论是英国浪漫主义诗歌中的欧洲云雀或夜莺,还是她诗歌中经常出现的北美知更鸟、食米鸟、麻雀或大黄蜂,都是一些真实存在的鸟虫。也就是说,自然与人都是独立的个体,有各自的生存形态,并不能以一个取代另一个。

狄金森与柯勒律治,也有一些呼应之作。譬如,狄金森的《从未见过的寒霜》与柯勒律治的《午夜霜》,两首诗在意象上相似,意境上却不同,从中可以看出她广泛阅读、选择性吸收了浪漫主义诗歌的特点,并最终以一种独立姿态将自己与浪漫主义诗歌区分开来,开启了自己的文学成长之路。

狄金森对美国超验主义思想家爱默生,同样保持着一种有距离的欣赏。她在少女时代最为信任和亲近的"文学导师"本杰明·牛顿甚为推崇爱默生,并曾将后者的《诗集》作为礼物赠给狄金森。事实上,狄金森从思想意识到文学风格都与这位新英格兰同乡有着很多相似之处,以至于传记作家惠彻说:"很容易找到一些段落,可以认为出自两人中任何一人之手……他们在风格以及内容方面的相似,不能归结于简单的模仿,而是因为两位作家生长于同一片土壤,而且从未割舍对这片大地的亲情。"[②]但另一方面,当狄金森开始严肃地从事诗歌创作、渴望与业内名师交流时,却宁愿将自己的诗作寄给显然并没有太多共同语言的希金森请求"指导",而不是心性更为接近的、

---

① Joanne Diehl. *Dickinson and the Romantic Imagination*. Princeton: Princeton University Press, 1981, p. 126, p. 130.

② George Whicher. *This Was a Poet, A Critical Biographer of Emily Dickinson*. New York: Charles Scribner's Sons, 1938, p. 205.

令人崇敬的爱默生。并且在后者来阿默斯特小镇讲学,就住在她一墙之隔的哥嫂家中时,也没有任何试图当面聆听的举动,其中是否有哈罗德·布鲁姆所谓"影响的焦虑"因素,也是一个值得研究的话题。

狄金森与爱默生的共通之处十分明显:第一,在宗教观念上,他们都受到一神论思想的影响,认为人与上帝可以直接交流而不必借助教会组织这一"中介",但同时又比一神论走得更远,认为人性中就有神性。第二,强烈的个人主义思想,以及对神圣个体性的信任与依赖。爱默生强调"心灵的自立"(mental self-reliance),提出要相信自己的思想,向内探索自己的心灵,要发挥个人的创造性,而不是只去寻求别人的"先例和经验"。正如爱默生在《随笔集》中所说:"一个人就是一种方法,一种渐进的安排;也是一种遴选原则,搜集与他相似的事物,无论他走到哪里。在环绕四周的纷杂事物中,他只选择自己的东西。""没有任何先例和经验,你的路从人那儿开始,却不是到人那儿去。"①同样,狄金森也总是在渺小个体的身上寻找力量的源泉与生命的意义。例如:

> 我是无名小卒! 你是谁?
> 你——也是——无名小卒?
> 那就有了我们这一对!
>
> （J288,F260）

> 灵魂选择自己的伴侣——
> 然后——关上门——
> 对她神圣的大多数——
> 不再露面——
>
> （J303,F409）

———————————

① 尚新建:《论爱默生的"自立"概念》,《云南大学学报》2009年第5期,第4—5、7页。

第三,语言风格。二人都以隽永的箴言式语言风格见长。狄金森与爱默生的分歧主要体现在自然观上,包括自然与人的关系、自然对人的作用等。虽然狄金森也和爱默生一样认为人是自然风景的"读者",但并非像后者所谓"透明的眼球"那样与自然无障碍交融。相反,她认为人类永远不可能完全地、真正地读懂自然;自然与其说是人的"教师",不如说是一个"欺骗性的文本",正如迪尔(Joanne Feit Diehl)所说的:"在爱默生颂扬眼睛的力量时,狄金森却更着迷于她不能看到的。"①或如刘守兰所总结的:"不管人们如何努力解读,自然始终隐藏自己的真面目,最后人们只能无奈地放弃尝试,进入想象世界。"②所以,浪漫主义者借助想象力与自然交融,使自己成为一名合格的自然阅读者或预言倾听者,而狄金森却以想象力返回深渊般的内心,来探索无穷尽的,言说不可言说的。

十九世纪新英格兰的通俗文化也对狄金森的永恒主题诗歌创作起到了推动作用,尤其是在信仰危机、"死亡危机"的影响下,普罗大众越来越脱离对宗教语境的死亡、永恒等"彼岸"问题的普遍关注与世俗表达。③

雷诺兹(David S. Reynolds)在《艾米莉·狄金森与通俗文化》(2002)中列举了影响狄金森的三种通俗文化形式:第一,"想象性的布道词",即更富于文学性和想象力的,而不是传统的、严格遵循教条的教义宣讲。第二,"禁酒文学",即美国内战后轰轰烈烈的禁酒运动中兴起的文学模式。第三,"流行的轰动性文学",包括热衷于报道反常的、血淋淋的犯罪案件的小报,以及轰动性的小册子小说(pamphlet fiction),也称为"传奇",如冒险小说等。④圣·

---

① Joanne Diehl. *Dickinson and the Romantic Imagination*. Princeton:Princeton University Press, 1981, p. 10.

② 刘守兰:《狄金森研究》,上海外语教育出版社2006年版,第90页。

③ Joan Kirkby. "Death and Immortality," in Eliza Richards, ed. *Emily Dickinson in Context*. New York:Cambridge University Press, 2013, p. 161.

④ David Reynolds. "Emily Dickinson and popular culture". in Wendy Martin. Ed. *The Cambridge Companion to Emily Dickinson*. Cambridge:Cambridge University Press, 2002, p. 168, p. 172, p. 175.

阿蒙德（Barton Levi St. Armand）则在《艾米莉·狄金森与她的文化》（1984）中着重分析了盛行于十九世纪新英格兰的"感伤主义的爱的宗教"文化现象，尤其是死亡审美化、悼亡诗或称"太平间诗歌"的流行。①也就是说，狄金森创作了大量死亡主题诗歌，但这并非她的"独创"或个人嗜好，而是一种时代特征，即借用"悼亡诗"这一流行的文化体裁来传达自己的意图，并达到与这种大众文化相反的效果，进一步突出了无法确定的信仰与无法得到的安慰。其他大众文化现象，如"招魂说"或"通灵术"（spiritualism）等，也通过街谈巷议、报纸杂志等大众媒介，最终对狄金森产生了某种作用。正如柯克比所指出的："狄金森所处的文化，弥漫着这些坐立不安的、锲而不舍的、五花八门的关于死亡与延续性的解释。所有这些科学的或灵异的猜测，其能量都指向这种直觉，就是即便在死亡中也的确存在某种生命，思想也是一样，或许还有身份。"②

三、狄金森对基督教永恒观的继承与突破

狄金森的永恒观与西方主流的形而上传统，尤其是基督教的永恒观有着继承、排斥、脱离与颠覆的复杂关系，并在此基础上创作了大量有别于传统的永恒诗歌，形成了自己独特的永恒观念。

首先，狄金森在永恒诗歌中彻底摒弃了"罪"与"罚"的宗教训诫模式，但保留了其他更为温暖的神学话语，可以说是出于人性关怀对神学永恒观进行了"筛选"与扬弃。正如艾伯温（Jane Donahue Eberwein）在"新英格兰的清教遗产"（2013）一文中指出的，狄金森"偏好有希望的语言如恩典（grace）、荣耀（glory）、天选（election），而不是消极的术语如天谴（damnation）、被上帝摒

① Barton Levi St. Armand. *Emily Dickinson and Her Culture: The Soul's Society.* Cambridge: Cambridge University Press, 1984, p. 41, p. 47.

② Joan Kirkby. "Death and Immortality," in Eliza Richards, ed. *Emily Dickinson in Context.* New York: Cambridge University Press, 2013, p. 167.

弃（reprobation）和地狱。"①

狄金森熟知基督教永恒观，但对其中一些概念十分排斥，尤其是有关"罪"与"罚"的警示性、威慑性概念，即哈贝格所谓"属灵的暴力和恐怖元素"②，例如"罪"、"原罪"、"性恶论"、基督徒的"得胜"、"地狱"、"永劫"、"有限赎罪论"等。"性恶论"（Total Depravity）与"有限赎罪论"（Limited Atonement）的强烈对比，是正统严苛的清教加尔文思想的核心与威慑力所在，但狄金森的诗歌中几乎从未提及这些概念，仿佛它们并不存在，只是在一封谈到某位来访牧师的信中，说这位牧师的布道"鼓吹死亡与终审，以及将会有什么发生在那些行为不端的人身上，意思就是奥斯丁和我——不知怎的这布道有点吓到我了"，并以辛辣的嘲讽表明了自己的抗议："看起来永劫的主题让[这位来访的牧师]莫名愉悦。"③

如果一定要在狄金森诗歌中寻找"原罪论""赎罪论"的蛛丝马迹，能找到的也只是像"谁是'圣父和圣子'"（J1258，F1280）一诗中以"骇人听闻的推论"一笔带过的、最小化的影射。这个"骇人听闻的推论"（inference appling），指的是诗人从孩子角度对"圣父圣子"故事（耶稣殉难）背后隐藏的"真相"的推想：一位"父亲"安排"儿子"去做"替罪羊"，以自己的死去替他人赎罪，仅仅想到这一点就已经够让人毛骨悚然的了；而最后，这位"替全人类赴死"的圣子的死，救赎的却只是一小部分人，并非他为之赎罪的亚当的所有子孙！诗人回想起这个故事中隐含的"骇人听闻的推论"曾使童年的自己受到怎样的惊吓，但并未进一步展开。

"地狱"一词也甚少出现在狄金森的诗歌中，即使出现也只是挪作他用。譬如，"我不能和你一起生活——"（J640，F706）一诗中对"地狱"一词的借

---

① Jane Eberwein. "New England Puritan Heritage，" in Eliza Richards，ed. *Emily Dickinson in Context*. New York：Cambridge University Press，2013，p. 53.

② 阿尔弗雷德·哈贝格：《我的战争都埋在书里：艾米莉·狄金森传》，王柏华、曾轶峰、胡秋冉译，北京大学出版社2013年版，第9页。

③ Roger Lundin. *Emily Dickinson and the Art of Belief*. Grand Rapids：William B. Eerdmans，1998，p. 52，p. 69.

用:"你不在的地方——/那本身——就是我的地狱——。""地狱"被用作一种最高程度的"情话"词汇,指称"你不在的地方""没有你的生活",以表达爱的炽热、得不到的痛苦或思念之情,不用展开对宗教意义上的"地狱"概念本身的讨论。又如,"我们的安息上有颗牙"(J459,F694)一诗中,关于"天堂有个地狱"的"奇喻"(conceit):

> 我们的安息上有颗牙
> 安息无法磨损它——
> 这颗牙所为何来?
> 要使天恩生气勃发——
>
> 天堂有个地狱——
> 它本身为了凸显——
> 堂前的每一块标牌
> 都烫印着奉献——

上下诗节分别以一个"奇喻"开头,无论是"我们的安息上有颗牙",还是"天堂有个地狱",都如玄学派的"奇喻"一般天马行空,匪夷所思。这颗长得不是地方的"牙"或这个来错地方的"地狱",无疑会令它们的"主人家"——原本宁静和美的"安息""天堂"——如鲠在喉、如芒在背,感到"难受"。然而,正是这个尖锐"异物"造成的刺痛,才使得蒙受"天恩"的"安息"(天国永生)受到激发而重新变得生机勃发,也使得天堂的荣耀在每一块烫印着地狱般磨难和死亡(即"奉献")的"标牌"上被"凸显"得更为光辉灿烂。也就是说,"天堂有个地狱"这个奇喻,重在表达对天堂概念的探讨而非地狱本身。对"地狱"一词的借用,只是为了说明"天国荣耀"的由来,或"荣升天国"的机制——天堂的无上荣光,来自"每一块标牌"所代表的每一位"永生者"曾付出的"地狱般的"代价,或者说"每一块标牌"上"烫印"的"奉献"二字,背后隐藏的都是"主人公"曾经历的"地狱般的"磨难故事——而非对于"地狱"概念本身的讨论。

狄金森在诗歌中绝口不谈有关"罪"与"罚"的神学永恒概念,这存在两种截然不同的可能:回避和抛弃。第一,从心理分析的角度看,避而不谈、选择性遗忘背后,隐藏着更深的恐惧和创伤,而从历史角度看,话语的更迭与扬弃却是必然的。事实上,对基督教神学永恒观进行"过滤"和"选择"并非只是狄金森的个人行为,而是十九世纪新英格兰宗教转型期的一个较为普遍的现象。具体说,就是正统严苛的清教思想的"遗产"以及加尔文宗思想的影响力日渐式微,"罪"与"罚"的宗教训诫模式正逐渐让位于强调神的爱与仁慈、人的自由意志与道德力量的自由派新思想。新旧宗教思想的交锋与更迭,反映到狄金森的永恒诗歌中,就体现为诗人出于人性关怀而对基督教永恒观所做的"筛选"与扬弃。

第二,狄金森诗歌以戏仿、反讽的形式,解构了基督教永恒观中一些排他的、集体主义式的、去肉身性的、否定个体意义的神学术语或概念,如"得胜""天国赐名""灵性的身体"等,进一步宣告了她对基督教永恒观的叛离。

基督教神学术语"得胜",首先指的是"基督的得胜",即正义的基督战胜魔鬼撒旦及其唆使下的堕落的世界,同时也指"属基督的选民",即虔诚的基督徒"经由基督的胜利而得胜",战胜死亡,涤清罪孽,获得永生。例如《新约·哥林多前书》第15章第54节所记载的:"这必朽坏的既变成不朽坏的,这必死的既变成不死的,那时经上所记'死被得胜吞灭'的话就灵验了。"又如《新约·约翰福音》第16章第33节所说:"在世上你们有苦难,但你们可以放心,我已经胜了世界。"再如《新约·启示录》第19章第11节、14节所描绘的:"我观看,见天开了。有一匹白马,骑在马上的称为诚信真实,他审判、争战都按着公义。""在天上的众军骑着白马,穿着细麻衣,又白又洁,跟随他。"可以说,"得胜"话语遍布《新约》各处,给了信众莫大的安慰和鼓励。

但换一个角度看,激动人心的"得胜"话语的背面,却是被杀伐者的悲惨宿命。《新约·启示录》中不惜笔墨对此进行了大量描写,这也正是十九世纪的人们所难以接受的。经过启蒙理性与浪漫主义熏陶的人们,无法接受表面辉煌的"得胜"话语背后的残忍"真相"。所以,新英格兰自由神学的代表人物霍勒斯·布什内尔牧师(Horace Bushnell)才会提出"对爱而不是得胜的虔信"(a piety of love rather than of conquest)这一新的"虔信"原则,而这一观点也在康涅狄格谷广为流传并得到人们的支持。[①]

狄金森像拒绝皈依一样拒绝基督教残酷的"得胜"话语。但这无疑在心理上是一个异常艰难的过程,因为拒绝皈依,不能成为"天选"的"上帝属民",她就只能承认自己被上帝抛弃的"贱民"身份和可能面临的其他命运。诗人主动选择了"落选"的"贱民"身份,虽然心有不甘但也"无能为力",因为她无法伪装出自己并没有感受到的、可以把自己"交出去"的"宗教狂喜"(religious ecstasy),就像她虔诚的清教祖辈们时常感受到的那样。但另一方面,对"贱民"可能面临的其他命运,如"天谴""地狱"等隐藏于"得胜"话语背面的概念,她并不打算逆来顺受,于是以忽略不计的方式彻底取消了这些概念在自己的文字世界中的存在。当然,前文中分析的十九世纪新英格兰宗教观念的转变,无疑有助于她减轻这方面的压力。

同样,拒绝基督教的"得胜"话语,意味着狄金森选择了"被战胜者""失败者"的一面,选择从"得胜"话语的背面来观察、思考这个问题,并为这些"失败者"发声,于是才有了下面这首"失败者之歌":

今天——我命中注定被战胜——
纸糊的运气不能和胜利比——
没什么凯歌——少了点钟声——
战鼓不会把我追随——伴着曲调——
被战胜——某种更缓慢的——含义
比炮弹更艰难——

…………

① James McIntosh. "Religion," in Eliza Richards, ed. *Emily Dickinson in Context*. New York: Cambridge University Press, 2013, p. 152.

> 某种更高傲的，在那里——
> 喇叭们向空中宣告它——
> 胜利的意味如此不同
> 对那得胜的——和那
> 如果要得胜，倒还不如
> 死——更满足的
>
> （J639，F704）

诗歌开头，主人公似乎已坦然接受自己"注定被战胜"的命运，因为这是自己的决定，并开始自我调侃。"我"先是"谦逊"地表示自己这个被战胜者"纸糊的运气"当然不能与铠甲般结实、镀金般辉煌的"胜利"相比，然后继续承认自己的"损失"——"没什么凯歌——少了点钟声/战鼓不会把我追随——伴着曲调"。叙述者过于简陋、随意的措辞，"没什么"（less）、"少一点"（fewer），"泄露"了"我"对于这些"损失"的遗憾程度不过如此：属于胜利者的凯歌、钟声、战鼓、音乐、辉煌与荣耀，看来都与"我"无缘了，但，那又如何？直到诗节的最后，"我"才收起自己调侃的语气，说出一个经过真挚的情感沉淀与艰难的思考之后略显凌乱的句子：

> 被战胜——某种更缓慢的——含义
> 比炮弹更艰难——

因为选择不皈依，"我"注定"被战胜"。但要自愿选择加入"失败者"的队伍，将它作为自己人生命运的一个预设前提义无反顾地走下去，却无疑"比炮弹更艰难"（More Arduous than Balls），要经历漫长失落的心路历程。引文中未引用的中间诗节是对"战场"的惨烈和失败者惨状的描写。

最后一节中，笔者将倒数第三行"To Him who has it"译为"对那得胜的"，既是因为"it"指代的正是上一行中的"得胜"或"胜利"（Victory），又是因为这个句式,乃至整个诗节都是对《新约·启示录》中"得胜"话语的惟妙惟肖的模仿,尤其是对《启示录》中反复出现的"得胜的……我要对他如何如何"(To Him who overcoms, I will...)句式以及神启语境的模仿。不同之处在于,《启示录》借使徒约翰之口转达"耶稣基督的启示",因此有一个无所不在的、更高处的主语"我",是自上而下的声音,狄金森诗歌中则取消了这个主语"我",只留下一个宾语的"声音"——通过"喇叭们向空中宣告它"——所以显而易见是一种自下而上的声音。这个声音虽然远离话语中心,却也是高傲的、不容小觑的,因为它宁愿面对死亡,也不愿接受这套充满威压的、庆幸的、沾沾自喜的得胜话语——"如果要得胜,那还不如/死——更满足——"。

圣经中的"得胜者"往往以集体形式出现,如"十四万四千人受印"(第7章标题)、"无数身穿白衣的群众"(第7章第9节前标题)、"好像群众的声音,众水的声音,打雷的声音"(第19章第6节)等。这些整齐划一的"得胜者"最显著的特征,就是他们将得到的"新名字""新身份",以及其代表的无上荣耀。这些"新名字""新身份",通常是以"额上神的印记"这一方式来实现的,即额上被写上或印上"神的名字"以作为新身份的象征。例如:"在城里有神和羔羊的宝座,他的仆人都要侍奉他,也要见他的面。他的名字必写在他们的额上。"(《新约·启示录》22:3—4)额上"盖印"或写上神的名字只属于天国的荣耀,代表上帝属民的身份。与之相反,那些"额上没有神印记的人"就要遭受厄运:"有蝗虫从烟中出来,飞到地上,有能力赐给它们,好像地上的蝎子的能力一样。并且吩咐它们说,不可伤害地上的草和各样青物,并一切树木,唯独要伤害额上没有神印记的人。"(《新约·启示录》9:3—4)

这些得胜者的"新名字"是神秘的,只有神和自己认识。例如:"得胜的,我必将那隐藏的吗哪(manna)赐给他,并赐他一块白石,石上写着新名,除了那领受的以外,没有人能认识。"(《新约·启示录》2:17)也就是说,这个"新名字"不再起到任何社交身份的作用,而只代表"我"与"神"之间的联系。同时,这些"新名字"也是神圣的,其"组成"包含上帝之名、圣城新耶路撒冷之名、耶稣之名,只是不确定是否也包含"得胜者"的个体名字。例如:"得胜的,我要叫他在我神殿中作柱子,他也必不再从那里出去。我又要将我神的名字和我神城的名（这城就是从天上、从我神那里降下来的新耶路撒冷），并我的新名，都写在他上面。"（《新约·启示录》3:12）也就是说，这个"新名字"首先是神圣集体意义上的"新名字""新身份"。而如果这些神殿的柱子上的确没有自己的个体名字或个体化身份标志，也就意味着所有得胜者的名字都是一样的，不再有区别。

狄金森不能接受这种以抹杀个体性为前提的集体主义式的"得胜"话语，因此"天国赐名"这一神圣场景，就成了狄金森诗歌中一再滑稽模仿的对象。其中既有故作轻描淡写的调侃，也有深刻的反思、辛辣的反讽。例如：

> 极乐——没有你——便是怪事一桩——
> 上帝给起了绰号——
> 永恒——

（J453，F45）

上帝赐予永生者"新名字"以代表其"新身份"的神圣仪式，变成了调皮的"起绰号"行为，极乐、永恒等神圣词语也被用在发誓赌咒的爱情语境中并加重了语气，虽情真意切，却有失神性的端庄肃穆。

又如，"我的生命"在"他找到了我的生命——把它竖起来——"（J603，F511）一诗中，变成了一块可摆放、可刻字的牌子：

> 他找到了我的生命——把它竖起来——
> 又把它摆到位——
> 然后在上面——刻上他的名字——
> 并把它请到东方去
>
> 要忠贞不渝——当他不在的时候——
> 因为他还会再来——
> 乘着琥珀的车驾

那时候——要送它把家回——

（J603，F511）

　　这个场景既是对死亡的隐喻，也是对基督教中"复活得胜"、天国赐名场景的绝妙模仿："得胜的，我必将那隐藏的吗哪（manna）赐给他，并赐他一块白石，石上写着新名，除了那领受的以外，没有人能认识。"只是，"新郎"（耶稣基督）在"新娘"的"生命"上"刻上他的名字"后，并没有带她一起前往天国家园，而是把她留在了"东方"——新婚夜结束后天亮的方向——让她守着"要忠贞不渝"的道德和"他还会再来"的期待，开始佩内洛普（Penelope）式的等待。

　　再如"我带着那张脸"（J336，F395）一诗中，对"灵性的身体"概念的辛辣反讽：

我带着那张脸——最后——
当我走出时间之外——
用它——在西天——排序就位——
那张脸——将会正好是你的——

我要把它交给天使——
……

他会接过来——仔细看看——再走开——
又回来——携一顶那样的冠冕
连加百利——也从未为之雀跃——
并求我把它戴上——

然后——他会把我转来转去——
对着一片惊美的天空——

仿佛一个人顶着她主人的名号——

皇家般的威仪！

与前一首小诗中的多重讽喻对象一样，这首诗歌讽喻的对象也不仅仅是"得胜者"的"新名字""新身份"，还有对基督教永恒理念中最为矛盾的"灵性的身体"理念的戏仿、归谬与反讽。除了"圣灵注入""属灵的""属基督的"这些身份象征，"灵性的身体"到底是不是身体？有没有脸、外在的表情、内在的个人情绪等肉身性的表现？很明显，这首小诗的方向是相反的。狄金森沿着"灵性的身体"概念在对肉身性的否定之路上越走越远，直到使诗歌呈现出一幅荒谬的画面："我带着那张脸"前往西方极乐之地，仿佛带着一件必不可少的行李。这件行李很重要，因为我要依靠它"在西天——排序就位——"。"我"幸运地依靠它在天国评到了一个很高的级别，并被授予一顶连大天使加百利都为之欢呼雀跃的冠冕。最后，天使将戴上冠冕的"我"转来转去加以展示，"仿佛一个人顶着她主人的名号"。也就是说，展示的并非"我"本身，而是"主人的名号"。

第三点，狄金森以"天国非家""天国望乡"（永生者在天国思念"尘世故园"）的"逆向乡愁"，颠覆了西方形而上传统中源远流长的"天国家园""还乡"隐喻。

众所周知，从形而上到基督教传统永恒观中一脉相承的，是对"真实世界""先验本体"的"怀乡""归家"情结，即人们怀着"乡愁"在转瞬即逝、虚幻不实的现象世界中流浪，等待回到被形而上哲学家们称为"理念世界"、基督教称为"天国"的这个"永恒家园""真正家园"的怀抱。

狄金森的永恒诗歌中也有很多描写"乡愁""想家"情绪的诗歌，但表达的是一种"逆向的乡愁"。在这些诗歌中，天国被视为疏离陌生的"异乡"或"非家"的概念。无论是告别尘世的逝者，还是飞升天国的永生者，依然对已失去的"尘世故园"魂牵梦萦。例如：

死亡让我们思乡，那些身后的人

除了它已离去

对它的关切一无所知

仿佛它从未出生过

　　　　　　　　　　　　　　　　（J935，F1066）

　　叙述者采用特殊的第一人称复数形式"我们"，讲述逝者的关切，即对于尘世故园割舍不下的牵挂——"死亡让我们思乡"，"那些身后的人"（生者）对此却一无所知。不仅如此，我们在他们眼里已俨然成为一个"物"而只能被称为"它"，仿佛死亡这块神奇的橡皮，已擦去了我们与这个世界的所有联系。

　　除了以逝者为第一人称叙述者"我"或"我们"自述对"尘世故园"的"乡愁"，狄金森还时常采用旁观者的角度，讲述叙述者对于逝者的推己及人的担忧，即"我会想家，所以我担心他们也会想家"。例如"今天——我为死者难过——"（J529，F582）一诗中，"我"对于逝者、"那些农夫——和他们的妻子"无缘于人间情致的叹惋：

今天——我为死者难过——

在如此惬意的时光

老街坊们在篱墙边——

正是一年晒干草的时候。

宽肩膀——黑脸膛的相识

辛劳间歇的交谈——

大笑，一个司空见惯的物种

惹得篱笆墙们乐呵呵

远离田野的喧嚣

躺得如此横平竖直——

> 忙碌的推车——芳香的公鸡——
> 割草机的节拍——偷走
>
> 他们想家的烦恼——
> 那些农夫——和他们的妻子——
> 与田间的劳作隔绝——
> 还有一众邻人的生活——

　　割草机在忙碌,空气中弥漫着青草的气息,四处找食吃的大公鸡仿佛也披上了田野的芬芳。推车忙忙碌碌、穿梭不息,"正是一年晒干草的时候"。那些"宽肩膀——黑脸膛"的老街坊们一边忙乎着,一边唠着嗑,"一个司空见惯的物种"都能激起他们的哈哈大笑和此刻旺盛的生命力。但"我为死者难过",因为他们已与此无缘。"那些农夫——和他们的妻子——",正"远离田野的喧嚣/躺得如此横平竖直——",寂静清冷,只有远处割草机的轰鸣声不时传来,打断他们的思绪,企图"偷走他们想家的烦恼"。

　　叙述者担心逝者在死亡后会想家(J935,F1066),在"地下村镇"等待复活永生时会想家(J529,F582),在升入天国后依然会在"永恒以后思念家园"(J900,F1074)。例如:

> 自从最后一面后他们在做什么?
> 他们在辛勤忙碌吗?
> 太多的问题要问他们
> 我急不可耐
>
> 要是我能抓住他们的脸
> 要是他们的唇能应答
> 等不到最后一个问题答完
> 他们就该启程升天了——

要不是他们的同伴在等，

要不是在和我交谈

现在对他们而言，就是

永恒以后思念家园。

狄金森永恒诗歌中的叙述者对"他们"的无穷无尽的好奇，也就是对自己命运的好奇。同样，对他们在"永恒以后思念家园"的担忧，表达的也正是自己对人间家园的无限眷念。

综上所述，狄金森的永恒观形成于十九世纪新英格兰的特殊语境。她熟知形而上的"理念世界""天国家园"传统以及正统基督教永恒观的内容，但与自由派基督教的新思想更投契，更倾向于强调上帝的爱与仁慈、人类的自由意志的新型永恒观。因此，狄金森诗歌摒弃了正统基督教有关"罪"与"罚"、"有限救赎"的核心观念，并对另一些排他性观念进行戏仿与反讽，如基督徒的"得胜"话语、"天国赐名"、"灵性的身体"等，以生动的艺术形式再现了新旧宗教思想的交锋以及诗人对正统基督教永恒观的叛离。最后，她以独树一帜的"天国非家""天国望乡""逆向乡愁"诗歌及其所代表的反本质论的永恒观，彻底颠覆了西方形而上传统对于"天国家园""先验本体""真实世界"的"乡愁"隐喻。

第三节　狄金森诗歌中的永恒

正如神学家所说，"你要经常思索，仔细思索'永恒'这个词"①，狄金森一生都在沉思永恒，并创作了大量永恒主题诗歌。她对死亡、永恒话题的执

---

① 理查德·巴克斯特：《圣徒永恒的安息》，许一新译，生活·读书·新知三联书店2013年版，第47—48页。

着,固然与沉思永恒的基督教传统有关,但也少不了青少年时代曾居住的一个"新家"所在的特殊社区环境的耳濡目染。1840年,父亲经济情况好转,小家庭告别因祖父破产而从主人变为租客的镇中心老宅,购入西街的一座偏僻大院,一住就是15年。这个新家距离小镇的墓园不远,从二楼后窗望下去就能看到墓地。① 从此,小镇居民的最后一幕开始在少女狄金森的眼前不断重复上演,直至成为诗人脑海中挥之不去的场景:

> 我觉得一场葬礼,在我的脑海里举行,
> 吊丧的人来来往往
> 不停地踩踏——踩踏——直到似乎
> 理性喷薄而出——
>
> 人们纷纷落座之后,
> 仪式,像是一面鼓——
> 不停地敲击——敲击——直到
> 我以为神志就要麻木
>
> …………
>
> 然后,理性的木板断裂,
> 我掉下来,掉下来——
> 每一层坠落,撞击一个世界,
> 然后——不再有知——
>
> （J280,F340）

---

① 阿尔弗雷德·哈贝格:《我的战争都埋在书里:艾米莉·狄金森传》,王柏华、曾轶峰、胡秋冉译,北京大学出版社2013年版,第101页。

　　评论家们从心理分析与象征主义诗学角度，将诗中描绘的"头脑中的葬礼"理解为头脑（理性、意识）本身的葬礼或丧失。例如，格里菲斯（Clark Griffith）指出狄金森借用葬礼仪式的各种象征性意象，如吊丧的队伍、沉重的脚步（铅靴）、沉闷的钟鼓声等，戏剧化地展示了"叙述者的理性力量逐渐被疯狂征服"，直至内在世界完全崩溃的过程："通过死亡与葬礼的象征，使疾病缠身、步履蹒跚、走向瓦解的思想被赋形而现身。"①李超慧进一步分析了叙述者理性崩溃的原因，是跨越边界进入全然陌异的维度，直至"无可抗拒地被无限混沌吸入"而陷入疯狂或精神错乱的境地。②刘守兰则将诗中对于葬礼仪式的过多描述视为"本诗小小的缺陷"，因其"更多地吸引读者的注意力"以至于冲淡了诗歌真正的主题。③

　　从象征主义诗学的视角看，这首诗无疑是有"缺陷"的——象征体大于象征本体。但从创伤研究的角度来看，叙述者仿佛身不由己地偏离"真正的主题"而纠缠于葬礼意象的种种细节描述，这一现象本身就是值得关注的。弗洛伊德在分析"创伤性神经官能症"时发现"创伤体验"（traumatic experience）的共同特征：固着于过去某个特殊阶段而使患者无法与现在未来发生联系、逃入疾病（flight into illness）或借疾病症状回到创伤的情境，仿佛病人尚未完成此情境等。④创伤批评家们以精神分析为起点，进一步得出了创伤体验的两个结构特点：延迟性与复归性。前者指的是"事件在当时没有被充分吸收或体验，而是被延迟"⑤，即主体的创伤感受与认知滞后于创伤事件的发生；后者指的是在发生当时没有被充分认知或体验的创伤事件，会

---

① Clark Griffith. *The Long Shadow: Emily Dickinson's Tragic Poetry*. Princeton: Princeton University Press, 1964, p. 247, p. 250.

② 李超慧：《艾米莉·狄金森诗歌中的隐喻研究》，西南交通大学出版社2016年版，第42—43页。

③ 刘守兰：《狄金森研究》，上海外语教育出版社2006年版，第261页。

④ Sigmund Freud. *Beyond the Pleasure Principle, Group Psychology and other Works*. London: The Hogarth Press, 1955, pp. 12-13.

⑤ Cathy Caruth. *Trauma: Explorations in Memory*, Baltimore: Johns Hopkins University Press, 1995, pp. 4-5.

在事后不断返归现场,仿佛幽灵般"无穷地自我重复,不断归来萦绕于主体"①。

从创伤体验的角度更能体会本诗的叙述者偏离主题而纠缠于葬礼场景的心理机制:以葬礼为象征的死亡创伤对死亡亲历者或见证者的绵绵不绝的"事后影响"。例如下面这首诗的开头:

> 我觉得一场葬礼,在我的脑海举行,
> 吊丧的人来来往往
> 不停地踩踏——踩踏——

这场萦绕不去、栩栩如生的葬礼并非"我的脑海"的虚构物。"我的脑海"作为一个场域,是不能"制造"这场葬礼的;它只能承载这场葬礼的发生,接受它如幽灵般一次次复归,返回事发现场。也就是说,这场"脑海中的葬礼"来自别处,是"另一场葬礼"或"其他葬礼"所代表的不可言说、不可回忆的死亡创伤在"我的脑海"或无意识中的无穷的自我重复。

从作者生平看,这场"脑海中的葬礼"有不止一个原型可以追溯。十三岁时,狄金森曾按照习俗为垂危病人"守护病床",为逝者"守灵",因此目睹了好友索菲娅·霍兰逝去的最后过程。两年后,她回忆自己当时没有掉一滴眼泪,只是在"她被放入棺材而我觉得不能再把她叫回来之后陷入一种固着不去的忧郁",事后也未向任何人说起过自己的感受,只是任由"它噬咬我的每一根心弦",直到父母出于担忧而将日益消沉的小狄金森送去波士顿的姨妈家休养了一个月。②死亡事件的突发性和残酷性显然超出了小狄金森所能认知和接纳的程度,以致这个敏感的孩子只能将自己不可名状的伤痛

---

① 朱利安·沃尔弗雷斯:《创伤及证词批评:见证、记忆和责任》,朱利安·沃尔弗雷斯编:《21世纪批评述介》,张琼等译,南京大学出版社2009年版,第181页。

② Roger Lundin. *Emily Dickinson and the Art of Belief*. Grand Rapids:William B. Eerdmans Publishing Co., 1998, p. 26.

描述为一个最为浅表的常识："不能再把她叫回来。"孩子出于心理防御机制而拒绝进入"伙伴之死"或生命的残酷真相，以至于似乎对此"麻木不仁""视而不见"——没有掉一滴眼泪——仿佛没有经历任何创伤。创伤的延迟性使她被死亡事件击碎的自我不会被意识触及：那个天真烂漫、不知有死亡这回事的小女孩已一去不复返，而她自己却一无所知。接下来的十年间，亦师亦友的伦纳德·汉弗莱、激励狄金森走上诗人之路的本杰明·牛顿，也都在风华正茂的年纪相继病逝。鉴于十九世纪的高死亡率，以至于对那个时代的年轻人来说，在成年之前没有经历过几次丧亲、丧友之痛几乎是不可能的。这种创伤在狄金森一家搬去毗邻小镇墓园的新家后无疑达到了高峰：散见的、偶发的死亡事件，变成了墓园的日常，并日复一日地提醒着、强化着生死之间的那道裂痕，以至于不可驱散的葬礼场景在狄金森诗歌中一再浮现，就连这首被视为象征主义杰作的诗歌中也出现象征体（葬礼意象）大于象征本体（理性崩溃的过程）的"小小缺陷"，使其成为死亡创伤在狄金森诗歌中的必然呈现。

但"邻人之死"或"他人之死"，无论以何种形式展演多少次，都无法为狄金森充分解答关于死亡、永恒、天国等"熟词"里的秘密。这些既不能以体验感知，也不能以认知理解，理性之光无法照亮、生命之火无法穿透的"谜"，只能以其永远无法完成的开放性，幽灵般不断萦绕，将曾经的墓园邻居狄金森固着于这些创伤性的话题之上：

　　那些人我再也没有见过
　　自那个强大的秋日午后
　　我把他们留在了地下。

（J79，F128）

所以，一生都在思索永恒的狄金森，虽然也创作了一些符合传统的神性永恒诗歌，但更多时候是在既试图描述永恒、以语言接近永恒，又意识到语言、认知的失效之间"拉锯"，也就是说，在对永恒理念无休止的形而上欲望和对"永恒之谜"不可解的清醒认识之间挣扎。

一、神性的永恒

狄金森诗歌中,偶尔也会看到教科书般"正确"的、释经般的神性永恒。她以新教的个人释经方式,将永恒解释为"神或神性的自我显现":

> 你构建了时光——
> 我则认为永恒——
> 是你自我的显现——
> 因而就是神

（J770,F498）

虽然这样不带反讽的阐释几乎是凤毛麟角,且前提必须是诗中的"你"只能是神,而不能"兼为"爱人,因为狄金森永恒主题诗歌中的神与爱人的形象往往难分难解,让我们无法分辨诗中的"我"在表达崇拜、爱慕、敬畏、娇嗔、愤恨、挑衅、调侃等复杂情绪时,倾诉的对象到底是高高在上的神还是求之不得的爱人。

狄金森从神性永恒的角度创作了为数不多的安宁、圆满的永恒主题诗歌,展示了永恒的种种神性特征。例如:

> 时光叫人觉得如此浩渺
> 要不是由于永恒——
> 我怕这个周长
> 吞没了我的有限——

（J802,F858）

永恒丰盛——

而且疾如风,如果是真的。

（J350,F352）

从荣耀中退缩

它执意要看清

直到这些软弱的躯壳掉进

完满的永恒——

一种仁慈如此普遍——

我们几乎不再害怕——

使最渺小的——

和最遥远的——也能崇拜——

（J694,F717）

在这些诗歌中,永恒是浩渺的、丰盛的、圆满的、仁慈的,正如自由派基督教描绘的上帝或神性本身。

但与此同时,基督教永恒观的另一面,即只惠及教徒的区别性、排他性,是非教会成员的诗人所必须面对的。用狄金森的话说就是:

永恒现身于

宠儿面前——少数几个——

得见不朽

之庞然万象

（J306,F630）

对于这种区别性、排他性的宗教话语,狄金森的通常做法是采用"肯定句式+问号"的语言形式,在整篇惟妙惟肖的戏仿结尾,以一个问号将句型从陈述扭转为疑问,从而使全篇宗教真理的叙述被扭转为一个存疑的假设或被反问、被质疑的对象。

例如,"我走到筋疲力尽才越过"(J550,F666)一诗中对基督教"得胜"话语的质疑:

> 我走到筋疲力尽才越过
> 一座山——在我心中——
> 更多山——
> ……
>
> 当一个人急匆匆赶去休息——
> ……
>
> 终于——圣恩在望——
> ……
>
> 我们这是死吗——
> 或是死亡的实验——
> 被逆转——在胜利中?

"我"历尽艰难困苦,是为了"急匆匆赶去西方休息"。这一悖论本身,既是对于基督教永恒观念重彼岸而轻俗世的"目的论"倾向的反讽:旅途是次要的,唯有目的地是重要的。只要能到达"西方极乐",沿途尽可以浮光掠影、视而不见,到达者即胜利者。基督教圣经中充斥着这样的"得胜"话语——基督徒依靠主耶稣胜过苦难、撒旦、罪与死亡,也胜过自己和俗世,最终成圣而得到永恒的荣耀。与之相对的,则是"额上没有神印记的人"在末日一败涂地、万劫不复的悲惨境地(《新约·启示录》9:4—6)。狄金森对于这种排他性、警示性"得胜"话语的态度,就是以结尾一个问号带出语境,走向质疑：

> 死亡的实验——
> 被逆转——在胜利中？

这种疑问，来自狄金森站到事物背面去探究更多真相的思维习惯。站在基督教神性永恒的背面来看，浩渺的、丰盛的、圆满的、仁慈的神性永恒，对未得到教会授权的"上帝选民"身份的诗人来说，就是狭隘的、缺乏的、丧失的、严苛的、惩罚的。这种被神性永恒排除在外的匮乏与丧失，就仿佛"永恒巨大的口袋，被扒窃——"（F393，J587），以至于诗人"哀叹"：

> 有个六月玉米收割
> 玫瑰花在种子里——
> 一个夏天比第一个短
> 但确实更温存
>
> 如同某个正午浮现
> 一张料想是坟墓的脸
> 以它涂脂抹粉的绯红
> 打动我们，然后回返——
>
> 据说，有两个季节，存在——
> 公正的夏天
> 和我们的这个，千差万别
> 有前景——有寒霜——
>
> 可否不把我们的第二个和它的第一个
> 比较得如此体无完肤

以致我们只要回想一个

就不得不垂青另一个？

(J930,F811)

这首小诗充分说明了狄金森的永恒观与形而上传统之间从继承、游移到脱离的关系。首先，从表面上看，与信奉先验理念的形而上学传统一致的是，狄金森将此在(here and now)的这个夏天称为"我们的第二个"，即作为"第一个"夏天(基督教的"天国永夏"原型理念)的尘世复制品。尽管"我们的这个"夏天比"它的第一个(原型)"更温存，却是短暂的、无前景的、不堪比较的。诗人确定无疑地继承、吸收了形而上永恒观的理念至上传统。但更深一层，就会发现作为永恒原型的"第一个"夏天，即基督教所称"公正的夏天"(The Summer of the Just)，已随确定无疑的信仰一起丧失了。对人类的丧失命运深有所感的诗人，只能努力在短暂的现世时空为这个"原型的夏天"构建复制品，并祈求不将自己不堪一击的构建品和尽善尽美的原型做比较，以免面临"第二次的丧失"——继丧失神性的原型之后，又以对这种丧失的缅怀来否定人类正在努力进行的自我构建：

可否不把我们的第二个和它的第一个

比较得如此体无完肤

以致我们只要回想一个

就不得不垂青于另一个？

至此，诗人丢掉了她所继承的形而上的永恒理念传统，开始致力于不甚自信的、诚惶诚恐的自我构建。最后，她以"据说"一词引出"天国永夏"的宗教真理——"据说，有两个季节，存在——"。"据说"，类似于"道听途说"，也就是说基督教永恒理念的确定性、真理性被取消，变成了众说纷纭中的一种。由此，诗人又从尽善尽美的形而上永恒原型撤回到"我们的这一个"仅有的夏天。

　　狄金森诗歌中的永恒,就这样从顺应传统的、符合基督教义的、圆满的神性永恒,一步步蜕变为区别性的、排他性的神性永恒,变成形而上永恒理念原型的残缺投影与复制品,从而初步具有了不圆满的特性。接下来,就是向着博尔赫斯所谓"没有上帝的可怜的永恒,而且没有其他拥有者,没有原型"的"次类永恒"、世俗永恒的方向踟蹰前行。①

二、他性的永恒

　　根据于连·沃尔夫莱(Julian Wolfreys)在《批评关键词:文学与文化理论》(2004)中的总结,"他性"(alterity)通常指的是"批评和哲学话语中绝对激进的他者性(otherness)状态",即列维纳斯(Emmanuel Levinas)所谓"他性的绝对外在性,以对立于他者思想中隐含的二元的、辩证的或互补的绝对外在性"②。传统本体论中的"他者",被列维纳斯称为"相对的他者",即相对于自我或我的认知而存在的、并没有逃离自我的总体范畴的他者。"我"可以通过理解、认同等同一化方式将"他"吸收进自我之中,使之还原为我之总体的一部分,从而使他者性被消除。"绝对的他者"与"我"之间的关系却是断裂的。也就是说,"绝对的他者"并不是"与我不同",而是"在我之外",在可向我呈现的领域之外,是绝对地外在于自我或我的认知的。用列维纳斯的话说,就是:"在自我与神秘的他性之间……隔着一条鸿沟。""它并非未知但却是不可知的……与他者的关系就是与一个谜的关系。"③

　　与列维纳斯相同的是,狄金森也使用了一个"谜"字来概括永恒天国的绝对他性,以及面对这样一个绝对他者时语言与认知的失效:

---

① 博尔赫斯:《永恒史》,刘京胜、屠孟超译,上海译文出版社2015年版,第24页。

② 于连·沃尔夫莱:《批评关键词:文学与文化理论》,陈永国译,北京大学出版社2015年版,第17页。

③ 于连·沃尔夫莱:《批评关键词:文学与文化理论》,陈永国译,北京大学出版社2015年版,第18、225页。

> 有些安歇的会升腾。
> 我能否细讲一下众天？
> 谜是多么的安静！

（J89，F68）

信仰安慰"我""有些安歇的会升腾"，"天选的逝者"将在复活日飞升进入天国，于是"我"被激起了描述"众天"，以语言接近天国永恒的形而上欲望，却终究发现它是一个绝对外在于"我"的、不可进入的"安静的谜"。

"永恒之谜"的绝对他性，首先体现在狄金森众多永恒诗歌所采用的"美满结局"（happy ending）的形式特点上。这些以永恒为主题的诗歌，常常使用翻山越岭、海上航行、长途跋涉的相关意象，如荆棘丛林、惊涛骇浪、进退两难的漫漫征程等来象征天路历程的艰难险阻，却在"来到门边""跨过台阶""看到陆地""终于靠岸"之时戛然而止，不再对如愿以偿的永恒做进一步的描绘，正如童话故事中常用的"美满结局"的形式特点。

"永恒之谜"的绝对他性，还体现在狄金森诗歌中的"天国非家"理念对形而上传统"天国家园"理念的叛离与颠覆，以及借此实现的命题转移。也就是说，从理念贡献上看，狄金森的"天国非家"诗歌体现出的"他者"概念突破了西方形而上传统的天国本体论；从心理机制上看，狄金森与形而上传统的"乡愁"之争其实可以被视作一种命题转移，即把作为绝对他者的未知深渊施加于人的根本性的恐惧与痛苦，置换成可理解的、可被同一化到自我主体中来的相对较轻的生存的苦恼。

"永恒之谜"的绝对他性，最后体现在狄金森通过"地下村镇"诗歌所做的认知努力与诗意构建上。在这些诗歌中，墓园被称为"地下村镇""地下都城"，被置于与生者毗邻的"乡亲"地位。诗人试图以地下村镇的隐喻将"墓园内部生活"拉回到现世的话语中来，以实现对死亡、永恒等未知世界的认知，虽然最终达到的只是从喻体"人间村镇"向本体"地下墓园"的概念映射。同时，她还将这一诗意构建视为已失去的"尘世故园"与遥远隔膜的"天国家园"的双重替代品，因此将地下村镇塑造成温情的、体贴的、安全的"家"——

无家者的"家园"。

(一)"美满结局"的形式特点

狄金森的众多永恒主题诗歌采用了一种类似于童话故事"美满结局"的情节形式——历经种种磨难的主人公开启幸福美满的新生活,全剧终——在宣告"永恒"登场、"夙愿得偿"的那一刻拉上大幕、不再赘述,从而使甫已宣告登场却未亮相的"永恒"成为一种缺席的存在或悬搁的在场。

这些"美满结局"式的永恒诗歌,往往以"来到门边""跨过台阶(门槛)""走进(掀起)纱巾""靠岸"等作为"全剧终"的标志。例如,"我们的旅行已经向前——"(J615,F453)一诗的结尾:

撤退——没有希望——

身后——一条封死的路线——

永恒的白旗——在前——

上帝——在每扇门边——

格里菲斯将"等候在每扇门边的上帝"意象看作希望的象征,即诗歌叙述者"我们"在经历恐怖的死亡之旅时所憧憬的温暖前景:前方有一座"天空之城",还有一位无所不在的"父"守候在每一扇门边。虽然格里菲斯并未做进一步的展开与联想——"等候在每扇门边的上帝"是为了第一时间迎接我们吗?"我们"也可以第一时间扑入"父"的怀抱吗?——只是明确指出,正是这个充满希望的结尾揭示了这首诗歌"在'不情愿'与'恐惧'下潜藏着的秘而不宣的渴望"[1]。

沃尔夫(Cynthia G. Wolff)却将"上帝——在每扇门边——"这一超时空意象看作对人类维系于时空观念之中的自我意识的取消或摧毁:"上帝在前

---

[1] Clark Griffith. *The Long Shadow*: *Emily Dickinson's Tragic Poetry*. Princeton: Princeton University Press, 1964, pp. 139-140.

方这座十二门之城的每一扇门边,他的存在的威慑就是无可逃避的终局。该诗的超现实主义地理学准确无误地排除了天国作为一个'地方'的可能性。"天国不再是一个"地方",而是一片无时空的混沌,天路历程的跋涉者来到这片混沌的"终点",所能做的只是在"永恒的白旗"面前缴械、交出自己(而非天国挂出"永恒的白旗"向旅人投降),以便进入"城门",融入混沌之中,不再有个体与自我。①

两位批评家分别从心理分析与时空理论的角度,将诗歌结尾的天国永恒理解为温暖的前景和令人恐惧的无时空的混沌以及自我主体性的丧失。关于"等候在每扇门边的上帝"意象的歧义理解还有很多。可以说,正是因为诗人对永恒天国的描绘总是在千辛万苦的"天路历程"终于抵达"终点"的那一刻戛然而止,种种猜想也就往往只能止步于天国的"门边"。

这样的"止步于门边"的"美满结局"的例子还有很多。譬如:

> 当呼吸停止之时
> 她打点起简单的衣装
> 开始向太阳奔去。
> 她小小的身影来到门前
> 天使们必定已经发现,
> 因为我再也不能/在凡间将她找见。

(J150,F154)

再如:

> 也许"天上的国"已改头换面。
> 我希望那里的"孩子们"

---

① Cynthia Griffin Wolff. *Emily Dickinson*. Cambridge:Perseus Publishing, 1988, pp. 336-338.

在我到来时不会变得"时新"——
笑话我——瞪着我——

我希望天上的父
会抱起他的小女孩——
老式——顽皮——不一而足——
翻过那"珍珠"的台阶。
· · · · · · ·

（J70,F117）

　　与第一首诗中私自奔向太阳、有可能被天使拒之门外的"她"不同的是，第二首诗中的"小女孩"是被"天上的父"抱着"翻过那'珍珠'的台阶"的，俨然备受宠溺的"爱女"。结合圣经中关于天国的"十二扇珍珠门户"的典故——"十二个门是十二颗珍珠，每门是一颗珍珠"（《新约·启示录》21：21）——此处，翻过珍珠的台阶这一动作亦可被理解为翻过珍珠的门槛，那么无疑比第一首诗中的"来到门前"更进了一步。

　　又如"最后的夏天就是欢乐"（J1353,F1380）一诗中想要闯入"狂喜辛迪加"的叙述者：

最后的夏天就是欢乐——
因回首而不前。
这是极乐透露的评说——
狂喜辛迪加。

要见它——它没有名姓——
没有天国的邮递——
好大胆不敲门
径直走进面纱里。
· · · · · ·

　　无一例外的是,这些永恒诗歌都在"来到门边""来到门前""跨过台阶(门槛)""走进(掀起)纱巾"的那一刻既宣告了永恒的到场,又宣告了诗歌的结束。

　　与此类似的是,狄金森永恒诗歌还频繁使用"海岸""彼岸""靠岸""陆地"等与航程结束有关的象征意象来作为"美满结局"的"信号词"。例如:

> 在这片神奇的海洋——无声地扬帆远航——
> 嚯! 领航员! 嚯!
> 你可知晓
> 没有拍岸的巨浪呼啸——
> 风消雨歇的海滨?
>
> 在那宁静的西方
> 许多——帆船在安歇——
> 铁锚沉稳。
> 我领你前行——
> 陆地! 嚯! 永恒!
> 终于靠岸!

(J4,F3)

　　"陆地! 嚯! 永恒! /终于靠岸!"航程和诗歌在宣告"靠岸"的那一刻终结。我们和"陆地""永恒""岸"打了一个照面。此时恰巧在"船头"的"我"不由自主仰起头,仿佛一瞥神的身影;或许,还会如得神示般"面皮发光"(《旧约·出埃及记》34:30)。然而,这个"照面"却并未让我"看见"任何可为意识或经验所把握的"对象"。除了"陆地""永恒""岸"这几个从尘世故园随身带来的熟词,"我"之认知主体并没有得到任何新的"猎物"。

　　这首诗,可以说充分体现了永恒的绝对他性的特征。一方面,永恒作为超越人类认知和经验领域的绝对他者,是外在于"我思"的,人类无法以语言与思维将其吸收，并入"我"之主体中来；另一方面，"我"并不能根据"他"的绝对外在性而推断其不存在或虚无——"绝对他者"与"我"的关系，是超越于"主—客"认知关系的"主体间"关系："我"和"他"是两个独立的主体。所以在狄金森的永恒诗歌中，"永恒"总是"在那里"，作为一个外在于认知和语言的"谜"，就在我们的"前方"或"岸边""陆地上""台阶尽头""门槛那头""纱巾后""城门内"，即使我们和他"面对面"，甚至可以"听见他的声音"，也无法以我思去主动地认知、理解他，更不用说以思想和语言将他归化成为自我主体的一部分。

狄金森创作了许多"美满结局"式的永恒主题诗歌，表明她试图言说永恒、接近永恒的执着态度。但她的永恒主题诗歌往往只到"抵达彼岸"为止，似乎并不打算以各种艺术再现的手法为之赋形，从而揭示了狄金森在面对永恒这个绝对他者时的矛盾处境，即理性上知其不可表象，情感上却又抑制不住复归萦绕的"两难绝境"。她就像一位"永恒派"的"信徒"，在数百首诗歌中以或思辨、释经，或抒情、意象，或狂想、启示，或呓语、碎片的方式，不断地言说着永恒，企图接近永恒。彼岸的未来，作为一个预设性前提在狄金森的诗歌中弥漫着。虽然叙述者偶尔也会声称"不相信天堂"，但往往只是借"不相信"这一功能性言语行为的强烈效果，来表达一种情绪或情感态度，如不满、不安等，而并非对"天堂"本身的否定。例如：

上天堂！
我不知何时去——
求你别问我如何前往！
……

我很高兴我不信它
因为它会停止我的呼吸——
我倒想再多看一眼
这样奇妙的大地！

我很高兴他们信它

那些人我再也没有见过

自那个强大的秋日午后

我把他们留在了地下。

(J79,F128)

诗中说,"我很高兴我不信它/因为它会停止我的呼吸——"。显然,叙述者把"它的存在与否"和"我的信与不信"画上了等号:信它,它就是存在的,就会来停止我的呼吸;反之亦然。也就是说,诗中的不信天堂,其实只是不舍尘世的一种同义反复。而"因为它(天堂)会停止我的呼吸"这一陈述本身,即是对"它"的前提性存在的肯定——"它"(天堂)首先必须存在,然后才能来干涉我的呼吸。换句话说,"我"所宣称的"不信"其实并非不相信,而是不愿相信、宁愿不信、不敢相信等,与其说是一句宣言或者一个决断,不如说更像是情人间的争吵或小女孩的胡闹,以怨嗔争取更多的宠爱。

对"永恒天国"的这种怨嗔而非否定的例子,在狄金森诗歌中还有很多。譬如:

我看不到路——

众天被缝上了——

我觉得针脚细密一行复一行——

(J378,F633)

为什么——他们把我关在天堂外?

是不是我唱得——太过嘹亮?

(J248,F268)

"天国"——是我不可企及的东西!

树上的苹果——

只要它悬着——令人无望——
那——就是"天国"——对于我！

（J239，F310）

简言之，诗人以她惯用的小女孩面具，借用孩子气的刁蛮任性、娇憨怨嗔，将"不相信"一词的含义从宗教意义上的不信仰，转到了情感态度上的不信任、不信赖，即并非不信天堂或其存在，而是感到天堂对我关闭了，它将我排除在外了；或者"信天堂后果严重"——"它会停止我的呼吸"；或者天堂与现世是不可兼得的互斥选项——所以我不能再相信它了。

这些"美满结局"式的永恒诗歌中，往往既没有对永恒事件的叙事，又缺乏对永恒场景的描写。也就是说，坚持言说永恒的狄金森却并不描绘永恒本身。尽管诗人创作了大量诗歌来探寻永恒的踪迹，却并未像传统意义上的信徒——无论基督教、古代原始宗教或其他"异教"徒——通常所做的，以具象性的描写来赋予永恒观念更多确定性的内容，以便激发或确证信仰。

从文化传统上看，狄金森并不缺乏各种栩栩如生、扣人心弦的永恒天国的愿景以供摹写。最经典而古老的永恒叙事，当数"爱智者"苏格拉底在临终前突然以纯粹信仰而非论证的方式描绘的"地下深渊""冥界河流湖泊"及其代表的"亡者的不同命运"的场景。[1]再有，狄金森熟读的《新约·马太福音》中条分缕析的"天国八福"（Beatitudes），或《新约·启示录》中处处洋溢着叙述者或"得胜者"难抑的喜悦之情的鲜活斑斓的天国细节，如新天新地、玻璃般明净的纯金圣城新耶路撒冷等。（《新约·马太福音》21：18—21；22：1—2）还有，圣奥古斯丁在《上帝之城》中阐释的复活与永恒的另一面——与永恒福乐相对的永劫不复，或称"第二次的死"，即"永死"。[2]又有，但丁在《神圣的喜剧》即《神曲》中——"游历"的地狱、炼狱、天堂的庞大场景与浩繁"人

---

① 柏拉图：《柏拉图对话录》，王太庆译，商务印书馆2004年版，第280—283页。
② 黄裕生：《奥古斯丁的基督教哲学》，选自叶秀山、王树人总主编，黄裕生主编：《西方哲学史》（第三卷），人民出版社2011年版，第155—157页。

物"。更不用说,狄金森在信件中"推荐"过的约翰·班扬的《天路历程》①,书中主人公"我"惊鸿一瞥的天城内的种种荣耀,等等。诸如此类看上去确凿无疑或仿佛身临其境的彼岸细节,正是狄金森永恒主题诗歌中所缺乏的。从具体时代语境上看,狄金森身处宗教"大觉醒"运动的浪潮之中,家人朋友相继皈依入教,"家中有多达十九本圣经"②。无论是自由基督教派鼓舞人心的永恒福乐,还是正统加尔文宗令人生畏的愤怒上帝手中的罪人,都以无比充沛的叙事热情在"描写"着复活、审判、永生或永死等种种永恒图景。

但文化传统与时代语境不能解释的是,狄金森并没有"加工"或转述这些令人欣慰的"发现"或"好消息",而只是做出了一些旁观者的评论。例如,她在写给友人的信件中,谈到了自己的"孤立"状态,并对身边新近皈依的人们表示羡慕或"嫉妒":"这个世界变得多么孤单……基督在召唤这儿的每个人。""我无法告诉你他们发现了什么,但他们觉得那是弥足珍贵的……他们看上去如此这般宁静。他们的嗓音美妙、柔和。泪水如此经常地充溢在他们的眼睛,我觉得我几乎就要嫉妒他们了。"但在"嫉妒"之余,她却并没有接受他们的帮助或鼓动,以"羡慕而不加入"的姿态表达了自己的独立与抗拒。前文所引的另一封信,在谈到基督教永恒观中的"审判"与"永劫"观时说,一位来访牧师的布道"鼓吹死亡与终审……不知怎地这布道有点吓到我了","看起来永劫的主题让[这位来访的牧师]莫名愉悦"③。这里所谈论的,仍然只是宗教的永恒话语——无论天国"永福",还是地狱"永劫"——对听者产生的效应,而非永恒所指的内容本身,因为"我"既没有"感到",也不曾"知道"这些语言上的"能指"不断指向从未使其现身的、无限延异的"所指"。用狄金森的话说,就是"生命——是我们使之成为的东西——/死亡——我们

① Jack Capps. *Emily Dickinson's Reading, 1836-1886*. Cambridge: Harvard University Press, 1966, p. 169.

② Wendy Martin. *All Things Dickinson: an Encyclopedia of Emily Dickinson's World*. Santa Barbara: Greenwood, 2014, p. 81.

③ Roger Lundin. *Emily Dickinson and the Art of Belief*. Grand Rapids: William B. Eerdmans, 1998, p. 52, p. 69.

却不了解——"(J698,F727)。

也就是说,狄金森始终未能将宗教话语下的永恒叙事转化为自身的感受或体验,从而形成自己真正意义上的永恒叙事。对自己既热衷于永恒主题,又缺乏对永恒本身的叙事或描绘,只能以"美满结局"形式匆匆结束尚未言说的永恒的无奈与遗憾,狄金森是有自己的解释和愿景的。

解释之一,永恒原本就是这样——浩渺、虚无、无面目可描述。

例如,在"我祈祷的时期已经来到——"(J564,F525)一诗中,"我"对"无极"(infinitude)提出了无人回答的"天问":

> 上帝高高在上——所以祈祷者
> 必须从地平线——往上攀——
> 所以我步入北极
> 去把这位怪友看望——
>
> 他没有家——没有标记——
> 不见烟囱——不见门
> 我无从推断他的住处——
> 大气的莽原绵亘
>
> 不见一位居民闯入——
> 这就是我极目所见的全部——
> 无极——难道你没有
> 我可以观察你的面目?

诗歌中的"我"以戏谑的口气,将上帝的高高在上理解为物理意义上的、空间上的"高"与"上",因此提出祈祷者只要顺着地平线往"上"攀,到达地球上的"最高点"即北极,就可以去看望上帝这位"怪友"了。但不承想,这位怪友的家是没有任何空间物理特征、无踪迹可循的,因为从地球的"最高点"继续往上,就只有"大气的莽原绵亘"了。

解释之二,"永恒就是无限的延宕"。

"永恒",对于狄金森来说就是"仿佛海洋要分开"(J695,F720)一诗中无限后退的"岸""更远的海洋":

仿佛海洋要分开

露出一片更远的海洋——

然后——更远的——第三处

不过是一个推想——

周而复始的海洋——

无人涉足的岸——

他们自是未来之海洋的边缘——

永恒——就是那样——

永恒就是那样。你所看到的眼前的这一片海——现世、光与视象、梦境、幻象——之后还有一片更远的海、第三处海……永恒就隐藏在那之后。彼岸的"岸"亦如是。你眼前的此岸只是未来另一片海洋的起点,之后是那岸、那片海洋……周而复始、永无止境。

又如,"多少回我以为安息已到来"(J739,F737)一诗中始终在"前方"的"虚幻的海岸":

多少回我以为安息已到来

其实那时候安宁还十分遥远——

就像沉船遇难的人——认为他们——

在海中央把陆地发现——

于是拼搏有所松懈——但结果证明

> 如我般无望——
>
> 在抵达港口之前——
>
> 有多少虚幻的海岸出现在前方——

（J739，F737）

考虑到狄金森在宗教信仰方面的特殊经历，不宜将狄金森此处表达的对于"安息"的渴望理解为求死的心理，而更应视为对永恒，或宗教确信的永恒所带来的"安息""安宁"境界的不可得之向往。

"如我般无望"（As hopelessly as I-）这一措辞的由来是有迹可循的。在诗人就读的霍山女子学院的开学仪式上，所有学生都将按照其宗教态度被划分为三个等级："公开宣称的"（已皈依基督教或即将皈依的）"有希望的""没有希望的"。在庄严肃穆的开学仪式上，"老师们逐个调查学生是否得救，然后将她们划入不同的'等级'"。因为自己的名字后面被注明"没有希望"而哭泣的女孩们，随着学期的深入和"多方力量"的帮助，将相继皈依而"得救"。然而，狄金森却在如此炽烈的宗教氛围中，在"一群虔诚而坚毅的女人"与"唯恐基督的神圣事业蒙受羞辱"的师友的包围下——包括被安排做她的室友，却因为害怕无法感化这个天才表妹而陷入焦虑的表姐艾米莉，还有以"紧张而小心谨慎的激情"试图使她"得救"，以至于因为"神经系统高度紧张"而不得不暂时回家休养的同学沙拉·安德森，等等——直到离开女子学院，仍一直滞留在"没有希望的"名单中。[1]所以，"希望"与"没有希望"这两个词，对狄金森来说应该是有着特殊含义的。

解释之三，"失之交臂"。

狄金森的这个解释较为特殊，即认为永恒并非不可描述，而是由于诗中的叙述者没能抓住揭开它的真相的机会，比如在濒死、幻象或其他任何有可能见识庐山真面目的时候由于胆怯或未准备好等而"错失良机"。

---

[1] 阿尔弗雷德·哈贝格：《我的战争都埋在书里：艾米莉·狄金森传》，王柏华、曾轶峰、胡秋冉译，北京大学出版社2013年版，第159，162—163页。

譬如,"我获救时,正好沉沦!"(J160,F132)一诗中的"苍白的报告员"或死而复生者,对于自己从"恐怖之门"仓皇返回而与永恒"失之交臂",没来得及"耳闻目察"、见识永恒真相的绵绵遗憾:

> 我获救时,正好沉沦!
> 正好感到世界的变迁!
> 正好捆住我迎接永恒的到来……身为归客,我觉得
> 要把那条线路的怪秘诉说!
> 某个水手,环绕着异国海岸——
> 某个苍白的报告员,从恐怖之门返还
> 趁门尚未封锁!
>
> 下一回,要留下!
> 下一回,要看那种种
> 未曾耳闻,
> 未曾目察的情景——
>
> 下一回,要盘桓,
> 任百代悄然流逝——
> 千年荏苒推移,
> 轮回辗转不息!

原文中的"恐怖之门"(the awful doors)采用的是复数形式,令人联想起《新约·启示录》中十二道珍珠门的天国,或狄金森诗歌中的"上帝——在每扇门边——"(J615,F453)中的复数城门意象。因此,从"恐怖之门"返回不仅意味着死而复生,也意味着错过一次进入永恒天国的机会。也就是说,这个说法越过基督教教义中关于生命流程的规定(可朽之人——死亡——终审——复活——永生或永死),而直接将第一环与最后一环连接在了一起。

身为从"恐怖之门"返还的归客,叙述者觉得自己有必要进行一次信息共享,"把那条线路的怪谜诉说"。然而,这位归客所能说出的也只是环绕"异国海岸"的边界之旅的线路,对永恒的"内幕"却依然一无所知:所有的叙述只能到"门"为止,正如狄金森的其他"美满结局"诗歌一样,以至于"我"许下了"下一回要勇敢""下一回要留下"的愿景,以便"下一回"能实现突破,耳闻目睹,探察永恒真相。

总之,作为旁观者的狄金森能感受到宗教永恒观念的效力,无论是皈依者的宁静幸福,还是未皈依者的惶惑恐惧,但她未能将宗教话语下的永恒叙事转化为自身的感受或体验。因此,她的永恒主题诗歌中的叙述者往往只能以旁观者的身份,在"美满结局"式的他性永恒的大幕前伫立片刻,然后带着对这一幕的记忆,重返尘世家园的点点滴滴。"美满结局"这样一种文学形式,既宣告了永恒这一绝对他者的登场,又以无限延异取消了它的任何实体性的在场;既坚持了对永恒的言说,又并不试图以任何艺术的手法再现永恒这一绝对他者。这成为狄金森永恒主题诗歌含混、矛盾特色的一个重要表现形式。

(二)从"尘世天堂"到"天国非家"的概念颠覆与命题转移

西方形而上学传统一脉相承的是对理念世界、天国家园的"归家"和"还乡"情结。由此引出了文学艺术作品中最为绵亘的"还乡"隐喻——生命之旅,不过是灵魂怀着"乡愁"在世间流浪,等待回到永恒天国、真正家园的返乡之旅,无论这个家园被称为"真理""至善""理念",还是"上帝""天国""永恒"。正如海德格尔在《荷尔德林诗的阐释》(1944)中所说:"诗人的天职是返乡,唯通过返乡,故乡才作为达乎本源的切近国度而得到准备。""返乡就是返回到本源近旁。""诗意创作本身就是欢乐,就是朗照,因为在诗意创作中包含着最初的返乡。"①

尼采以"真实世界的寓言"指称这一形而上传统,并描绘了三种"真实世

① 海德格尔:《荷尔德林诗的阐释》,孙周兴译,商务印书馆2014年版,第31、24、26页。

界"的表现形态:一是"理念的最古老形式",即柏拉图式的理念世界;二是"基督徒式的",即宗教的"神性世界";三是"康德式的",即"真实的世界,无法达到、无法证明、无法许诺,但被视为一个安慰、一个义务、一个律令"的不受感性约束但将约束一切感性的理性自由世界,或不可知的"物自体世界"。① 与这三类真实世界相对的,则是变动不居、虚幻不实的现实世界、世俗世界与现象世界。最无可辩驳的"还乡隐喻",莫过于"苏格拉底之死"这一象征性事件。以身践行其哲学原则的苏格拉底,以其平静、高贵的终极态度向世人宣布了他的坚信:死亡意味着灵魂的"还乡",赴死即从低级的、有限的现实感性世界返回永恒的、纯粹的永恒天国,是可喜而不是可悲的。

狄金森对西方传统的"天国家园""还乡"隐喻是有了解的,才会在诗歌中不断讨论尘世与天国谁是"家园",可朽之人与永生者谁会"思乡"的问题。但她对此做出的反馈是创作了一系列以"尘世天堂"为主题的诗歌。在这些诗歌中,狄金森不仅将人间比作天堂,而且将家比作无比坚固的挪亚方舟,将自己醉心培育的花园比作鸟语花香的伊甸园。例如:

在家里——在天堂(in Paradise)

(J1335,F1361)

人间是天堂的事实(The Fact that Earth is Heaven)——
不管天堂是不是天堂

(J1408,F1435)

"风开始揉草"(J824,F796)一诗中,她将家比作大洪水中的挪亚方舟:"洪水掀翻了天——/却饶了父亲的家——"擅长园艺的狄金森,也将自己悉

---

① 尼采:《偶像的黄昏》,李超杰译,商务印书馆2013年版,第25—26页。陈立胜:《自我与世界:以问题为中心的现象学运动研究》,北京燕山出版社2017年版,第301—302页。

心料理的花园写入诗中,并赋予花鸟草虫各种象征意义,譬如以蜂蝶比喻情人、上帝,以白雪比喻无差别的死亡,以球根植物的蛰伏与萌芽比喻复活、重生等,以至于她在给友人的书信中感慨:"假如玫瑰花没有谢,冰霜不曾来,我叫不醒的人没有倒在这儿或那儿,那就没有必要在人间天堂之外再来一个天堂——假如上帝今年夏天来过这儿,看见了我们所看见的景象——我想他会认为他的乐园是多余的。"(L185)

与此相对,狄金森对"天国家园"的态度却是复杂的,既不肯定也不否定,而是以"柔弱"思想的方式对其进行各种"不甚严肃"的调侃、打趣、戏仿与反讽,直到以"天国非家"思想、"天国望乡"的"逆向乡愁"颠覆了形而上传统的"天国家园"理念与"还乡"隐喻。作为一位渴望与神沟通而又未皈依的"边缘人",她以戏仿者的身份隐藏在主流的基督教天国叙事文本背后,在前文本的话语裂缝之间不断敲击,发出自己的不和谐之音,并得以从前文本的内部出发,将"天国家园"这一故事世界的形成机制暴露给读者。

对狄金森来说,"家"首先是一个空间概念。她在给友人的信中明确提出:"他们说'家是心所在的地方'。我认为它是房子以及所有附属建筑所在的地方。"(L182)"家"是一个有结构、有形式、有边界的空间,大到一幢房屋,小到一个房间、一扇门窗,向内可提供封闭的场所,向外可打开沟通的路径,才能为"我"在混沌无边的世界中提供一个界限清晰的、稳定而安全的"家"。信中的"他们"说"家是心所在的地方",而"我"说家是"房子以及所有附属建筑所在的地方",二者谈论的问题相同又不同:相同在于都将"家"视为一个"居留"的地方,不同在于"他们"谈的是感情的"居留",而"我"谈的是物理结构本身所代表的某种流变中的稳定性带来的"居留感"或"依赖感"。

"天堂"并不具备这样的"空间"特征,因此无法令人产生"居留感"。正如前文中沃尔夫所述,"上帝——在每扇门边——"意象"准确无误地排除了天国作为一个'地方'的可能性"。[①]虽然狄金森曾在诗歌中模仿过以空间或场所形式呈现的传统天国意象,甚至戏仿地将天国描绘为"一座设备完善的

———————————

① Cynthia Griffin Wolff. *Emily Dickinson*. Cambridge: Perseus Publishing, 1988, p. 337.

维多利亚家居式上帝的宫殿",但在发现"天国家园"概念在时空意义上的内在矛盾与虚假性之后,诗人开始以反讽的方式进行揭示,直到展示出"天堂的可怕本质",即混沌、虚空与深渊,并将其描述为"一种新的荒野""噩梦般的——意识还在,但却孤处于永恒的、翻滚的、空洞的、无组织的虚空""某种集体的沉默"①。

狄金森背离传统"天国家园"理念的第一步,并不是决然的否定,而是戏仿、解构与反讽,包括对这一理念的空间矛盾性的戏仿与反讽。

狄金森熟读圣经,熟知《新约·启示录》中对天国的美好描述。譬如将"由神那里从天而降"的"新天新地"描绘为一座瑰丽的宝石之城、长明之城、永夏之城的无限美好:"墙是碧玉造的,城是精金的,如同明镜的玻璃。城墙的根基是用各样宝石修饰的:第一根基是碧玉,第二是蓝宝石……第十二是紫晶。十二个门是十二颗珍珠,每门是一颗珍珠。城内的街道是精金,好像明透的玻璃。""那城内又不用日月光照,因有神的荣耀光照,又有羔羊为城的灯。""天使又指示我在城内街道当中一道生命水的河,明亮如水晶,从神和羔羊的宝座流出来。在河这边与那边有生命树,结十二样果子,每月都结果子,树上的叶子乃为医治万民。以后再没有诅咒。"(《新约·启示录》21:1—2,18—21,23;22:1—3)

这种集荣耀颂歌与田园牧歌于一体的天国景象,在狄金森诗歌中得到了惟妙惟肖的再现与戏仿。例如:

> 我到天堂去过——
>
> 那是一座小镇
>
> 照明——以一粒红宝石——
>
> 覆盖——以绒羽——

---

① Cynthia Griffin Wolff. *Emily Dickinson*. Cambridge: Perseus Publishing, 1988, p. 323, p. 325, p. 335, p. 341.

> 宁静——胜过
>
> 缀满露珠的田野——
>
> 美丽——如图画——
>
> 无人能绘。

（J374，F577）

要不是结尾明显讥诮、讽刺的语气——"我简直——是——/相当——满意——/身处这样一个独特的/社会"——读者几乎就要被叙述者溢于言表的简单、明快、喜悦的笔调所"蒙骗"。再回头看，才发现开篇的田园牧歌式吟唱中的种种矛盾：《圣经》中的天国是一座以宝石为"建筑材料"的永昼之城，狄金森笔下的"天国小镇"却以一粒"覆盖着绒羽"的红宝石"照明"，莫非天国亦有黑夜？若答案为否，则这粒"红宝石灯饰"并非光源，而纯属装饰？若答案为是，那么这粒"覆盖着绒羽的红宝石"是否足以点亮长夜，还是这座"小镇"实则昏暗无比？至于叙述者满怀喜悦描绘的"胜过缀满露珠的田野"的"宁静"，比任何一幅名画都美好的"无人能绘"的"宁静"，到底是什么？叙述者其实什么也没有说。

狄金森强调"家"是一个空间概念，除了对物理结构本身的依赖，更是对记载于这一空间结构中的生活痕迹的依恋，譬如人、人的活动、人与人的关系等。只有实现了空间与人之间的互动，"家"才能最终成为"心所在的地方"（L182）。因此，在不得不搬离从十岁到二十五岁居住的"新家"，迁去父亲购回的"老宅"时，狄金森"心碎得无望修复"，其后更是"创作了一整个系列的有关空荡荡的、被遗弃的、被剥夺的房屋意象的抒情诗"[1]。对狄金森来说，家是炉火旁的团聚，是花园里的晨曦，是蜜蜂嗡嗡、鸟鸣嘤嘤，是游戏，是午后的共同漫步，是暮色中帮扶一只可怜的小东西，然后沿着小径"回家"。正如"我了解——至少——家是如何——"（J944，F891）一诗中所说，家是时

---

[1] Magdalena Zapedowska. Citizens of Paradise：Dickinson and Emmanuel Levinas's Phenomenology of the Home. *The Emily Dickinson Journal*，2003，12(2)，p. 75.

空与人的互动，而这些"家长里短"，浩渺无限、无时空结构的"天堂"都不具备，所以永生者面对自己新的所在，只能发出哀叹：

> 这似乎是个家——
> 其实不是家——
> 而是那地方可能的模样——
> 使我苦恼——像一轮落日——
> 在曙光——被熟知是怎样的地方——

与形而上的理念说相反的是，这首诗歌的叙述者认为"天国"不过是模仿了"我"所熟知的家园"可能的模样"，并且想要鸠占鹊巢地取代它，就像"一轮落日"挤占了"曙光"被期待出现的地方，这是多么让人苦恼。

狄金森背离传统"天国家园"理念的第二步，就是将她戏仿、解构与反讽的对象，从"天国家园"概念在空间意义上的内在矛盾性，扩展到在非时空结构的"永恒天国"中开展"家园生活"的荒诞之处。其中最引人注目的，莫过于对基督教"圣婚"隐喻的戏仿与反讽。

《新约》中对天国中的"婚姻""家庭"问题有两类不同的描述：第一，复活者个体间的"不婚"；第二，耶稣的"圣婚"。前者可参见《新约·马太福音》第22章第30节："（耶稣回答说）当复活的时候，人也不娶，也不嫁，乃像天上的使者一样。"也就是说，复活者不再有婚嫁，也就不再有维系于情感、婚姻、家庭、伦理之上的社会关系与个人身份。后者（"圣婚"）中的"新郎"很明确，即道成肉身、为人类赎罪的拯救者耶稣基督，但"新娘"是一个十分宽泛的、抽象的概念，并不限于个体意义上的女性信徒、非性别概念上的人类，也可指教会组织、城市、国家等，前提是必须虔诚而纯净，才有资格等待、被耶稣基督"拣选"而成为"耶稣的新妇""羔羊的妻"。参见《新约·启示录》第19章第7—9节中所说的"羔羊之筵席"，第21章第2、9节中所说的"由神那里从天而降"的"新妇"圣城耶路撒冷。可见"圣婚"隐喻是一个超越物质性、身体性的概念。

对天国中的"不婚"规定，狄金森是反对的，正如她与晚年曾谈婚论嫁的罗德法官通信时所调侃的："在天国中他们既不求爱也不被求——多么不完美的一个地方啊！"①对"圣婚"隐喻，她的态度则复杂得多。狄金森创作了许多以"圣婚"为背景的诗歌，其中一些将矛头对准可疑的"新郎"或浮浪的"求爱者"，以独特的方式对这场"不平等婚姻"的实质进行了揭露与攻击。也就是说，狄金森对"圣婚"隐喻的"攻击"主要集中在"主动进攻"的"新郎"一方，而对命运未卜的"新娘"则充满同情与无奈。譬如，"上帝是一位远方的——高贵恋人——"（J357，F615）一诗中，诗人对圣婚这一"婚姻关系"中"当事人"身份的质疑和对"三位一体"教义的暗讽：

> 上帝是一位远方的——高贵恋人——
> 如他所说，通过他的儿子——求婚——
> 诚然，这是一种代理求婚——
> "迈尔斯"和"普里茜拉"，就是那样——
>
> 然而，免得灵魂——也像美丽的"普里茜拉"
> 选择了使者——蹬掉了新郎——
> 便以夸张的狡猾，保证——
> "迈尔斯"和"奥尔登"②是同义词——

整首诗共有一个主语"上帝"：上帝作为一位远方的高贵恋人，不能纡尊降贵亲自求婚，因此通过他的儿子向人类"代理求婚"。为了避免出现浪漫故事中的尴尬局面——新娘爱上求婚的使者而无视真正的新郎——这位远方的贵人"便以夸张的狡猾，保证"新郎和使者是一回事，本质是一样的，因

---

① Cynthia Griffin Wolff. *Emily Dickinson*, Cambridge: Perseus Publishing, 1988, p. 324.
② "迈尔斯"和"奥尔登"是美国诗人朗费罗的叙事诗《迈尔斯·斯坦狄什求婚记》（*The Courtship of Miles Standish*, 1858）中的人物，其中迈尔斯派奥尔登代他向普里茜拉求婚，结果却促成了后两人的婚姻。

此没有必要爱上一个而抛弃另一个:"'迈尔斯'和'奥尔登'是同义词——"
可见诗人是从世俗伦理角度对"圣婚"这一"婚姻关系"提出质疑的:请告诉
我"新郎"到底是"父亲"还是"儿子"? 从伦理角度看,这无疑是个严肃的问
题,但从神圣的角度看这种提法本身就是渎神的,是对圣父、圣子、圣灵"三
位一体"教义的不敬,也可以说是受到"一神论"(只有一个神即上帝,耶稣是
人不是神,耶稣与人是兄弟关系,是人间"领袖"和"楷模")平等新思想影响
的诗人,借机对正统"三位一体论"发起的挑衅。

上一诗节中,诗人先以赞同"三位一体论"的附和姿态,故意用法律术语
"代理制"牵强附会地解释了"圣父"通过"圣子"向人类的灵魂"代理求婚"这
件事的"合法性"。然后,以朗费罗叙事诗《迈尔斯·斯坦狄什求婚记》中女主
人公爱上求婚的使者而非求婚者的喜剧情节,暗示了这种"代理求婚"可能
存在的伦理上的风险。下一节中,诗人将"三位一体论"中抽象的神学概念
"位格"(person)——圣父、圣子、圣灵为同一本质的不同"位格"——解释为
日常语言中的"同义词",声称正如"三位"是"一体"的,代理求婚的使者"奥
尔登"与委托求婚的男主角"迈尔斯"其实也是"同义词"! 这样的"诡辩"无
疑是令人难以接受的,出于伦理常识而无法接受"新郎"和"使者"是"同义
词"的读者,也就不得不重新思考"圣婚"与"三位一体"中文字游戏的实质与
伦理逻辑的困境。

再看狄金森永恒诗歌中的经典意象"引诱者蜜蜂"。狄金森笔下的"引
诱者蜜蜂",有时喻指上帝、耶稣,有时也喻指死神、侵犯行为,但都是以"圣
婚"隐喻为背景,是对"天国家园"理念的解构与反讽。例如,"言语如丝,鞋
子似绸"(J896,F1078)一诗中,诗人以花丛中翩飞的蜜蜂比喻"圣婚"之约中
的"新郎"耶稣,对其"连续不断的结婚公告"提出质疑:

> 言语如丝,鞋子似绸
>
> 背叛者就是这样一只蜜蜂
>
> 他对最新恩典的忠诚
>
> 不断纷呈

他的求婚是一种偶然

他的订婚是一段期限

绵延不断好似微风

他发出的连续不断的结婚公告

则是连续不断的离婚。

　　"言语如丝,鞋子似绸/背叛者就是这样一只蜜蜂"——诗人将"背叛者"比作"花花公子"式的"蜜蜂":服装考究、巧舌如簧、不可托付信任——因为他会轻易背叛。这里的"背叛"显然并非宗教意义上的,而是世俗伦理意义上的背叛。因为"圣婚"隐喻借用了世俗婚姻的概念,所以诗人便以子之矛攻子之盾,指出其有悖婚姻伦常之处:为了忠诚于"圣父"不断赐予自己的"最新恩典"(新的赐婚),"新郎"耶稣就以"连续不断的结婚公告"开始他连续不断的新的婚约,这也就意味着背后"连续不断的离婚"。从基督教一夫一妻制出发的诗人,难以理解发生在天国的"1+多"的"圣婚"模式,所以认为这一"婚约"的实质是对婚姻的"背叛"。最终,怀揣着对"天国家园"的热望而奔赴"圣婚"之约的"新娘们",会发现"他的订婚是一段期限",也就是说,"永恒"蜕变成了"期限",即有限。

　　在另一首"引诱者蜜蜂"的诗歌中,狄金森将反讽对象从"圣婚"隐喻延伸到"天堂"或"天国家园"理念本身,将"我们追求的天堂"称为人类做过的"最疯狂的梦",将人类对于"天国家园"的信念或"还乡"隐喻称为对某种诱人"蜂蜜"的"乡愁":

最疯狂的梦——褪去——未兑现——

我们追求的天堂,

像六月的蜜蜂——在学童前,

招惹一场比赛——

弯腰——向一朵易搭讪的红花草——

冲入——回避——取笑——调遣——

然后——向尊贵的层云

举起他轻巧的舢板——

无视那孩子——

任其凝望——茫然——嘲弄人的天空——

对那矢志不渝蜂蜜的乡愁

啊,酿造这珍奇品种的

蜜蜂不要飞离!

（J319，F304）

  诗中,"我们追求的天堂"就像"六月的蜜蜂"一样,用一场浮浪而讨巧的表演让人类这个天真的孩子看得目瞪口呆,却在招惹得他想入非非之后消失不见,"任其凝望——茫然——嘲弄人的天空——"。关于天堂或永恒天国的这场"最疯狂的梦"已经褪去,并没有兑现,但人类这个稚童已深怀着对天国家园的"还乡"情结而无法释怀,只能任凭"嘲弄人的天空"讪笑而依然怀着"对那矢志不渝蜂蜜的乡愁"（Homesick for steadfast Honey-）,或按照日常语言的理解,即"对那'蜂蜜'的矢志不渝的乡愁",以至于原本打算对"那蜂蜜"（"天堂"或"天国家园"理念）的创造者"引诱者蜜蜂"（或"上帝"）冷嘲热讽一番的诗人,不禁替人类这个孩子大声喊出:"啊,酿造这珍奇品种的/蜜蜂不要飞离!"引诱者蜜蜂既然酿造了诱人的蜂蜜,上帝既然创造了"最疯狂的梦";请不要走。

  "天国家园"既不具备"家"的物理结构或空间特征,也不具备身份清晰的"夫妻""婚姻""家庭"关系等社会结构或伦理、情感特征,却被称为"家园",这无疑是可疑的。更有甚者,就连"天国居民"即"永生者"本身,也并不具备足够的"身体性"来"居住"于一个"家"中。正如"自从最后一面后他们在做什么?"（J900，F1074）一诗中,叙述者"我"的一个怪异举动所暗示的:

自从最后一面后他们在做什么？

他们在辛勤忙碌吗？

太多的问题要问他们

我急不可耐

要是我能抓住他们的脸

要是他们的唇能应答

等不到最后一个问题答完

他们就该启程升天了。

要不是他们的同伴在等，

要不是在和我交谈

现在对他们而言，就是

永恒以后思念家园。

诗中，沉默的逝者或等待永生的"他们"一如既往地激起了叙述者"我"的好奇心与求知欲——"自从最后一面后他们在做什么？/他们在辛勤忙碌吗？/太多的问题要问他们/我急不可耐"。叙述者如此"急不可耐"，以至于想要"抓住他们的脸"（snatch Their Faces）来问个究竟。这个举动看起来如此蛮横："我"想要"抓住"的并非对方的"胳膊""手""肩膀"或别的较为合理的部位，而是"他们的脸"！这个动作不仅是进攻性的、粗鲁无礼的，而且是不恰当的、难以理解的，因为毕竟"我"只是想请他们停一停"上升"的脚步来回答几个问题，并没有必要发起"攻击"。那么，"我"既不打算冒犯"他们"，更谈不上争斗或欺辱，第二节第一行中"抓住他们的脸"应该也就相当于"抓住他们"。也就是说，这里的"脸"只是一个"提喻"（synecdoche），即以部分（"脸"）喻整体（个人，"他们"）的一种修辞手法。

"脸"的这种提喻用法，在狄金森的永恒诗歌中还有很多。例如，"上帝能召来每一张面孔/从他那永不废止的——名单上"（J409，F545）；又如，

"'你来得真快,'城镇回答,'我的面孔们都已睡去——"(J1000,F1015);再如,"你会把别的奉为神圣——/啊,未选上的面庞——"(J1187,F1237)。可以说,在狄金森永恒诗歌中,以"脸"或"面孔""面庞"来提喻,代表整体意义上的人,是一种十分常见的措辞方式。但狄金森使用"抓住他们的脸"这样一种突兀的、明显令人不快的说法,显然并不只是因为脸可以"提喻"人,正如身体的其他部位也可以一样,而是与她对基督教"灵性的身体"概念的戏仿和反讽态度相关。

基督教义中规定了两种身体:"血气的身体"与"属灵的身体"。前者是可朽的、"属人的",即在世者沉重污浊的肉身;后者是不朽的、"属灵的",即虔诚的基督徒在死后被"圣灵"注入,将在末日后得永生的"灵性的身体",是轻盈而纯粹的。《圣经》中描绘的复活语境中的"灵性的身体",往往忽略了复活者的感官、肢体、部位等个体的、肉身的特征,只保留了作为身份象征的面孔、名字、年龄等更为抽象的特征,或者仅限于集体意义上的言行,如齐声欢呼、齐声颂神等。可见"灵性的身体"这一概念的矛盾本质,以至于诗人在诗歌中反复质问:"灵性的身体"到底是不是"身体"?

在狄金森看来,"灵性的身体"概念实际上是对肉身性的否定,所以其天国诗歌中塑造的身体意象往往呈现出一种去肉身性的趋势,譬如渺小的"微粒身体"、抽象的"面孔"意象等,以戏仿、归谬的方式表达了对"灵性的身体"的辛辣反讽。正如"抓住他们的脸"这个通常被理解为威胁性的、此处为中性的动作,揭露的正是"灵性的身体"这一概念对肉身性的否定实质:"脸"不再是某个具体的身体部位,而是"灵性的身体"概念中确定保留下来的最重要的身份属性的象征,所以"我"想要"抓住他们",就只能抓住他们的"脸",无论这是否会引起常识性的矛盾与不快。

综上所述,狄金森永恒诗歌中的"天国家园"就呈现为一幅纯粹否定性的画面:一些不具有肉身性的"灵性的身体",被安置在既不具备"家宅"的空间,也不具备"家庭"的伦理结构和情感支撑的"天国",且称为"家园"。所以狄金森诗歌中的叙述者才会"推己及人"地对这些即将"飞升"者做出推测:复活而永生者在"天国"的命运,就是"永恒以后思念家园"(J900,

F1074）——在天国缱绻思念着已逝去的"尘世故园"。也就是说,在对正统基督教的"天堂""圣婚""三位一体"教条等进行一番冷嘲热讽之后,狄金森开始彻底反其道而行之,以"天国异乡"或"天国非家"的陌异维度取代了"天国家园"的传统理念,以"天国望乡"的"逆向乡愁"取代了形而上的"怀乡""还乡"隐喻,从而从戏仿、解构、反讽,走上彻底的脱离与颠覆。

"想家"（homesick,homesickness）是狄金森永恒主题诗歌中的一个高频词。但她笔下的"乡愁",与形而上的"乡愁"却是背道而驰的:"家园"与"异乡"的概念被彻底倒置了。形而上传统推崇的"真正的家园",变成了"天国异乡"或"天国非家"。自荷马史诗主人公奥德赛开始的人类"返乡"之旅,变成了身在天国的永生者对"尘世故园"种种细枝末节的最为情深意长的思念。狄金森永恒诗歌中的主人公们,在死亡后会想家（J935,F1066）,在过渡性的"地下村镇"里等待永生时会想家（J529,F582）,即使升入天国后,也依然是"永恒以后思念家园"（J900,F1074）。永生者来到天国,不仅对这个"新家"充满了质疑,甚至对自身的存在形式都产生了怀疑,因此只能想办法安慰自己:

> 我告诉自己,"鼓起勇气,朋友——
> 那——是从前的一段时间——
> 但我们可以学会喜欢天堂,
> 就像对我们的故园!"
>
> （J351,F357）

"天国异乡"与世俗意义上的"异乡"的共同之处,在于其诉诸情感主体的疏离、陌生、隔膜之感。正如前文所引的诗歌"我了解——至少——家是如何——"（J944,F891）中,叙述者"我"面对"天国"这个被称为"家园"而"其实不是家"的所在,突然陷入的"无知""无家可归"的状态。"家"与"天国"在"我"心中唤起的亲疏远近之感是截然不同的:尘世故园的"家"是熟悉的、亲近的,即使天人永隔也依然能清晰"看到"家的画面,"听到"家的声音,仿佛就在身畔耳侧;"天国"却是疏离的、陌生的、隔膜的,作为绝对他者的天国这个"异乡",既否决了"我"全部的"知识"储备,也无法与我产生情感上的连接。知识与经验止步于此,情感面对的则是一张似是而非的陌生面孔——"这似乎是个家——/其实不是家——/只是那地方可能的模样——"。"我"为自己突然陷入的"无知""失联"状态感到分外沮丧。如果这样一个"它"将吞没、取代我亲爱的"家",就像落日"在曙光——被熟知是怎样的地方"占据整个天空,那将如鸠占鹊巢,多么让人苦恼。

"天国异乡"与世俗意义上的"异乡"的不同之处,则在于它以不可进入、不可穿透的绝对黑暗或"光明深渊",使"我"或"我思"遭遇到了前所未有的危机。"天国异乡"这个"绝对他者"使认知主体"我"成为纯粹消极的主体,也使它自己成为一个外在于认知和语言的"谜"。换句话说,"我"无法再以"我思"——认知、思考、理解等思维方式——将"它"作为"我"的客体、认知对象而被吸收、并入主体中,使之最终成为"我"之主体性的一部分。

正如"有些东西会飞走"(J89,F68)一诗中所说:

> 有些东西会飞走——
> 鸟儿——时光——蜜蜂——
> 没有挽歌相赠。

> 有些东西能长存——
> 伤悲——群山——永恒——
> 这也并非我应得的。

> 有些安歇的会升腾。
> 我能否细讲一下天空?
> 谜是多么的安静!

(J89,F68)

常识、知识或经验告诉"我",鸟儿、蜜蜂、时光会插"翅"飞走,伤悲、群山、永恒挥之不去、亘古常新。但"我"既没有语言相赠或相描述,也不认为自己有这样的义务,毕竟重述一遍常识、知识或经验之谈,并非诗人的志趣所在。但当信仰激起了我描述"众天"(skies,狄金森钟爱的天空的复数形式),以语言接近这个天上之国的形而上欲望,却终究发现"它"是一个外在于"我"的认知和语言的"安静的谜"。

也就是说,"天国异乡"的绝对外在性,或者说"激进的他者状态",在拒绝"我"的窥探、理解与归化的同时,又时刻召唤着"我",激起"我"对这个绝对他者的无休无止的、不可满足的形而上欲望。以列维纳斯的解释,纯粹消极的主体是"比任何的开放还更开放"的。也就是说,与富于进击性、侵略性的"积极"主体比起来,消极的主体更容易接受他者对"我"的呼唤或命令。而死亡、无限、上帝,正是这样一些"经验上不可能"的纯粹"消极性"的概念,用列维纳斯的话说就是"一种比创伤更加消极的情感","在这创伤之下,上帝之概念会落实到我身上",因为纯粹消极中的主体是"比任何的开放还更开放"的,所以这些概念就好像一道"已下达的命令",唤起我们永不可满足的形而上的欲望。[①]

所以,狄金森诗歌中的"我"或"我们"总是在不停追问:

天国是一个地方——一片天空——一棵树?

(J489,F476)

"天堂"——是什么——
谁在那里住——
他们是不是"农夫"——
他们是不是"锄地"——

---

① 艾玛纽埃尔·列维纳斯:《上帝·死亡和时间》,余中先译,生活·读书·新知三联书店1997年版,第5、266页。

他们可否知道这是"阿默斯特"——

在"伊甸园"——他们穿不穿"新鞋"——
那里是否——总是愉快——
他们会不会骂我们——当我们想家的时候

（J215，F241）

虽然叙述者有时也会以"从不多嘴"来抑制自己无休止追问的欲望：

高处有一座屋宇——
马车未曾到过——
从未有死者，被运下来过——
也未有小贩的推车——攀上去过——

它的烟囱从不冒烟——
它的窗户——朝来暮去——
捉住第一缕朝阳——落日——最后一抹——
然后——举着空玻璃一方——

它的命运——只有凭空猜想——
别的邻居——都不知道——
它是什么——我们从不多嘴——
因为他——从未相告——

（J399，F555）

"我们从不多嘴"，只是未能抑制住心中不歇的追问，以及对那座"高处屋宇"的密切关注和不懈"观察"。但所有的描绘都是否定性的——"从未有""也未有""从不"等，除了朝来暮去的云影变幻，"我们"并不能看到更多，虽然这并不能阻止我继续的仰望与心底不懈的追问。

从理念贡献上看,狄金森的"天国非家""天国异乡"诗歌所蕴含的"他者"思想,颠覆了形而上传统的"天国家园"的理念论与本体论立场。从心理机制上看,这场关于"天国"到底是"家园"还是"异乡"的争辩,同时实现了一种话题转换,即把关于"死亡""永恒"的讨论,从"终结"还是"延续"的终极话题转换成了"家园"还是"异乡"的生存论意义上的话题;以有家不能回的"乡愁",置换掉了死亡带来的彻底湮灭的恐惧,或以语言、修辞、逻辑的力量,转移、消解人类对于"永恒"这一未知深渊的恐惧。

因此,"天国非家""天国异乡"的讨论也可理解为一套独特的讳语体系。借此,诗人以一种较轻的恐惧或具象的痛苦,替代了一种更为深沉而根本的恐惧或痛苦。当死亡被讳称或转义为"离家""漂泊",逝者自然就成了"游子",而非逝者。诗人在一种偷换命题的逻辑前提下继续谈论死亡与永恒的问题,就是将自我对主体性终结的根本恐惧转化为生存论语境下的具体烦恼,即关于"何种乡愁"的争论:是背井离乡的永生者在"天国异乡"对"尘世家园"的思念,还是人生羁旅的流浪者对"天国家园"的思念,等等。

例如,前文所述的在"永恒以后思念家园"的奔赴永生者(J900,F1074)。又如,"离开我们她漂泊了一年"(J890,F794)中孤独远游、行迹不明的"她":

> 离开我们她漂泊了一年,
> 她的逗留,不为人知,
> 是荒原阻碍了她的脚步
> 还是那空灵的地域
>
> 眼不曾见亦不曾居住
> 我们注定一无所知——
> 我们只知道某年的某个时刻
> 我们得到了那个奥秘。

诗中的"她"已逝去一年。"我"想象着"她"离开家乡以后的行迹：如今在哪里逗留、羁旅不归？是什么绊住了她？实在无迹可寻时也不必着急，因为在"某年的某个时刻"，当我们也"得到了那个奥秘"，我们将与她再次团聚。当死亡被置换为漂泊，逝者变成孤独而惆怅的"游子"，基督教永生者的狂欢话语被逆转成了孤苦的思乡情绪，"我"最基本的形而上恐惧——对于主体性终结于存在之外的死亡、永恒这一未知深渊的恐惧——就被置换成了生存论语境下已知的，且可以被同一化到主体中去的"我"之内在的烦恼。

（三）"地下村镇"的认知努力与诗意构建

狄金森创作了一组独特的墓园主题诗歌。与十八世纪英国墓园派诗歌的感伤、抒情风格比起来，狄金森的墓园诗歌具有显著的认知而非抒情特征，即热衷于探讨墓园的"内部生活"，以及"我"与"墓园居民"的沟通，对其认知的可能性。诗歌的风格则倾向于景物白描，或以"对话"形式不懈追问、探讨死亡及永恒的"真相"，即使这些试图展开的"对话"最终往往呈现为只问不答的"问话"。

在这些诗歌中，叙述者常亲昵地将墓园的地下世界称为"地下村庄""古怪的镇子""地下都城"。相应地，"墓园居民"也被视作生者"邻村""邻镇"的"乡亲"。诗歌的关注点，在于对这些"地下村镇"即"墓园内部生活"的认知可能性的探讨，而非借景抒情或抒情咏怀。因此不妨借用诗中的词语，将这些独特的墓园诗歌称为"地下村镇"诗歌。

狄金森"地下村镇"诗歌中的认知努力，首先体现在诗歌的叙述者对"墓园生活"旺盛的好奇心和求知欲上。与遥远抽象的"众天"或"天国"比起来，"地下村镇"无疑更接近人类社会的维度，因此是叙述者"我"可以尝试以人类思维工具衡量和认知的。例如：

> 我常从村旁经过
> 在放学回家的时候——
> 纳闷这里的人在做什么——

村子为何如此静默——

（J51,F41）

　　这些"地下村庄""地下城镇"与生者的世界毗邻,处于生者的"乡亲"地位,区别只是一个在地下,一个在地上,但仍在空间维度之内,所以仍可称为"房屋""村庄""城镇"。放学的孩童"常从村旁经过",每每对这座异常静默的村庄投以"纳闷"的眼光,好奇这个村子里的"乡亲"们在做什么,与我们相同还是不同。

　　"我"对"地下村镇"的生活充满了好奇,以至于"急不可耐"(J900,F1074),甚至想要像个小毛贼一样"悄悄进村子溜达一圈",探个究竟:

触手可及!
我本可以碰到!
我没准可以那样碰碰运气!
悄悄进村子溜达一圈——
再悄悄溜出来!
如此不为人知的紫罗兰们
在草场内走一圈——
来抓的手指太晚
已过去,一小时前!

（J90,F69）

　　"我"对这个不同寻常的"村子"的好奇,就像好事者对篱笆对面的邻居家一样。虽然未经允许溜进这个"村子"就像偷偷溜进邻居家一样,是有可能被"抓起来"的违禁行径,但为了窃取未知世界的"知识","我"不惜以身犯险,试图在那个村子的草场走上一圈,采摘一朵不为人知的紫罗兰,哪怕只是一睹它的风采、一闻它的芳香也好!

　　比这个大胆"小贼"更富于无畏的求知精神的,还有"太阳落呀——

落——还在落"(J692,F715)一诗中颇富哥特色彩的逝者或活埋者(尚具有生命体征,如视觉的)"我"对于"光"的仰慕和对于"知道"的渴求:

> 太阳落呀——落——还在落
> 没有午后的色彩
> 看了看村庄,我发现——
> 正午在家家户户覆盖——
>
> 暮色降呀——降——还在降
> 草上就是没有露水——
> 但它只是停在我的额上——
> 并在我的脸上徘徊——
>
> 我的脚困呀——困——还是困
> 我的手指倒很清醒——
> 但为什么——我自己
> 对貌似我的这位——发不出多大声音?
>
> 我先前对光了如指掌——
> 现在我不能把它看到——
> 它在死去——我也一样——但
> 我并不害怕知道——

诗歌采用第一人称,以逝者"我"的口吻讲述了自己的所见所感:"太阳落呀——落——还在落""暮色降呀——降——还在降""我的脚困呀——困——还是困"。额上已布满露水,双脚困得早已走不动的"我",却依然在追随着曾经烛照一切的光或理性之光、智慧之光的隐喻——"太阳""午后的色彩""正午""暮色"——想要再次借助光明来驱散蒙昧,揭示真理,让"我"

得以了解生命与死亡的"真相",譬如第三节结尾所问的有关死亡与永恒的"知识":身体死亡时,灵魂还能发出"声音"吗?("为什么——我自己/对貌似我的这位——发不出多大声音?")

末节第二行的文字编辑出现了重大分歧:约翰逊版的"现在我还能把它看到——"(I could see it now-)一句,在富兰克林版中多了一个"not",从而导致意义截然相反:"现在我不能把它看到——"("I could not see it now-")。无论两位编辑对原稿的书写方式理解如何,狄金森对于接下来两行诗中着重烘托的"知道"一词所蕴含的全部力量的青睐,却是确定无疑的:

> 它在死去——我也一样——但
>
> 我并不害怕知道——

也就是说,即使"它"("光"或"理性之光")正在死去,而"我"也正在死去,但凭借"它"最后的力量,我"知道"了自己的死讯,这就是"朝闻道,夕死可矣"。因为"我"永远不会害怕"知道","我"需要在"知道"的前提下行事,而不是在被蒙蔽或麻木中受牵引。

"地下村镇"诗歌的认知努力,还体现在诗人利用"村镇"这一世俗社会的隐喻,使"墓园"及其代表的现世之后、永生之前的"不明之境"被重新"世界化",从而被拉回到认知领域的文学技巧上。

在一些宗教信仰如基督教信仰中,现世生命的终结也就意味着开启了通往天国的一道必经"门户"。也就是说,现世生命的"死亡"是宗教意义上的"新生""复活",或"更真实的生命",即"永生"的必要前提。相应地,墓园作为逝者或等待永生者的居所,处于人类生命已终结而宗教意义上的另一种生命尚未到来的一段"空白"或"不明之境",所以既非严格意义上的现世,亦非彼岸范畴,而是处于一种非此非彼的中间状态,或可称为"前永恒"状态。与永恒天国的理念一样,前永恒状态的墓园也是绝对外在于主体认知的,具有认知所不能到达的绝对他性。

通过"地下村镇"隐喻,"墓园"这一介于存在与永恒之间的"灰色地带"

就被重新拉回到现世的话语体系中来。绝对他性的"墓园生活"问题被转化成了"在世界之中"的问题，即认知主体所能到达的"此时此地"的、"世界"的问题，诸如"邻村""邻镇"居民生活细节或其他在世情态的问题，从而也就被重新归化到自我主体的理解中来，具有了认知的可能性。

墓园重新"世界化"的一个途径，就是对"墓园居民"的"社区化安置"。从邻里亲朋的社交圈，到一个个散落的"村庄""城镇"，直到聚集在一起的"大都市"，都宛如人间的"社区"。譬如，"我为美而死"（J449，F448）一诗中，为美而死的"我"与为真理献身的"他"毗邻而居，形成了一个新的、由志趣而非财富身份原因组成的"社区"基本单位：

> "美真是一体，我们是兄弟"——
>
> 于是像亲人夜里相逢——
> 我们隔墙侃侃而谈——
> 直到青苔蔓至唇际——
> 把我们的姓名——遮掩——

又如，"我的小木屋如此肃穆"（J1743，F1784）一诗中，把客厅收拾妥当并摆上"大理石茶"准备待客的"我"。最后再看"谁居于这座屋舍？"（J892，F1069）一诗中，从一座"古怪的镇子"、零散的"定居点"发展而来的"地下都城"：

> 谁居于这座屋舍？
> 我猜准是位生客
> 因为没人知道他的身世——
> 好在姓名和年龄
> 写在门上
>
> 它似乎是个古怪的镇子——

后来有一个拓荒者，正如
定居者们通常的情形
喜欢上该地的清净
并受着更大的吸引——

从一个定居点
发展成了一座都城
以每个公民的肃穆
显得卓尔不群。

这座房屋的主人
他必定是位生客——永恒的相识
大多如此——对我来说。

在这座由"拓荒者"——人类的替罪羔羊、救赎者耶稣——引领的由"人间移民"们星罗棋布的"定居点"发展而来的都城里，一切都仿若人间社会的安置。这里有城镇、街道、门牌，有普通邻居，也有社区领袖，有由居民（inhabitants）发展而来的公民（citizens），也有由零散的村落聚集而成的定居点，再由各个定居点聚集而成的大都会，俨然一个组织有序的人间社会。不同之处只在于门牌上所写的并非街道地址，而是房屋主人的姓名和年龄，而居民们也并非人间烟火中各不相同、不尽完美的声色男女，而是以其肃穆而显得卓尔不群的"新公民"。这个地下的"大都会"已经俨然有了一些天国的模样。

狄金森通过"地下村镇"诗歌，构建了一个非传统意义上的、诗意的"家园"，作为已失去的"尘世故园"与遥远隔膜、不可亲近的"天国家园"的双重替代品——无家者的"家园"。这些"地下村镇"是温情的、体贴的、安全的、或安宁或热闹的、逝者的"家"。正如鲁思·麦克诺顿所评价的："我觉得这些墓园诗歌是独一无二的，因为狄金森几乎总是以明快的、温柔的愉悦说起坟墓。""在另一处,她将坟墓描写为'热情友好的'";而在另一处,棺椁被制作的看起来像是最理想的寓所。"①简言之,作为逝者告别尘世故园,去往遥远天国的"中转站"或"临时居所",狄金森笔下的"地下村镇"更像一个名副其实的"家":

> 甜蜜——安全的——住宅——
> 欢乐——明快的——住宅——
> 封得如此牢固庄严——
> 钢盖——压着大理石盖——
> 把光脚锁在外面——
>
> 长毛绒的溪流——在锦缎的河岸里
> 轻柔地坠落
> 却不如珍珠人群中滚落的
> 欢笑——和耳语低柔——
>
> 没有光秃秃的死亡——冒犯他们的客厅——
> 没有放肆的疾病来
> 有损他们庄严的宝藏——
> 苦痛——和墓穴——
> ……

(J457,F684)

这座"甜蜜""安全""欢乐""明快"的宅子,对外有刚硬的大理石盖加钢盖的门户,封闭得"牢固庄严";对内有柔软的"长毛绒的溪流""锦缎的河岸",衬托着"珍珠人群"清脆低柔的欢声笑语。最重要的是,"没有光秃秃的

---

① Ruth Mcnaughton. Emily Dickinson on Death. *Prairie Schooner*, 1949, 23(2), p. 211.

死亡——冒犯他们的客厅"，无论是对逝者生命的"冒犯"，还是对生者情感的"冒犯"。死亡之后，就不会再有"光秃秃的死亡"悬临于额上，肆意冒犯"我的客厅"以及"客厅"一词所代表的尘世家园、人间社会的秩序与尊严。"放肆的疾病"也不会肆无忌惮地再次侵害这些"客厅中的宝藏"、我的至亲爱友们，痛苦也不能像曾经肆意侵扰人间一样侵扰"封得如此牢固庄严"的地下居所。这里，继"天国异乡"的命题转换之后，诗人又找到了一种更为纯粹的"逻辑得胜法"——"死亡之后不会再有死亡，那么死亡还有什么值得恐惧的？"——以一种苏格拉底式逻辑推理的力量来战胜出于软弱情感的恐惧。

然而，与《斐多篇》中理性至上、泰然赴死的苏格拉底比起来，狄金森式"逻辑的得胜"更像一种出于人类尊严与情感需要的辩解与安慰。这种"死亡之后不再有死亡"的庆幸实在是一种令人心酸的庆幸，也就是说，当曾经作为真理的"天国家园"理念渐行渐远时，狄金森依据真理的理性方式找到了一个逻辑正确的新理由——死亡之后，就不会再有"光秃秃的死亡"来"冒犯"。

狄金森以"地下村镇"的诗意构建，为逝者或被死亡"冒犯"者提供了一个温暖的容身之所、从容的疗愈之地。正如"有些，太娇嫩经不起冬风"（J141，F91）一诗中极需庇护和安慰的"孩子"：

> 有些，太娇嫩经不起冬风
> 体贴的坟墓就拥入怀——
> 把他们的脚裹起来躲过严霜
> 在它们变冷之前。
>
> 这个隐蔽处住着的所有孩子
> 他们少年早凋，总是感到冷。
> 还有上帝未曾注意的麻雀——
> 时光没有提供圈栏的小羊。

早夭是狄金森诗歌中挥之不去的一个话题，而温情体贴的"地下村镇"

正是她为这些早夭的孩子及其他卑微生命提供的一个"失家者的家园"。在这个家园里,"上帝未曾注意的麻雀""时光没有提供圈栏的小羊"与同样被命运抛弃的孩子一样,都将避开寒霜,得到温暖和庇护。

　　早夭话题总是随着死亡创伤如幽灵般不断复归,而狄金森在"地下村镇"诗歌中构建的"甜蜜""安全""欢乐""明快"的"新家",对于自己来说也无疑是一种心理强调和暗示,对自己在一系列突发的、残酷的、超出认知与接纳程度的死亡事件中被一再击溃的自我进行的必要的安置——为那些"再也叫不回来"的小伙伴提供一个理想中的家,甚至"慷慨"地赋予这个"家"以胜过自己最爱的家乡阿默斯特更多的温暖、舒适与美好。有时,诗人甚至会以"矫枉过正"的"热情",将原本令人悲伤的早夭故事"改写"成孩子们迫不及待前往"天国华厦"的"自愿"行动:

> "如许华厦",由"乃父"修建,
> 我不认识他;但修得好舒适!
> 如果孩子们能找到去那里的路——
> 有的甚至今晚就会跋涉而去!

(J127,F139)

　　一面是已失去的"尘世故园",一面是遥远的"天国家园",或毋宁说是陌异、疏离、隔膜的"天国异乡",于是诗人的笔下诞生了"地下村镇"这个独一无二的双重意义上的"家园"替代品——无家者的"家园":

> 一口棺椁——是一块小小的领土,
> 但能够容纳
> 一位天国的公民
> 在它缩小的空间。
>
> 一座坟墓——是一方受限的幅度——

但广阔胜过太阳——

和他殖民的所有海洋

还有他垂顾的陆地万方

（J943，F890）

与"天国异乡"比起来，"地下村镇"显然更接近"尘世家园"的维度——有空间、仪式、身体、记忆、作为主体认知对象的种种物质与精神属性，因此也更易于以隐喻的映射功能与"尘世家园"相连接。

狄金森对"地下村镇"的"家园"性质的探讨，是建立在文学隐喻基础上的。隐喻的超越性思维特征，使诗人能以现实世界的"村镇"为喻体，喻指"地下墓园"这一外在于主体认知的隐喻本体，从日常语言范畴向未知的陌生领域映射，从而使未知范畴的概念得到理解与把握。也就是说，诗人试图以"地下村镇"的隐喻将"墓园内部生活"拉回到现世的话语中来，以实现对死亡、永恒等未知世界的认知，但最终达到的只是从喻体"人间村镇"向本体"地下墓园"的概念映射，而并非对于"地下墓园"的认知本身。

狄金森深知自己对于未知世界无休止的认知欲望，与死亡、墓园、永恒、天国等观念的彼岸性之间的深刻矛盾，因此其永恒主题诗歌才始终充满了矛盾冲突的张力。诗歌叙述者对于"地下村镇"的好奇与追问，始终是一种求之而不可得的认知渴求，于是体现在"地下村镇"诗歌的谋篇布局上，就呈现出三种典型的叙述结构：

1. 无人应答的问话

在这种叙述结构中，第一人称的诗歌叙述者"我"作为旁观者，对"地下村镇"的内在状态充满好奇，并提出种种无人应答或自问自答的问话。例如，"谁居于这座屋舍？/我猜准是位生客/因为没人知道他的身世——"（J892，F1069）中自接自话的设问。又如，"自从最后一面后他们在做什么？/他们在辛勤忙碌吗？/太多的问题要问他们/我急不可耐"（J900，F1074）中无人回应的"问话"。前文所引用的几首充满好奇之问的"地下村镇"诗歌均在此列。

2. 断语

在这种叙述结构中,诗歌叙述者从第三人称全知角度,对"地下村镇"及其"居民生活"展开无所不知的"客观描述"。例如,"安居雪花膏石的房间"(J216,F124)一诗中对于逝者"居所"的细节描绘:

> 安居雪花膏石的屋子——
> 没有清晨的抚摩
> 没有正午的打扰——
> 温顺的复活者在此安寝——
> 绸缎的椽子,
> 石头的屋顶。(刘守兰译[①])

又如,"长长的——长长的一觉——"(J654,F463)一诗中对于"地下居民"或等待永生者千年如一日的"生活状态"的细节描写:

> 长长的——长长的一觉——
> 人所共知的——一觉——
> 早晨也不起来露个面——
> 没有四肢伸展——或眼睑眨动——
> 特立独行的一觉——
> 可曾懒怠成这样?
> 在石垒的堤岸上
> 晒太阳打发千年——
> 却从未抬眼——看过正午?

（J654,F463）

---

① 刘守兰:《狄金森研究》,上海外语教育出版社2006年版,第251页。

最后再看"她不温暖,尽管有夏天照耀"(J804,F860)一诗中,对于一位另类的"死而复生者"从身体到心理的全知描述:

> 她不温暖,尽管有夏天照耀
>
> 也不顾忌寒冷
> 尽管一层又一层,有条不紊的霜
> 堆上了她的心胸——
>
> 令人却步的办法——她不惧怕
> 尽管全村都在观望——
> 她却把她的威严高高扬起
> 直勾勾地——迎接凝视的目光——
>
> 其时,像一粒种子,在精心策划
> 深耕细作过的地里做出调整
> 以适应那永恒的春天
> 不过只有一座土丘阻隔

诗中,在"全村人"都在观望、被动地等待着终审日或复活日降临时,同作为"地下村镇"居民的"她"却以高扬的个人主义姿态,将自己的"威严高高扬起",无畏地迎接来自神的审视——"直勾勾地——迎接凝视的目光——";同时自作主张地酝酿着一场跨物种的"复活"——如植物般破土而出的重生,"像一粒种子,在精心策划/深耕细作的地里做出调整/以适应那永恒的春天/不过只有一座土丘阻隔"。也就是说,这里看似客观的全知描述,同样是建立在文学隐喻——种子隐喻——基础上的拟似,是从喻体"种子发芽"向本体"逝者重生"的概念映射,而非表面所呈现的对于"地下村镇"或复活者本身的客观陈述。

3. 独白

这类诗歌较为特殊，其中第一人称叙述者"我"将化身"地下村镇"的居民，从内部进行"现身说法"，发表一番外人无从辩驳的"独白"。例如"太阳落呀——落——还在落"（J692,F715）一诗中的叙述者，又如"我活着——我猜"（J470,F605）一诗中与大自然的回春脚步融为一体的"我"，等等。

但矛盾的是，这类独白式"地下村镇"诗歌中的第一人称叙述者，即独白者"我"，其语言功能时有时无，有时似乎十分健谈，有时又仿佛锯了嘴的葫芦，沉默到几乎无礼、无能的地步，令人难以理解。前者如"我为美而死——然而"（J449,F448）一诗中与"邻屋"为真理而献身的兄弟一见如故、彻夜长谈的"我"：

> 于是，像亲人，夜里相逢——
> 我们隔墙侃侃而谈——
> 直到青苔蔓延到唇际——
> 并把我们的姓名——遮掩——

后者如"我最要好的相识"（J932,F1062）一诗中无论对朋友还是对天国的召唤都不置一词，似乎已失去语言功能的"我"：

> 我最要好的相识
> 我跟他们从不说话——
> 固定来到小镇的星星
> 认为我绝不粗鲁可怕
> 虽然对他们天国的呼唤
> 我无法做任何回答——
> 我一成不变的——崇敬的脸面
> 足以表现出温文尔雅。

其实无论健谈还是无法发声，其矛盾背后隐藏的都是狄金森对于永恒天国理念的反讽态度。从两首诗不同的谈话"动机"与"听众",就能很清楚地看到"说"与"不说"之间的差异:为美而死的"我"和为真理而献身"他",两位"兄弟"志趣相投,以"谈话"交流心得、互表欣赏,因此有说不完的话。而"我最要好的相识"一诗中突然"消声"的原因来自"固定来到小镇的星星"——"我"和"我最要好的相识们"的一言一行都将接受它的评判,因此"我"不再发出任何可能有偏差的声音,而代之以面具般"一成不变的——崇敬的脸面",呈现给"星星"看,以便得到"认为我绝不粗鲁可怕"的评判。也就是说,仅仅作为表达的"谈话"是说之不尽的,而作为服务于宗教评判的工具性的"谈话"则是可以休矣。

诗人在这里无疑是戏仿了基督教中沉默温顺的天国选民形象,并将其发挥到了极致。《新约·启示录》第7、14章记载,以集体方式出场的"十四万四千"受印群众或"无数身穿白衣的群众",莫不是羔羊般纯良温顺的、"没有瑕疵的":他们除了齐声颂神、赞美神,从没有任何个人的言语或行动。但"我"的沉默温顺只是表面上的:"我"虽然"从不说话",却有着极其活跃的思想与反思精神,在保持温顺的同时,又对自己"保持温顺"这件事做出了自我评价,点破自己的"动机"——"我一成不变的——崇敬的脸面/足以表现出温文尔雅",从而使"我"可能被"选上",因为天国的"选举"机制原本就是这样。这样,"我保持温顺"这件事就变成了纯粹的戏仿与反讽。也就是说,诗人模仿圣经而照搬出了一个神似的、没有任何"私人语言"的"地下村镇",目的并不在于对"地下村镇"的描述本身,而在于对基督教永恒理念的反讽。

凡此种种,可见狄金森"地下村镇"诗歌中的"居民",与天国中在"永恒以后思念家园"的永生者是一脉相承的:无论身在墓园还是天国,所思所想仍系于"尘世故园"。诗人试图寻找比永恒之谜更接近、贴近认知的替代品,于是才有了以世俗社会的村镇为隐喻,以"地下村镇"隐喻的"地下墓园"作为"尘世故园"与"天国家园"双重替代品的诞生。但这一绝无仅有的诗意构建,却并未能回答诗人对于永恒之谜的疑问,反而以一种既非现世亦非彼岸的"前永恒"状态的持续,延宕了作为悬念的永恒的登场,从而进一步加深了永恒的他性特征及其与有限"我思"之间的鸿沟。

第二章

永恒中的身体

第一节 "身体"溯源

在理性至上的传统中,"身体"一直是被贬抑或否定的。"身体"作为与"灵魂"相对的一个概念,被视为非理性的、时常惹"麻烦"的东西,应该由灵魂来加以控制、训诫。反之,灵魂只有适时摆脱身体,或对身体进行改造"更新",才能获得真正的自由,"重返"或到达永恒纯粹的"真理世界"。同时,身体又是人类灵魂或永恒生命所不可或缺的"载体",因此也是哲学家和神学家们不得不面对的一个话题。

柏拉图在灵肉二分关系中强调灵魂的主导作用,而将物质的、可朽的身体视作灵魂追求真理、重返至善家园的障碍。他在讲述苏格拉底从容赴死的《斐多篇》中,就曾以众多负面性的比喻来形容身体与灵魂的关系。比如,将身体比作"污染源"或"感染源""桎梏",将灵魂拉入多样性的感官"工具"、低等的"奴仆"、诱骗的"同伴"、"囚室"、必将穿破的"衣服"等。①总结起来就是:第一,身体是灵魂的枷锁、囚笼、负累、外来干扰侵袭灵魂的载体或帮凶。第二,正是物质的、可朽的身体使得纯粹的、不朽的灵魂如陷泥沼,不能回忆、恢复起固有的智慧。换句话说,身体是灵魂追求或"回忆起"真理的障

---

① 柏拉图:《柏拉图全集》(第一卷),王晓朝译,人民出版社2002年版,第64、65、83、85、87、93页。

碍、绊脚石。因此，"要想获得关于某事物的纯粹的知识，我们就必须摆脱肉体，由灵魂本身对事物本身进行沉思。"①

新柏拉图主义者普罗提诺(Plotinus)同样将身体划归物质世界，并将它定位于自己独创的"流溢"式宇宙等级秩序的最底层，认为它时常表现为无形式、无理性的"恶"——远离了善的源泉而导致的至善理性的缺乏。根据普罗提诺的"流溢"隐喻体系，如果位于最底层、最边缘的物质肉体，根据"流溢"物的惰性继续向下运动的话，就会与上一级的"个人的灵魂"(再往上依次是"世界灵魂"、"奴斯"即普遍理性、"太一"即神)相分离而摆脱理性的控制，进入彻底的黑暗，从而"陷入无数种可能方式的运动"，包括恶。反之，当物质肉体"仰面朝上时，它看到灵魂和理性的原则"，这时就表现为"井然有序的运动"，"响应着灵魂的活动"。这也为救赎的可能性打下了基础。②普罗提诺的思想对中世纪哲学，包括基督教神学影响深远，虽然他谈论的只是柏拉图思想，而并非基督教本身。

基督教神学的身体观，则以其深刻的矛盾性著称，即理论上肯定身体与实际上否定身体的内在矛盾。在理论上，基督教神学承认身体的有限主体性，即身体作为感觉的主体，是蕴于其中的灵魂所必须依赖的，因而是有价值的，更不用说"道成肉身"的教义与"圣餐""洗礼"等仪式中蕴含的身体作为"基督的肢体"和"圣灵的殿"的寓意。正如新约圣经中所说："岂不知你们的身子是基督的肢体吗？""岂不知你们的身子就是圣灵的殿吗？"(《新约·哥林多前书》6：15，19)也就是说，从理论上说，基督教神学并没有完全否定身体的价值或意义。

但在漫长的宗教实践与实际论述时，肉身性又始终是一个受贬抑的、否定性的概念。根据谢文郁的总结，基督教原始文本《约翰福音》中对于身体、灵魂、生命的不同阶段或形式各自使用了不同的术语，譬如生者的"肉体"

---

① 柏拉图：《柏拉图全集》(第一卷)，王晓朝译，人民出版社 2002 年版，第 64 页。
② 撒穆尔·斯通普夫、詹姆斯·菲泽：《西方哲学史：从苏格拉底到萨特及其后》(修订第 8 版)，匡宏、邓晓芒译，世界图书出版公司 2009 年版，第 106—108 页。

（σὰρξ）、死后或复活者的"身体"（σῶμα）之间的区别。严格说来，被宗教实践轻视、否定的是在世者的"肉体"（"血气的身体"），而非被"圣灵"（πνεῦμα）注入后将复活而成为"永恒生命"（ςωή）的"身体"（"灵性的身体"）。①为便于表述，下文将前者称为"肉身"。

基督教神学对肉身的否定之一：肉身与神的旨意之间的对立。根据基督教义，肉身虽然并不必然意味着罪，但肉身意味着欲望。欲望盲目冲动，使人不能谨遵神的旨意而容易受到魔鬼撒旦的诱惑、为满足口腹声色之欲而堕入罪中，因此"顺从肉体"而活与"顺从神"而活是对立的。人必须在"顺从肉体"与"顺从神"的殊途陌路中选择一条，即"问题的关键……是要在'照着世人的样子行'和'照着神活'之间做出选择。"②

基督教神学对肉身的否定之二："属人的"肉身是必死的。新约圣经中明确规定了两种不同的"身体"及其命运殊途："属人的"即自然的、现世的"肉身"必死；"属灵的"即"顺从神"而获得基督徒身份、有"圣灵"注入的"身体"将复活而永生。正如《新约·罗马书》第8章第13节中所载："你们若顺从肉体活着，必要死；若靠着圣灵治死身体的恶行，必要活着。"也就是说，基督教对于肉身性的否定，是通过对"属灵的"身体的褒扬和对照而实现的。

如果说在柏拉图的灵魂学说中，灵魂与身体尚不能被完全割裂，这种心身二分的形而上哲学传统，在近代哲学中则发展到了极致。

在笛卡尔的心物二分法中，身体被严格限定为一个纯粹物理世界的东西，以"广延"即空间属性作为其基本特征。也就是说，身体和其他物体一样被视作"我思"的客体或认识对象，而非主体"我"或"我自己"的一部分。用笛卡尔的话说，就是"我对我自己有一个清楚、分明的观念，即我只是一个在思维的东西而没有广延，而另一方面，我对于肉体有一个分明的观念，即它只是

---

① 谢文郁：《身体观：从柏拉图到基督教》，《云南大学学报》（社会科学版）2010年第5期，第11、19页。
② 王晓华：《中世纪基督教美学的身体观与身体意象探析》，《河北学刊》2012年第4期，第31页。

一个有广延的东西而不能思维",只有灵魂可以被称为"我"或"我之所为我的那个东西",而这个与肉体泾渭分明的灵魂是"可以没有肉体而存在"的。①

这种心身二分、理性至上的传统,被尼采以颠倒的逻辑策略打破。尼采强调,"人"首先是一个身体和动物性的存在,其本质是肉体而不是灵魂",即"我完完全全的是肉体,此外什么也不是",灵魂只是肉体的一个附属物或者机能。也就是说,尼采的"肉体"概念其实指的是完整的、总体意义上的感性生命;肉体是具有创造性的,精神只是肉体的造物:"创造性的身体为自己创造了精神,作为其意志之手。"②至此,精神与肉体的"等级关系"彻底颠倒了过来。

梅洛·庞蒂为身体的知觉主体性与统一性辩护,则更为系统而谨慎。他在《知觉现象学》(1945)中以知觉主体"身体"取代了传统的认识主体"意识",并强调"身体"是一个多层次的统一:首先是生理身体的官能统一,然后是在此基础上的生理身体与心理结构、心理过程的统一,即心身统一,最后是在心身统一基础上的生命体与世界的统一。也就是说,梅洛·庞蒂的"身体"概念,既指的是一个灵性化的身体或生命体,又指的是一个"处境中的身体":身体被世界渗透而构型,世界也借我的身体而被投射成为一个知觉世界,两者处于交融、互动的构型关系中。用他的话说,就是"内部世界和外部世界是不可分的。世界整个就在我的里面,我整个就在我的外面"。③由此,身体的"疆域"被进一步扩宽了。

第二节　狄金森的身体观概述与反讽的辩护

永恒语境中的"身体",通常是作为已被灵魂摆脱的"桎梏"或"障碍"而

---

① 笛卡尔:《第一哲学沉思录》,庞景仁译,商务印书馆1986年版,第82页。

② 尼采:《查拉图斯特拉如是说》,孙周兴译,商务印书馆2010年版,第44、46页。

③ 张尧均:《隐喻的身体:梅洛-庞蒂身体现象学研究》,中国美术学院出版社2006年版,第42页。

被忽略不计的。但狄金森的永恒主题诗歌中,身体问题却是一个重要的、不容忽视的问题。她摒弃"有罪的身体"观念,毫不避讳地描绘情欲,肯定肉身性的意义,同时强调身体是自我主体不可或缺的一部分,因此也是永恒语境中不可回避的问题。在诗歌创作实践中,狄金森以各种灵活的艺术形式讨论永恒中的身体问题,其中包括:(1)正面讴歌、肯定肉身性的意义;(2)通过对基督教"灵性的身体"概念的戏仿与反讽,为永恒语境中身体的重要性做"曲折的"辩护;(3)以文学意象和隐喻的方式探讨永恒中的身体问题,从而创造了一系列独特的身体意象与身体隐喻,如处境化的金石身体意象、变态昆虫与球根植物的重生隐喻、微粒身体意象等。

狄金森试图通过对永恒中的身体问题的描述,来理解、归化永恒问题本身。她以文学隐喻的方式探讨永恒中的身体问题,借助隐喻的超越性思维搭建起通往彼岸的桥梁,却不得不面对这种无限的认知欲望与绝对他者之间的鸿沟,并最终使这些诗歌中的身体隐喻呈现出喻体(源域)淹没本体(目的域)的现象,从而无法促成诗人及读者对这些隐喻的目的域(永恒及其身体问题)产生新的认知。

狄金森的身体观,与她的永恒观是保持一致的。她摒弃了"有罪的身体"观念,肯定而热烈地描绘了情欲以及肉身性的意义,同时通过对基督教"灵性的身体"概念的夸张戏仿与辛辣反讽,"曲折地"为身体辩护。她强调永恒语境中身体的重要性,并采用多种艺术形式加以表现,从而塑造出一系列与死亡、复活、永恒主题相关的独特的身体意象与身体隐喻。

首先,狄金森诗歌中摒弃了"有罪的身体"观念。正如她执着于永恒主题,却从不讨论基督教永恒观中的"罪"与"罚"问题一样,狄金森诗歌中也从不涉及身体与"罪""恶"的关系,仿佛从未听说过这些观念。

其次,狄金森肯定肉身性的意义而反对基督教"灵性的身体"概念,主张身心合一,身体不可或缺。正如她深深依恋着爱恨交织的"尘世家园",而不是遥远淡漠的"天国异乡",狄金森也在诗歌中以正面讴歌的形式,肯定地描写了世俗意义上敏感而热烈的肉身性,同时又对永恒语境中抽象的、去肉身性的、集体主义式的"灵性的身体"观念进行了各种辛辣的反讽,"曲折地"为身体辩护。

狄金森的诗歌歌颂爱情,肯定肉身性。她对于肉身性与情欲的毫不避讳的描写与讴歌,在十九世纪崇尚优雅、虔诚诗风的新英格兰,尤其是女性诗人或作家的作品中堪称异类。但是,由于诗人沉思永恒的习惯,这些有关情欲的描写往往与神圣的宗教冥想融合在一起,产生了更加深远而含混的含义。例如:

> 他碰过我,所以我活得心明眼亮
> 知道那一天,允许这样,
> 我在他的胸膛上摸索过——
> 我觉得那是一片无垠的地带
> 而且沉寂,如同可怕的大海
> 让一些小河安歇。
> 如果我可以,进入这个港口,
> 利百加,转去耶路撒冷,
> 不会这般心驰神往——
> 也不会有波斯人,在她的圣坛前茫然不解
> 把那样的十字架招牌
> 举向她威严的太阳。
>
> （J506,F349）

叙述者开门见山地说:"他碰过我,所以我活得心明眼亮。"没有丝毫的含蓄、羞涩或扭捏,其真诚坦率、理所当然的态度令人不禁要重新考量"他"的身份所指,也许并非世俗的情人,而是有更神圣的喻指,譬如"圣婚"隐喻中的耶稣或上帝。但这个关于神圣的推论很快又被打破了。首先,如果第二行的"那一天,允许这样"这句话是真实的,那么这首诗描写的就只能是世俗的、非隐喻的、肉身性的婚姻本身,因为"圣婚"隐喻中的"那一天"无疑并不允许"这样"(肉体与肉体的碰撞)。其次,虽然开篇前两行中说,是"他"的

"碰"破除了我的蒙昧与闭壅,使我开始"知道"(to know)——就像是经典隐喻"神圣之光"或"理性之光"中"光"的作用一样——但接下来几行却将这种"碰"拉回到"更低"的肉身层面:

> 我在他的胸膛上摸索过——
> 我觉得那是一片无垠的地带
> 而且沉寂,如同可怕的大海
> 让一些小河安歇。

也就是说,我的"知道"并非来自形而上的"光"的启蒙,而是来自普罗提诺所谓宇宙等级层次中最底层、最边缘的"身体"与"身体"的碰撞,或者说来自"黑暗"的身体本身,仿佛光孕于夜。而这"无垠""沉寂""如同可怕的大海"的"胸膛",却并未让我望而生畏,反倒令我心驰神往,把它看作"安歇"的好地方:只要能与情人身心交融,驶入爱的"港口","我"就可以不再往天国圣城"新耶路撒冷"的方向去,而是调转方向驻留尘世——"如果我可以,进入这个港口,/利百加,转去耶路撒冷,/不会这般心驰神往——"。对于肉身性的歌颂,莫过于此。

与直截了当的正面歌颂相比,以反讽为身体辩护的方式则显得更为曲折,但对于根深蒂固的身体低下论的冲击也更为强烈。

众所周知,狄金森擅长反讽、悖论等含混、晦涩的"曲折"表达方式。她在"说出全部真理但要斜着说——"(Tell all the truth but tell it slant-)一诗中对此做了半真半假的"解释",称"斜着说出的真理"更温和、委婉,更易被人接受:

> 说出全部真理但要斜着说——
> 成功之道在迂回
> 真理的绝顶惊奇太明亮
> 我们虚弱的快乐受不起

就像被闪电惊吓的孩子需要

温和的解释来安慰

真理的强光只能逐渐释放

否则每个人会失明——

（J1129, F1263）

诗人用了两组比喻来对比真理的强大与受众的虚弱："真理的绝顶惊奇""真理的强光"与"我们虚弱的快乐""被闪电惊吓的孩子"。人类的理解力、接受程度并不足以承担真理赤裸裸的一次性呈现，那将会产生类似于强光导致失明、强烈刺激导致精神崩溃这样的毁灭性后果。于是诗人得出结论："被闪电惊吓的孩子需要/温和的解释来安慰/真理的强光只能逐渐释放否则每个人会失明——"。

真理虽然是永恒不变的，但应该视受众的接受程度分层次、分阶段地逐步揭示，或以更婉转、更曲折的方式"解释"给人类这个理解力有限、情感上较为脆弱的"孩童"听。不仅如此，"曲折讲述"的"真理"，往往比直白的断言更丰满、更充分，也更令人信服，正如狄金森用戏仿式反讽、归谬式反证"曲折地"说出的身心合一、身体不可或缺的"真理"，往往让读者对去肉身化的、灵魂独大的心身二元论的荒诞逻辑哑然失笑。对作者一本正经说荒唐事的会心一笑中，读者更深刻地领会到诗人的真实意图，避免了断言式陈述的简单生硬与苍白无力。

狄金森对基督教"灵性的身体"概念的反讽，主要集中在对"灵性的身体"唯一突出的"身份"属性，即对去肉身性的、去个体化的、宗教集体主义意义上的"灵性的身体"概念的戏仿与反讽。

圣经文本在描述复活者的身体时，着重强调的是它的身份属性。也就是说，描述身体主要是为了借这一"媒介"来表明复活者作为"选民""得胜者""上帝的奴仆"的"新身份"。也就是说，在对身份属性意义极尽强调的背后，隐藏的是对肉身性本身的忽略与否定。尽管经书上也提到，复活后的身体是有形体、有形状的,如"好像从镜子里返照,变成主的形状,荣上加荣","有天上的形体,也有地上的形体","我们既有属土的形状,将来也必有属天的形状"(《新约·哥林多前书》3:18,15:40,49),但相比之下总是一笔带过、语焉不详。

"选民"的身份属性,首先体现在盖印在额上的神的名字。这时,"名字""新的身份"取代感官和肉身性特征,成为复活者的身体性最重要的内容。例如:

> 他的仆人……都要侍奉他,也要见他的面。他的名字必写在他们的额上。
>
> (《新约·启示录》22:3—4)

> 我又观看,见羔羊站在锡安山,同他又有十四万四千人,都有他的名和他父的名写在额上。
>
> (《新约·启示录》14:1)

> 地与海并树木,你们不可伤害,等我们印了我们神众仆人的额。
>
> (《新约·启示录》7:3)

额上盖印圣父、圣子的名字代表了"获胜"的荣光,这与人间的"黥首"或"黥面"刑罚正好相反。而与"获胜"的选民身份相反的,则是那些"额上没有神的印记的人",即非基督教徒,或"崇拜兽和兽像,在额上或在手上受了印记"的异教徒。前者作为天谴的灾祸如蝗灾将摧毁的对象:"不可伤害地上的草和各样青物,并一切树木,唯独要伤害额上没有神的印记的人。"(《新约·启示录》9:4)后者"必喝神大怒的酒……在火与硫黄之中受痛苦"(《新约·启示录》14:10)。毫无疑问,这些没有神的印记或甚至有神的敌人印记的人,将不在基督教永恒观的受惠行列。

身份标识不仅可以写在额上，也可以写在任何地方，这是其重要性使然，同时也加深了圣经文本中身体意象的抽象化、观念化、去肉身化倾向。例如，耶稣基督自身的身份标识："在他衣服和大腿上有名写着说：万王之王，万主之主。"又如，"得胜的"基督教徒将化身神殿的柱子，圣父、圣子、圣城的名字将一一刻印在他的"身上"："得胜的，我要叫他在我神殿中作柱子，他也必不再从那里出去。我又要将我神的名和我神城的名（这城就是从天上、从我神那里降下来的新耶路撒冷），并我的新名，都写在他上面。"（《新约·启示录》3：12）

针对这种非意象性的"灵性的身体"唯一突出的"身份"属性，诗人采用了戏仿的艺术手段来进行模仿、展示，以达到反讽的目的。戏仿，又称滑稽模仿，作为一种特殊的文学创作手段，首先呈现为一种模仿式创作，是以反讽、解构为目的的嘲弄式模仿。在这种滑稽模仿、一本正经讲述荒谬故事的过程中，暗含的是一种欲擒故纵、以谬制谬的归谬反证的逻辑法。狄金森正是通过文学戏仿与逻辑归谬的结合，以"斜着说"的方式对基督教永恒观、对肉身的贬抑与否定态度进行了辛辣反讽。

狄金森诗歌中的叙述者，往往对去肉身性的"灵性的身体"观念"百思不得其解"，然后以滑稽模仿、夸张演绎的方式，使其荒谬性展露无遗。譬如：

> 我想在我被"宽恕"的时候——
> 我的形体该会怎样升起——
> 直到头发——眼睛——和胆怯的头——
> 从视线中消失——在天堂——
>
> 我想我的双唇该会怎样的沉重——
> 无形的——颤抖的——祈祷——

（J237，F252）

叙述者百思不得其解："灵性的身体"，到底还是不是"身体"？如果还是身体的话,那么在我被"宽恕"升天的时候,"我的形体该会怎样升起"? 包括"头发——眼睛——和胆怯的头——"等,这些在"灵性的身体"概念中不足一提的东西都是"形体"不可或缺的组成部分,因此也是我在讨论"复活""永生"问题时无法回避、不得不关注的问题。例如,"我的双唇"还能不能像肉身的双唇一样祈祷? 还是会因为语言的加载而使它变得沉重,不再具有"灵性的身体"的轻盈、无障碍特质?

诸如此类的问题太多,最终无处问询的叙述者"我"只能拿出"科学实验"的精神,对"我"的身心各个组成部分一一检测,分别探索,试图给出自己的答案,正如另一首诗中所描绘的灵肉分离的场景:

> 我用双手摸我的生命
> 看看它是否在那里——
> 我把我的灵对着镜子,
> 更有可能证明它——
>
> 我把我的存在转来转去
> 为每一磅停一停——
> 好问问主人的姓名——
> 因为怀疑,我可能知道那声音——
>
> 我鉴别我的面容——抖动我的头发——
> 我把我的酒窝摁到一边,坐等——
> 如果它们闪回来——
> 对我,就会确信——
>
> (J351,F357)

心身二分法对灵魂与身体的割裂,在这里达到了极致。叙述者以"科学实验"的精神对待自己"永恒的新生命",以确认它的存在。"新生命"的每一部分都被单独取出,分别观测甚至计量,包括用镜子去照我的"灵",为我的"存在"过磅,"鉴别我的面容——抖动我的头发——","把我的酒窝撅到一边",然后坐等它再"闪回来",宛如科学家对待自己的实验材料一般逐一审视,分别检验。教义中"灵性的身体"是轻盈的、无障碍的,因此是可以自由移动的,而叙述者却以戏仿与归谬的方式将这个"特性"发挥到了极致:身体不再是一个完整的、不可分割的整体,同样,"我的生命"也被割裂成了身体与灵魂的种种碎片。

狄金森的天国诗歌中还以夸张、戏仿的方式塑造了许多温顺、麻木的复活者形象,辛辣反讽了基督教语境下淹没性的集体狂欢式的复活观对于复活者的个体性、肉身性的否定。例如,前文曾引用过的"我最要好的相识"(J932,F1062)一诗中,诗人以理所当然的语气,顺应着宗教集体主义复活观的逻辑并将其推至极致,仿拟出一幅温顺、服从、麻木、"无我"的惟妙惟肖的"永生"画卷:

> 我最要好的相识
> 我跟他们从不说话——
> 来到小镇的星星们发言
> 认为我绝不粗鲁可怕
> 虽然对他们天国的呼唤
> 我无法做任何回答——
> 我一成不变的——崇敬的脸面
> 足以表现出温文尔雅。

和最要好的相识从不说话,听不到星星们来自天国的呼唤,也无法做出任何回答。"我"失去了听觉和言语功能,但因为这份无知、沉默而被赞许为"绝不粗鲁可怕";至于"我一成不变的——崇敬的脸面",也因其无个性色彩和情绪变化的标准脸谱而"足以表现出温文尔雅"。正话反说、反话正说,直到读者对"我最要好的相识"一语本身的真实性都产生怀疑,更何况其中以溢美之词"捧杀"的宗教集体主义永生观。可见这一逻辑归谬法的绝妙效果。

除了文学戏仿与逻辑归谬,狄金森还采用了多种形式的反讽,如言语层次上的反语、双关语、语境误置、矛盾修辞,以及结构层次上的不可靠叙述者等,以言语的外壳与隐藏含义之间的错位、冲突等加深文学反讽的效果。

先看言语的反讽。有时,狄金森使用反语、正话反说,针对基督教以及理性传统的身体观。例如,前文"我最要好的相识"(J932,F1062)一诗中所有的溢美之词,都是典型的正话反说或反话正说。又如:

> 我要付出什么才能见他的面?
> 我要付出——我要付出我的生命——当然——
> 但那仍然不够!
> 等一等——让我想想怎么解决!
> ……
>
>
> ……
> 迷狂的契约!
> 吝啬鬼的允许!
> 值我整个王国的福气!
>
> (J247,F266)

去身体化的"圣婚"隐喻,一改狄金森笔下颇具情色意味的"爱人—主耶稣"形象混为一体的爱情诗写法,将身体意象剔除干净,只剩下象征意义的"君王的脸",作为绝对他者与无法接近之的"新娘"面对面。诗中,耶稣新娘"我"将付出所有作为"陪嫁",换来"一个小时看君王的脸"——叙述者越是表现得迫不及待、心甘情愿、心满意足,其反讽的效果就越强烈,越能揭示出这场"婚姻"的不平等实质与字里行间的愤懑之情。

有时,她也使用双关语。如"我听到一只苍蝇嗡嗡——"中的"苍蝇"(fly)一词,兼有"飞翔"之意:

我听到一只苍蝇嗡嗡——在我死的时候——
屋内的寂静
就像空中的寂静——
在暴风雨的间歇

周畔的泪眼——已绞干——
人们的呼吸快要凝固
等那最后一击——当国王
被见证——在房间里——

这时
一只苍蝇插进来——

某种蓝色——磕磕碰碰的嗡嗡声——
在我——与亮光之间——
然后窗户消失了——然后
我不能看也看不见了——

(J465,F591)

在众人屏住呼吸等待"国王"驾临时,等来的却是一只嗡嗡叫的、泛着蓝光的苍蝇。"国王"或主耶稣是不可描述的,而苍蝇却可以有身体细节,成为"我"在失去感官功能之前经历的最后一幕,让肃穆的死亡现场瞬间变成一个黑色幽默。

有时,她通过语境误置,把某个特定场合下的话语移植到另一个明显不符的语境中。譬如,将惹人怜爱的小女孩对老父亲撒娇的场面,移植到诚惶诚恐的信徒与"天上的父"会面的神圣场景:

我希望天上的父

会抱起他的小女孩——

老式——顽皮——不一而足——

翻过那"珍珠"的台阶？

（J70,F117）

"天上的父"若真像人间的老父亲一样抱起他的小女孩去爬台阶，就彻底消解了这一会面的神圣性与崇高性。反之，"天上的父"若不能像人间的老父亲一样，那就是对宗教文本借用"父"一词的揶揄与反讽。又如：

当然——我祈祷过——

上帝可曾介意？

他介意的程度就像在天空

一只鸟儿——把脚一踩——

高喊"给我——

（J376,F581）

诗中，狄金森甚至以娇憨少女的形象来描述神的意象本身。未入教却保留了祈祷习惯的诗人，难免时而疑虑自己未经"授权"的祈祷或私下与神交流的活动的合法性，于是再次自嘲地借用刁蛮少女的形象，塑造出任性的鸟儿、任性的上帝形象，以"孩子气"的面具转移、削弱对神不敬的态度。

有时，她使用矛盾修辞（oxymoron），将语义悖逆、矛盾或不可调和的词语并置，使它们彼此交错、干扰、融合、冲突，产生强烈的修辞效果。例如：

于是沙漠里溪水潺潺

流淌在行将失聪的耳边——

于是暮景中塔尖辉煌灿烂

对着正在合拢的双眼——

> 天国如此遥远——
> 向下界的一只手高悬。
>
> （J20,F26）

干涸沙漠里承载着生命悦动的潺潺流水、夕阳染金的塔尖这转瞬即逝的美景，与行将失去感官功能与肉身性的主人公的强烈对照，引人联想：如果不再有"我"的卑贱的身体、微不足道的感受，即便"永生"又如何？此"永生"与"我"何干？又如下面这首诗中的"天堂"与"伤害"两个悖逆词语异样的组合：

> 来自天堂的伤害，它给我们——
> 疤痕无处可寻，
> 而内在的差异，
> 意义之所在，在于——
>
> 无人能说出分毫
>
> （J258,F320）

再如，"这些低落的脚蹒跚了多少回——/只有焊住的嘴才能讲得透——"（F238）中要用"焊住的嘴才能讲得透"的秘密，实则是语言的极限、知识的禁区。

再看结构的反讽。有时，狄金森也会引入"不可靠的叙述者"，让天真无知的主人公、叙述者真诚地发表着自己的判断和意见，旁观的全知全能的读者却早已洞晓了作者的真实意图，忍不住想要指出、修正他的谬误却又无从对话，只能哑然失笑，取得比直白的辩驳更曲折、深刻的反讽效果。如前文所述"我带着那张脸——最后——"（J336,F395）中毕恭毕敬地将自己的脸摘下来交给天使去评级的满怀信任的叙述者，以其"无与伦比的简单与迟钝"履行着对于等级制永恒观、物化肉身观念的盲从，从而使读者警觉、惊醒，意识到诗人真正的反讽意图,避免自己也采用同样的逻辑而犯下同样的谬误。

就这样,狄金森以她一贯的含而不露的方式,借助夸张戏仿的文学手法与归谬反证逻辑法的结合,将理性传统对肉身性的否定与贬抑推演到了极致,从而实现对这一观点的反讽,以谬制谬地反证了身体作为主体的不可或缺一部分的重要地位,"曲折地"实现了她为身体性所做的辩护和对传统心身观的突破。

除了以正面讴歌的形式肯定肉身性的意义,或以戏仿、反讽的形式"曲折地"为身体辩护,狄金森还采取了更多灵活的艺术形式来强调永恒语境中身体的重要性,并塑造了一系列与死亡、复活、永恒主题相关的身体意象与身体隐喻。

先看处境化的身体意象。在"地下村镇"一诗中,狄金森将通常用的墓穴、墓屋、棺椁的金石材料及其属性赋予了逝者的身体,也就是说,将环境的属性转移为身体的属性,从而创作出一系列与墓穴环境交融的金石身体意象。例如"大理石的脚"(J510,F355)、"花岗岩般的嘴唇"(J182,F210)、"钢铁的耳朵"(J300,F191)、"钢铁的筋肉"(J666,F752)、"额头模仿石头"(J519,F614)、"活力被雕刻,变凉。/我的神经在大理石里躺——"(J1046,F1088)等。正如梅洛·庞蒂所说:"内部世界和外部世界是不可分的。世界整个就在我的里面,我整个就在我的外面。"身体应该被理解为一个多层次统一的知觉主体,不仅包括生理身体的官能统一、生理身体与心理结构以及心理过程的统一,也包括在心身统一基础上的生命体与世界的统一①。狄金森"地下村镇"诗歌中的金石身体意象,正是这种典型的"处境化的身体"的代表——身体被世界渗透而构型,而世界也借"我"的身体被投射成为一个知觉世界,二者交融互动。

再看变态昆虫与球根植物的重生隐喻。狄金森以变态昆虫与球根植物的"变态发育"(metamorphosis)过程,如毛毛虫破茧为蝶、番红花地上部分死

---

① 张尧均:《隐喻的身体:梅洛-庞蒂身体现象学研究》,中国美术学院出版社2006年版,第42页。

亡而地下部分可能重生的特殊生命历程,作为生命复活与重生的隐喻,同时也从另一个角度印证了身体的重要性:至少对于变态昆虫与球根植物来说,只要保存好可再生的身体,就能从死亡般的蛰伏中重获生机。

最后看微粒身体意象与面孔隐喻。狄金森的永恒诗歌对于尘世、死亡、天国有一些较为连贯而一致的处理方式和态度,包括满怀深情地回顾尘世故园,努力将"地下村镇"(墓园)塑造为失去家园者(逝者)的另一个温暖的家,将"天国"视为"异乡"。同样,对于天国语境中的身体问题,她也更多地采用了戏仿、归谬与反讽的方式,以非具身性的微粒身体意象、面孔意象等,将基督教复活观中对肉身性的贬抑推演到了极致,从而起到身体重要性辩护的作用。

第三节　狄金森永恒诗歌中的"身体"

狄金森对永恒中的身体问题的探讨,可按照"时间"顺序大致分为"前永恒"阶段的身体问题与"永恒"阶段的身体问题,虽然永恒概念从本质上来说是存在于时间维度之外的。

"前永恒"阶段的身体问题,指的是狄金森的墓园诗歌,或曰"地下村镇"诗歌中描绘的逝者或等待永生者的身体问题,如处境化的金石身体意象或与死亡主题相关的其他身体问题,如变态昆虫与球根植物的变态发育所代表的重生隐喻。"永恒"阶段的身体问题,则指的是狄金森的天国诗歌中关于复活、永生者的身体问题的讨论。如天国中的微粒身体意象,包括借用圣经隐喻的"种子"身体、生搬科学术语的"原子"身体、富有文学感染力的"珍珠人"意象等,又如狄金森永恒诗歌中最为模糊、矛盾而丰富,其意义贯穿于物化到深渊的两极的"面孔"意象。

一、"地下村镇"中的金石身体意象

狄金森的"地下村镇"隐喻通过对墓园的重新"世界化",将介于生命与永恒之间的这个"灰色地带"重新拉回到现世的话语体系中来。通常被视为人类生命终结之所的墓园,被重新生活化、世界化,转变成认知主体所能够到达的世界或现世的问题,从而被重新归化到自我主体的理解中来。这也就为狄金森借助身体问题归化他性永恒的进一步尝试打下了基础:当介于现世与彼岸之间的墓园被重新"世界化",墓园中的逝者或等待永生者重新回到世界的话语体系中来也就成为可能。

墓园"世界化"的下一步,就是"地下村镇居民"身体的处境化。具体来说,是把环境的属性转移为身体的属性,从而创造出与环境交融的、处境化的身体意象。其中最引人注目的,就是"地下村镇"诗歌中的金石身体意象。例如前文中所说的"大理石的脚"(J510,F355)、"花岗岩般的嘴唇"(J182,F210)、"花岗岩的眼睛、钢铁的耳朵"(J300,F191)、"花岗岩的腿、钢铁的筋肉"(J666,F752)等。大理石、花岗岩、钢铁等质感坚硬而凉的金石材料,被用作地下村镇居民的身体"材料"。这些金石与逝者的身体显然具有一定的共性,如沉默、静止、沁凉、沉重等物理属性,因此诗人对这一意象的使用虽然新奇却也并不显得突兀。

这类独特的金石身体意象,却并非狄金森的"创举"。事实上,将逝者的身体视为珍贵的石材、钢铁,或以其铸造的物品,是当时的一种特殊审美"时尚"。这与盛行于十九世纪欧美社会的死亡审美化潮流或具体到十九世纪新英格兰的一种被圣·阿蒙德(Barton Levi St. Armand)命名为"感伤主义的爱的宗教"这一文化现象不无关系。[①]

对身处十九世纪"大觉醒"浪潮,即美国宗教复兴运动中的人来说,信仰

---

① Barton Levi St. Armand. *Emily Dickinson and Her Culture*: *The Soul's Society*. Cambridge: Cambridge University Press, 1984, p. 68.

所赋予的复活、永生的宗教观念,与人性中对赤裸裸的、并无有效观念附着的死亡本身的回避与恐惧,似乎是并行不悖的。毕竟可见的俗世与应许的天国之间,还横亘着一道幽暗的深渊。圣·阿蒙德所谓"感伤主义的爱的宗教",指的正是十九世纪新英格兰人"强调以安宁的休憩、审美的愉悦、尽心的防腐来对抗严厉的审判、无情的功利主义和肉身的腐烂"的一种大众心理文化现象。其中一个重要特点,就是试图以审美力量,包括对死亡本身、丧葬仪式和器物的审美化,来应对不可遏制的死亡恐惧。用圣·阿蒙德的话来说,就是"死亡的恐惧若不能被减轻,那么它的象征物和行头至少得让新的文雅的通俗文化能够接受"[1]。这种盛行于十九世纪欧美社会的死亡审美化心理策略的一个极致表现,就是将逝者的身体视为珍贵的石材、钢铁,或以其铸造的物品,以一种类似于艺术审美的方式将逝者可朽、可怜的身体升华定格为历久弥坚的宝石或神性的"珍贵的石雕,出自那位伟大的雕刻家,死神之手"[2],从而获得心理上最大的安慰。最典型的例子,莫过于长寿的英女王维多利亚,以大理石雕刻的方式复制了她逝去的孩子们的"手模""脚模",并以展示珍宝或艺术品的方式将它们置于自己行宫的桌上。在华盛顿,狄金森的父亲爱德华议员所属的辉格党的创始人亨利·克雷(Henry Clay)去世时,其人形石棺(sarcophagus)的设计更是令瞻仰者叹为观止,那是几年前刚申请过专利的仿人体轮廓的古埃及式"气密的木乃伊箱"。这也可以说是狄金森诗歌艺术实践的生活来源,无论父亲是否曾将这次叹为观止的观瞻亲自讲述给她听。[3]

同时,这些金石身体意象,与十九世纪美国丧葬习俗变迁背景下的"地下村镇"这个特殊"外部世界"的特征也是相统一、相融合的,可以说是"世界"在身体中,而身体又投射出一个知觉世界。

---

① Barton Levi St. Armand. *Emily Dickinson and Her Culture: The Soul's Society.* Cambridge: Cambridge University Press, 1984, p. 68.

② Barton Levi St. Armand. *Emily Dickinson and Her Culture: The Soul's Society.* Cambridge: Cambridge University Press, p. 66.

③ Barton Levi St. Armand. *Emily Dickinson and Her Culture: The Soul's Society.* Cambridge: Cambridge University Press, pp. 66-67.

十九世纪美国丧葬习俗的变迁,突出表现在对墓园和墓屋的改良运动上。精良的石材和钢材被越来越多地运用于"地下村镇"的修建。克勤克俭、戒奢戒欲的清教徒后裔,开始为自己或亲人修建"越来越精致、几近一座座小宫殿的维多利亚式墓屋和花园式墓地"。通常用于墓园、墓屋、棺椁等的"高档建材"被"转移"为身体的构成材料本身,从而彻底实现身体的处境化,使二者融合为一。这种丧葬习俗的变迁,与将此世视为虚幻或考验,唯有死后与神同在的永生才是真实世界的基督教教义是相符合的,尤其是既提倡勤奋、积累财富,并将其视为圣恩眷顾"选民"的表现,又强调不能将个人财富用于奢华纵欲的俗世生活的清教教义。这也是狄金森的祖父为了培养更符合自己宗教理念的牧师、年轻人,而与志同道合者一起亲手创办大学的原因。以石材和钢材修建的牢不可破的地下寝宫,集实用、安全、审美、身份象征于一体,对生者来说也是一种更好的安慰。更重要的是,这种稳固、洁净的材料,能更有效地将逝者与俗世彻底隔绝开来,对清教徒来说是一个静静等待永生的更适宜的场所。正如狄金森在"安卧在雪花石膏的寝室——"(J216,F124)一诗中所描绘的安宁、祥和的场景:

> 安卧在雪花石膏的寝室——
> 早晨不来抚摸——
> 正午不来打扰——
> 复活的顺民们在安寝——
> 绸缎的房椽
> 石头的屋顶。

雪花石膏(alabaster),又名蜡石、条纹大理石,是一种昂贵的石材,常用于石雕艺术。身份较高、家境又殷实的清教徒阶层选择这样一种石材来建造死后的墓穴,或许正是因为这些考虑。根据狄金森提供的诗歌地图,这个被称为"地下村镇"的"特殊社区"的路标是大理石的(F847),入口处有大理石、钢铁的盖子(F684)、大理石盘(F422),显露在外的是青苔缠绕的"大理石名字"(F441),隐没在内的是禁锢在大理石里的神经(F1088)。正如诗人在另一首彬彬有礼的"死神马车"诗(F684)中所描绘的,这个庄严密封的石头世界是"甜蜜的""安全的""欢乐的""明快的",因为可怕的侵害,如"光秃秃的死亡""放肆的疾病"等,都已经一次性作用完毕,因此也就不再可怕。地下村镇的主人公如"我",可以在自己"小小的木屋"里从容地摆上"大理石茶"(F1784),静静期待与心中那个人的重聚。

但矛盾的是,狄金森"地下村镇"诗群中的大理石身体意象,突出的并非大众文化所赋予的这些石材的审美特征,而是其原始的物理属性:温度(冰冷)、重量(沉重)、运动(静止、无法动弹)、声音(沉默)。也就是说,同样使用了转喻的方式,诗人并没有试图以时代流行的审美方式,将这些石材的"宝石般的美与珍贵"附加到逝者的身体上,以淡化或转移死亡的恐惧,而是以"光秃秃"的、无遮拦的现代方式,近乎白描地刻画着死亡。例如:

> 如果我无法谢你,
> 由于睡得深沉,
> 你会知道我在竭力张开
> 我花岗岩般的嘴唇!
>
> (J182,F210)

又如:

> 额头模仿石头——
> 手指们变得太凉——
> 不知疼痛——如同滑冰人的溪流——
> 滴溜溜的眼睛——凝冻——
>
> 即使它像一块重物——
> 用绳索吊下的时候——

> 它无所表示,也不知反对
>
> 只是扑通一声落下,像块石头。

(J519,F614)

再如:

> 我的脑袋低垂——我的灵魂无知无觉——
>
> 曾奔流的血脉
>
> 麻木地停止——这种麻木
>
> 在石头上表现得更加完美
>
> 活力被雕刻,变凉。
>
> 我的神经在大理石里躺——

(J1046,F1088)

这些未经调谐的"不和谐音",几乎是对"感伤主义的爱的宗教"的死亡审美化潮流——无论是英女王以大理石雕刻、保存亲人的手模、脚模,还是新英格兰政治领袖被以古埃及法老的方式安放于人形石棺等——"艺术化行为"的一种"揭白":在这些石雕"艺术品"中,活力、生命力荡然无存,取而代之的是石头般"完美"的麻木与无知觉,正如看似安宁、祥和的"地下村镇"诗歌中所暗示的,这种祥和是以空寂、了无生机为代价的。

正是在冷静得近乎残酷的、"光秃秃"的死亡描写中,先于时代而进入文学现代性的狄金森彻底告别了温情脉脉的十八世纪感伤主义余波,开启了更为痛苦而丰富的现代主义文学的前奏。

二、变态昆虫与球根植物的重生隐喻

狄金森笔下有许多频频出现的花鸟小虫,如雏菊、毛茛、番红花、知更鸟、食米鸟、蝴蝶、蜜蜂、大黄蜂等。这类描绘花鸟小虫的诗歌通常被归为自然主题来研究。而变态昆虫与球根植物，却以其特殊的生长发育方式，与永恒主题产生了联系，使诗人得以借助"变态发育"这一自然现象，表达她对于自然界种种重生隐喻的深刻认同与质疑，并从另一个侧面印证了身体的重要性。

狄金森对蝴蝶这种"变态昆虫"的生命历程非常感兴趣，并借助"破茧成蝶"的重生隐喻来探讨死亡与复活的重大话题。她在诗歌中一再赞叹、描摹了"毛毛虫破茧成蝶"的神奇生命现象。虽然"园丁"狄金森熟知各种植物、昆虫的习性，了解从蠕动的爬虫到沉寂的茧蛹，再到新生般插上翅膀的蝴蝶的形态变化，只是自然界一种独特的生长发育方式，却依然忍不住发出赞叹。正如"一个毛茸茸的家伙，没有脚"（J173，F171）一诗中，诗人以调侃的口气讲述的"蝴蝶的美丽秘密"：

> 一个毛茸茸的家伙，没有脚——
> 但跑起来，超凡脱俗！
> ……
>
> 但当秋风惊动森林百姓，
> 他就搬进了锦缎宅邸——
> 趾高气扬用丝线缝制衣裳！
>
> 然后，比贵妇还精致
> 他在春天出场！
> 两肩各一根羽饰！
> 你简直认不出来！
>
> 对于人们，他叫毛毛虫！
> 对于我！我算什么人，

> 竟把蝴蝶的美丽秘密
> 来讲！

　　栩栩如生的童真描绘，一洗狄金森永恒诗歌中含混、晦涩、相互撕扯的语义之间的层层深入的悖论与反讽，只是简单地、字如其意地对于"毛毛虫—茧蛹—蝴蝶"这一神奇而美丽的自然生命现象进行了最形象而贴切的描摹与比喻。

　　这些蝴蝶诗歌中的叙述者，对化蝶重生的故事有着强烈的身份认同。这些叙述者不仅会从第三人称叙述者的角度讲述"化蝶"的故事，还会以蝴蝶为主人公或第一人称叙述者"我"，亲自讲述"自己"的重生故事，仿佛诗人也在这种周公化蝶式的物我不分、身份合一中获得了某种神奇的"蝴蝶力量"。例如：

> 我的茧紧绷——颜色在挑逗——
> 我摸索着寻找空气——
> 翅膀的羸弱无力
> 黯淡了我穿的衣裙——
>
> 蝴蝶的力量一定是——
> 翻飞的才能
> 意味着壮阔的草地
> 轻松划过天际——
>
> 所以我必得在暗示前迷惑
> 在迹象前苦思
> 屡犯愚蠢的错误，如果最终
> 我能抓住神圣的线索——

（J1099，F1107）

诗中主人公"我"——一只蛹,已在茧里默默长出了翅膀,只是还无力冲破这层死亡或生命之壳。为了破茧而出,获得在辽阔天地自由翻飞的"蝴蝶的力量","我"正在苦苦思索着神的种种暗示,以求得到神的授意,破解这一重生之谜。但最后一段的"我",却已渐渐脱离开篇时确定无疑的"蝴蝶"身份,而开始了信徒追寻圣迹与神启的模式,从而将破茧成蝶的自然生命故事与人类的永生向往融为一体。

狄金森诗歌中的叙述者对"化蝶"重生隐喻的认同,还体现在人类的墓室与变态昆虫的蛹茧之间所达成的"空间认同"上。虽然变态昆虫与人类这一"物种"之间似乎并没有必然的联系,但毛毛虫在结壳化蛹、等待"重生"的"过渡期",与逝者在静待永生的"过渡期"至少有一个共同之处,就是都有一个安全的、封闭的、神秘的藏身之处。于是,诗人以隐喻的方式在人类的"墓室"与变态昆虫的"蛹茧"之间搭起了一座桥梁,虽然蛰伏的虫蛹不尽相同,有的有茧,有的无茧,但狄金森钟爱的蝴蝶属于前者。

狄金森常将墓室比作茧子,或将洁白的茧子比作逝者的"皑皑小屋",以隐喻方式在二者之间不作解释地自由切换。例如:

> 寒霜——掌握世界——
> 在密室里——看得见——
> 一座最古怪的乱丝的坟墓——
> 一座寺院——一枚虫茧——

(J517,F655)

基督教徒有在教堂内部或周边安葬逝者的习俗,以求与神圣靠得更近一些,所以诗人在把虫茧比作"一座最古怪的乱丝的坟墓"的同时,也把它比作"一座寺院"。又如这首只有喻体没有本体的"皑皑小屋"诗:

　　谁建的这座皑皑小屋

　　又紧紧地关起了窗户

　　使我的精神无法察觉？

　　谁要让我在狂欢节出来

　　穿着盛装飞开，

　　把浮华超越？

（J128，F140）

　　诗中的"我"，身着盛装从这座"皑皑小屋"中飞出，似乎完全无须交代小屋为何物，而我又是谁，从而将变态昆虫的生长与人类的重生隐喻完全融合在一起。

　　狄金森诗歌中破茧而出、重获新生的蝴蝶，往往以其华丽的外表，恣肆、自由自在的姿态引人注目，表达了诗人对于重生的蝴蝶所代表的个人主义姿态的欣赏与赞颂。如：

　　上有茧子！下有茧子！

　　悄无声息的茧子，你为何如此隐蔽

　　全世界都起疑的东西？

　　一个小时，在每棵树上绚烂

　　你的秘密，心醉神迷的栖息

　　把囚禁不放在眼里！

　　一个小时在蛹中度过，

　　然后在褪去的草上明丽

　　一只蝴蝶飞过！

（J129，F142）

　　虫蛹通常都隐藏在尽可能安全的地方，"韬光养晦"，以度过毫无自卫能力的休眠期。但当他们冲破死亡的"囚禁"再次现身时,必让世界惊艳:他们绚烂、明丽、恣肆汪洋。哪怕只有短短的生命周期,也要心醉神迷于这枝头的"栖居"——"你的秘密,心醉神迷的栖息"——让它成为一个最迷人的秘密:存在之谜。

更特别的是,这些重生的蝴蝶不仅有华丽的外表、恣意的态度,还有着独立的品格、自主思考与决定的权利,而这正是基督教复活信仰中被动、温顺的永生者所不具备的特点。譬如,下诗中这位捣蛋鬼一般冒冒失失、随心所欲的蝴蝶君:

> 他把自己分开——像树叶两片——
> 然后——他又合拢——
> 然后随便站在一朵
> 毛茛的软帽上——
>
> 接着他冲上去
> 把一朵玫瑰撞翻——
> 接着便无所事事——
> 接着登上一张三角帆——远走高飞——
>
> 像一粒尘埃那样晃悠
> 悬在正午——
> 拿不定主意——回到下边——
> 还是在月亮上安家——

(J517,F655)

诗中,被赋予了雄性身份的蝴蝶君像个无所事事的男孩一样四处闲逛,一会儿张开翅膀,"像树叶两片",一会儿又合拢,大大咧咧地站在一朵花的"软帽"上,"拿不定主意——回到下边——/还是在月亮上安家——",仿佛上天入地都只取决于"他"自己的意志与行为,而并非来自神意或天赐。在从宗教到世俗的理解中,"月亮"都具有一些偏阴性的、神秘的含义。在某些宗教如早期婆罗门教中,月亮是通往天国("梵界")的门户,逝者的灵魂先聚集于月亮上,回答神灵的问话,答对的可以前往梵界天国,答错的则要堕回人间,托生万物继续轮回。① 狄金森与这些"异教"信仰应无交集,但对于一位诗人来说,"月亮"代表遥远的、令人遐想的天上世界却是无疑的。只是,诗中的主人公却"拿不定主意":是去天上世界,还是重返尘世? 换句话说,如果"他"最终没有"飞升"天国,这绝不是因为神的"惩罚",正如基督教中被逐出乐园的人类始祖,婆罗门教中因答错天神问话而无缘天国的灵魂,而是出于自由意志的选择,自主自愿的决定。对于这样一种蝴蝶意象的刻画,背后蕴藏的正是诗人高扬的个人主义姿态,是对个体意志的推崇与捍卫。

类似变态昆虫的"蛰伏—重生"现象,在植物界中也存在。拥有可变态发育的"变态茎"或球根、种球的球根植物,为狄金森提供了另一类绝佳的重生隐喻。譬如,她的诗歌中反复出现的百合花、番红花(crocus)、鸢尾(iris)、毛茛(buttercup)、银莲花(anemone)、风信子(hyacinth)、红门兰(orchis)等。这些球根植物在地上部分枯萎死亡后,地下部分开始进入休眠状态,待时机成熟时再重新破土而出,实现同一株植物的反复"重生",而不是像别的植物一样,只能靠种子的传播来繁衍"下一代"。

正如诗人描写过"蝴蝶的美丽秘密"(J173,F171),她也曾写过"番红花的秘密"(J22,F29):

> 失去——如若能复得——
> 错过——假使会相逢——
> ……
> 番红花的秘密
> 你我都了解——

---

① 徐梵澄编译:《五十奥义书》,中国社会科学出版社2007年版,第26—27页。

让我们柔声歌吟——

"再也没有白雪！"

　　诗歌叙述者说"番红花的秘密/你我都了解——"，那就是年复一年的失而复得、死亡与重生。更高的祝福则是"再也没有白雪"，再也没有寒冬、死亡与覆盖，那么球根植物们绚烂一夏的地上部分就不必随着严寒的到来而枯萎死去，地下部分的球根也不至于陷入生死未卜的昏睡或蛰伏状态，"园丁"狄金森的人间伊甸园就可以成为真正的永夏乐园。

　　园丁狄金森深谙球根植物的生长规律与变态昆虫的异曲同工之处——地上部分的死亡并不代表整株植物的死亡，地下休眠的球根或变态根，只待暖风或新英格兰夏日的一声号角，又会重新"冒出来"，而不像其他植物，只能以种子来繁衍下一代而"自身"已"灭亡"：

从通红的

金黄的土里

将会冒出许多球根——

狡猾地躲过了，精明的眼睛。

从茧子里

许多虫子

像高地人一样雀跃，

农民们如我，

农民们如你，

迷惑地瞅着！

(J66,F110)

　　球根植物这一招死而复生的"小戏法"躲过了"精明的眼睛"，却躲不过园丁狄金森的慧眼。不过，与第二段"像高地人一样雀跃"的"虫子"比起来，球根植物的重生隐喻的鲜活度与震撼度似乎稍逊色。到了变态昆虫这里,即便熟悉农情的"农民们如我,/农民们如你",也不由得对一只小爬虫从墓室般的茧子里"雀跃"而出时完全改头换面、"判若两虫"的震撼现象另眼相看,并对这个插上翅膀的"新生命"油然而生许多美好的、超越常识与知识的想象。

生命是具有多种形式的。如果说基督教对于两种身体形式的区分——现世的"血气的身体"与永恒的"灵性的身体"——的真理性已被局限在信仰领域之内,那么变态昆虫与球根植物则以自身独特的生命历程,从另一个角度证明了生命的多样性与身体的重要性:至少有一类生命,只要保存好可再生的部分,就能从死亡般的蛰伏中重获生机。

但以生物界的变态发育生长方式作为重生隐喻,也有明显的局限性,即并不能跨越"物种"运用于人类,所以狄金森从不将她的蝴蝶故事或者球根植物的重生故事引申到人类领域中来。同样,人类也并不能跨越认知的局限性而实现对于他者真正的"认同"。所以狄金森诗歌中对于变态昆虫、球根植物重生隐喻的高调认同与赞颂,有时会突然"急转直下",发出虚弱而犹豫的声音,显示了她对变态发育重生隐喻有效性的质疑。这种虚弱与犹豫,首先来自诗人对认知局限性的清醒意识。譬如"上有茧子! 下有茧子!"一诗的下段诗节:

> 一个小时在蛹中度过,
> 然后在褪去的草上明丽
> 一只蝴蝶飞过!
> 审问的一刻,
> 比"遗嘱检验法官"更聪明,
> 要把宇宙了解!

(J129,F142)

想要"审问"一只蝴蝶,了解它的存在之谜,你必须比"遗嘱检验法官"更聪明,几乎要赶得上洞悉整个宇宙之谜的"终审日大法官"才行。诗人无疑已经意识到认知的局限性,以及随之而来的理解、认同、归化的不可能性。对于人类无止境的、过分自信的求知欲来说,这无疑是一种反讽。虽然高调的认同与高调的反语直接并置,并无任何过渡,使这首诗显得有些突兀,似乎不够丰厚,但也符合狄金森诗歌尖锐、矛盾、歧义的风格。

对球根植物的描述也是一样。狄金森诗歌中的叙述者,时常会对球根植物的重生隐喻产生突如其来的质疑与犹豫:

> 如果痛苦为安宁做准备
> 看,怎样的"奥古斯都"盛世
> 我们踮脚翘盼!
>
> 如果春天从冬季萌生,
> 银莲花能不能
> 被算上?
>
> 如果黑夜先行——正午跟上
> 让我们准备好迎接太阳——
> 怎样的凝视!
>
> 当从千重天
> 投射到我们见多识广的眼上
> 正午的光焰!

(J63,F155)

"正午"与"永夏"一样,在狄金森独特的隐喻体系中意味着永恒天国的极乐永福。叙述者从银莲花的蛰伏、重生,联想到痛苦是安宁的序曲,春天从冬季萌生,黑夜是正午的先行者,情绪步步高涨,直到最后凝视着太阳,迎接"千重天",将"正午的光焰"投射到自己"见多识广"的眼上,使人性与神性融为一体,崇高而荣耀。然而,作为全诗引子的"银莲花"的故事,却被隐藏在不起眼的第二段。本应成为"引线"或"爆破点"的球根植物的重生故事,却变成了全诗最"虚弱"的部分。诗人在一、三、四段里使用了三个感叹号,以慷慨激昂的语气重述了基督教关于复活与天国永恒的教义,却在描写"银莲花"复活故事的第二段用唯一的问号和犹豫不决的口气,"小心翼翼"地询问:"如果春天从冬季萌生/银莲花*能不能*/被算上?"在约翰逊与富兰克林各自编辑整理的不同版本中,"能不能"一词均以斜体标志,更凸显了狄金森对于变态发育与重生隐喻之间是否存在着必然联系的自我质疑。

狄金森的变态发育重生隐喻诗歌中的转折,无疑来自她对有限"我思"面对他性永恒时所必然跌入的认知局限性、认同的不可实现的清醒意识。犹如越高的浪花越容易跌入更深的低谷,过于高调的认同、赞颂,与尖锐的反讽、幻灭和否定往往如异卵双生、接踵而来。于是,诗人对她所塑造的蝴蝶意象也进行了这样一番"掘底"式处理:依然华丽、依旧自在,只是已被掘去了存在的意义,所以华丽就变成了"幻影""演出",自在就变成了漫无目的的转圈。

例如,"从茧子里出来一只蝴蝶"(J354,F610)一诗中,愈往后愈低沉的调子,直至诗人借用圣经中的大洪水隐喻,将前文中认知而不得的失望、苦恼推向了全面的怀疑与无意义感:

> 那里成群结队的——像她一样的幻影——
> 似乎无处——可去
> 在漫无目的的圆周里——
> 仿佛一场热带的演出——
>
> 不去管辛勤劳作的——蜜蜂——
> 热忱开放的——花朵——
> 这些悠闲的观众
> 从天空,将它们鄙薄——

直到落日悄然爬行——一阵持续的潮水——

还有割晒干草的人们——

还有下午——以及蝴蝶——

在海里——消泯——

与高度认同、由衷赞颂自由绚烂蝴蝶意象的诗歌比起来,这两首"反思"诗歌略显生硬,有一定的模式痕迹,譬如"人生虚幻、唯有与神同在的永生才是真实"的宗教思维与表达模式等,并非狄金森诗歌中的上乘之作,但正因为两种截然不同态度的对比,才让狄金森对于他者的矛盾心理更加真实:一方面,她渴望与绚烂、自由、自主的蝴蝶意象所代表的个体主义重生隐喻,而非宗教式集体主义重生隐喻的认同;另一方面,她又清醒地认识到这种认同是不可实现的,因为认知的局限性使"我"无法了解他者的存在之谜,更不用说在理解基础上的自我对他者的认同与归化了。

三、永恒天国中的微粒身体

如果说狄金森"地下村镇"诗群的一个显著特征,是大量使用了金石身体意象,那么她的天国诗群中一个尤为显著的特征,就是运用了"微粒"(particle)作为身体的意象形式,譬如"种子""原子""珍珠人"等身体意象。不管神学、文学认同还是科学认知,以各种方式将绝对他性的永恒以及永恒中的身体问题拉近"我"的思想与感知。

(一)种子身体隐喻

"种子"作为植物繁衍的一种主要方式,代表了大自然生生不息的生命。人们看到"种子"破土而出,长出和去年一模一样的植株,开出和去年一模一样的花朵,宛如去年那棵惹人疼爱的植物又"死而复生"了,于是联想到同样埋藏在地下的死者,是不是也可以经历类似的变化而"复活"。

狄金森诗歌中的"种子"身体隐喻并非诗人无端臆想的产物,而是脱胎于基督教《圣经》中的种子身体隐喻,并受到十九世纪新英格兰科学主义神学、英国浪漫主义有机诗学的多重影响而逐步形成的。《圣经》中以植物的播种和发芽来比喻人的死亡与复活,于是产生了经典的"种子"隐喻。十九世纪新英格兰的科学主义神学家,试图以科学理性的方式为"复活"这一宗教真理提供证明,于是以"化学原理"等重新解释了圣经中的"种子"隐喻。浪漫主义则从有机论诗学出发,强调"种子"隐喻中包含的有机生长、生命整体性的含义,并将其应用到从文学艺术作品再到社会肌理分析的各个层面,大大拓宽了"种子"隐喻的适用范围。

先看《圣经》中的"种子"身体隐喻与狄金森的"改写"。

《圣经》中的种子身体隐喻,是为了解决"复活之后的身体将以何种形式存在"这一问题而产生的。正如《新约·哥林多前书》第15章第35节中所提出的:"死人怎样复活,带着什么身体来呢?"这个设问句里包含了作为前提的两个断言和在此基础上的追问:第一,死人会复活,将怎样复活?第二,复活时会带着身体而来,将带着什么身体而来?这两个具有递进关系的追问,其核心议题就是:复活之后的身体将以何种形式存在?

事实上,《圣经》中的"种子"隐喻是以抒情的、文学修辞的方式给出的"复活机制"和"原理",即以植物的播种、发芽来比喻人的入土、重生,以唱诵的方式肯定了这种复活的新生命形式,如植物的新芽从旧株的死亡中来:"无知的人哪,你所种的,若不死,就不能生!并且你所种的,不是那将来的形体,不过是籽粒,譬如麦子,或是别样的谷。"(《新约·哥林多前书》15:35—37)"死人复活也是这样:所种的是必朽坏的,复活的是不朽坏的;所种的是羞辱的,复活的是荣耀的;所种的是软弱的,复活的是强壮的;所种的是血气的身体,复活的是灵性的身体。"(《新约·哥林多前书》15:42—44)

狄金森曾以孩子气的方式回应圣经中关于种子身体隐喻的断言,称其为只"讲述了一两种情况"的特例,而非普遍真理,借以反对基督教经典对于现世价值的过分贬低:

　　"所种的是必朽的"！

　　不会这么快！

　　使徒看法偏颇！

　　《哥林多前书》第十五章

　　讲述了一两种情况！

（J62，F153）

　　这里，狄金森反对的其实并非种子意象所代表的复活隐喻本身，而是基督教借此区分"血气的身体"与"灵性的身体"的说法，即现世的、"属人的"肉身必死，"顺从神"而获得基督徒身份，死后被"圣灵"注入的"属灵的"身体将复活而永生。正如前文所引《哥林多前书》第15章第42—44节中所说："所种的是必朽坏的，复活的是不朽坏的；所种的是羞辱的，复活的是荣耀的……所种的是血气的身体，复活的是灵性的身体。"在这样的教义中，人的肉身与现世的价值无疑是被贬低到尘埃、泥淖里的。

　　在反对基督教的这种"坏种子"变"好种子"、重新长出"好身体"的种子身体隐喻的基础上，狄金森进一步借助科学主义神学与浪漫主义有机诗学的力量，将它们结合在一起，形成了独特的"自然生长—复活"式的种子隐喻。而与此同时，宗教、文学的认同与科学认知之间的矛盾，又使诗人对这一微粒身体意象最终采取了矛盾的态度：既认同又怀疑，既约定俗成地使用，又清醒地意识到它的局限性，即只能将它作为一种前提性"假设"在特定语境下使用。

　　再看经过"科学主义神学"加工的"种子"身体隐喻。

　　《圣经》中的种子身体隐喻在十九世纪新英格兰科学家那里得到了进一步的发展。其中最具有影响力的，莫过于阿默斯特学院的地质学、神学教授爱德华·希区柯克（Edward Hitchcock）。他以科学理性的方式阐释《圣经》中的种子隐喻，以满腔热情论证复活的可能性及其形式，对狄金森产生了难以磨灭的影响。

　　希区柯克教授在1845—1849年给学生的授课讲座"四季现象的宗教讲

座"中回应了《新约·哥林多前书》中关于复活中的身体问题的设问,并使用了种子隐喻。但与圣经中的抒情文字不同的是,这位十九世纪的知识精英、"科学主义神学"的信奉者,将无畏的科学探索精神、严谨的逻辑论证方式与浪漫而不失激情的宗教想象神奇地糅合在一起,对种子身体隐喻进行了重新论述。对于经过科学洗礼的近现代人来说,这种论述方式无疑更具有理性逻辑上的说服力,因此在对科学充满了好奇、敬畏、抗拒等矛盾情绪的年轻受众心中激起了更大的涟漪。

希区柯克教授首先以冷静得近乎残酷的科学态度直面了死亡的"化学事实",即彻底的腐烂分解:"人们把他们朋友的身体留在坟墓里;但它们会留在那儿吗? 化学家完全知道它们会遭受彻底的腐烂分解。"然后以刨根问底的探索精神,将《哥林多前书》中这段含混、优美、气势磅礴的比喻、排比文字化作了逻辑严密的具体步骤与详细说明,做出对复活的"科学解释":"复活",就是在大部分组织的腐烂分解中个别成分的新生,正如胚芽从腐殖质中获取营养并生长一样。用教授的话说就是:"它(麦子)似乎一度死亡了;事实上,所有东西都腐烂了,除了从腐烂的子叶(cotyledon)中钻出来,并从中获得营养的微小的胚芽(germ)。"教授解释道,这就是逝者如何从坟墓里"起来"(arise)而复活的过程:虽然也许一粒种子中只有很少的成分或微粒(particles)能进入由之萌芽的植物的组成中,但"即使留在坟墓里的物质只有百万分之一或十亿分之一能从中起身(be raised),它就证明了经书中对于死者复活的描绘无虚。"① 这为复活这一宗教真理提供了更为"科学"的、更符合理性需要的原理或论证。

事实上,十九世纪新英格兰的知识界并不认为信仰与理性是截然分开的。虽然十九世纪被称为"科学的世纪",科学的兴盛、物种起源、生物进化论的提出,使基督教创世学说面临前所未有的危机,但与此同时,一些兼具对科学和宗教坚定信仰的知识分子也开始借用科学假设、原理或发现来解

---

① Joan Kirkby. "Death and Immortality," in Eliza Richards, ed. *Emily Dickinson in Context*. New York: Cambridge University Press, 2013, pp. 162-163.

释宗教的信条,试图以科学理性的方法"证经",从而形成一股颇具有时代特色的"科学主义神学"新潮流。狄金森于1845年曾在与阿默斯特学院密不可分的阿默斯特学堂修习过地质学课程[①],虽然我们对于她当时的授课老师是否就是希区柯克教授本人这一点不得而知,但可以确定的是,希区柯克为个体生命延续性辩护的"科学主义神学"作品曾是诗人年少时的"心爱之物"。在致希金森的信中,狄金森曾谈到自己对希区柯克作品的阅读感受:"当花儿每年逝去而我还是个孩子时,我常读着希区柯克博士的《北美花卉丛书》。这安慰了花儿的离席带来的悲伤——使我确信它们还活着。"[②]

　　希区柯克教授最打动狄金森的,莫过于他对永恒中的身体机制的探讨,即在万物永恒变化(perpetual change)的前提下探讨复活与永恒不变的可能性。教授说:"对于物质的东西最了不起的保存原则就是永恒变化。"具体来说就是从"事物中与生俱来的化学力量"(the chemical powers inherent matter)出发,解释万物变化与个体延续、变化中的不变这一辩证矛盾:"虽然肉体有时无可避免会遭遇粗暴的扰乱和毁灭……事物中与生俱来的化学力量,很快就会从废墟中生出新的美的形式。"正如前文所述,死亡的"化学事实"即彻底的腐烂分解并不能阻止"胚芽"或别的即便只有"百万分之一或十亿分之一"的成分从这片腐烂的废墟中孕育、获取营养而重新"起身"。[③]

　　可以说,希区柯克式的"科学主义神学"与狄金森追求数学般精准的冷抒情风格不谋而合,这或许也是狄金森的复活主题诗歌中总能照见希区柯克的影子的原因之一。例如,"这种化学的信念"(J954,F1070)一诗中描绘的以科学支撑信仰的时代努力与慰藉,几乎就是对希区柯克的"事物中与生俱来的化学力量"的正面回应:

---

① 阿尔弗雷德·哈贝格:《我的战争都埋在书里:艾米莉·狄金森传》,王柏华、曾轶峰、胡秋冉译,北京大学出版社2013年版,第113页。

② Joan Kirkby. "Death and Immortality," in Eliza Richards, ed. *Emily Dickinson in Context*. New York: Cambridge University Press, 2013, p. 164.

③ Joan Kirkby. "Death and Immortality," in Eliza Richards, ed. *Emily Dickinson in Context*. New York: Cambridge University Press, 2013, p. 163.

这种化学的信念

相信一切不会消泯

使我在灾难中能有

支离破碎的信任——

　　狄金森诗歌中的"种子"身体隐喻,也是经过十九世纪科学主义神学加工的、更符合现代理性思维方式的种子隐喻。她既约定俗成地使用《圣经》中的"种子—复活"隐喻,又时常跳出宗教语境,从理性思维和科学认知的角度指出"种子萌芽—身体复活"这一宗教性真理只是一个假设或隐喻,而"我"需要对它进行"再思考"。例如:

当我合计着种子

被播撒到地下的——

会那般绽放,有一天——

当我寻思着人们

躺得那么低,

将被高处迎接——

当我信了那座花园

肉眼凡胎看不到——

全凭信仰采它的花朵

躲它的蜂针,

我就能舍弃这个夏天——情愿地。

(J40,F51)

　　"我"的"合计""寻思"背后,隐藏的是对基督教永恒观的疑问:除了肉眼所见的这座必朽的尘世花园,是否还有那座肉眼凡胎看不到的花园? 身体这粒埋藏在地下的特殊的"种子",是否将如信仰所告诉我们的,"躺得那么低,/将被高处迎接——"? 诗歌对此做出的回答是:只有"当我合计着""当我寻思着""当我信了",即当"我思"对这些观念做出肯定的评价与判断时,"复活观念"才能够"成真","我"才能够心甘情愿舍弃尘世这座短暂美好的夏日花园而前往"高处"的"那座花园"。这里起能动作用的,是"我思"的判断取舍。

狄金森以希区柯克式"科学主义神学"对基督教复活观念做出的"再思考",至少包括:从种子萌芽到身体复活,其间是否存在着某种逻辑联系? 身体是否与种子同质? 然后以清醒的现代意识指出:这一切似乎只是一种观念性的"假设",其真实性取决于"我思"对它的评价与判断。因此,她借助种子隐喻所突出的,往往并非复活命题的真伪本身,而是在"假设其为真"的前提下,对复活者的思维主体、行为主体地位的强调。

狄金森诗歌中的"种子"身体虽然微小,却是一个具有思维和行为能力的主体,正如"她不温暖,尽管有夏天照耀"(J804,F860)一诗中勇敢无畏的第三人称主人公:

> 她不温暖,尽管有夏天照耀
> 也不顾忌寒冷
> 尽管一层又一层,有条不紊的霜
> 堆上了她的心胸——
>
> 令人却步的办法——她不惧怕
> 尽管全村都在观望——
> 她却把她的威严高高扬起
> 直勾勾地——迎接凝视的目光——
>
> 其时,像一粒种子,在精心策划
> 深耕细作过的地里做出调整

　　　　以适应那永恒的春天

　　　　不过只有一座土丘阻隔

　　前两节中,身为逝者或等待永生者的第三人称主人公"她",虽已被"有条不紊的霜/堆上了她的心胸——",却"不顾忌寒冷",并准备采取某种"令人却步的办法"改变自己的命运。在"全村人都在观望"的时候,"她却把她的威严高高扬起/直勾勾地——迎接凝视的目光——"。可见,这个行动对于高高在上的"凝视的目光"来说是一种挑衅。在最后一节中,全知叙述者将"她"的计划与"种子"的故事融为一体,塑造了一个富于生命力与意志力的种子形象——"像一粒种子,在精心策划/深耕细作的地里做出调整/以适应那永恒的春天"。这里,种子的发芽、新生都是自己"精心策划"和自主行动的结果,体现了主体自身的意志,而不是像经书中所说只是一种被决定的、理所当然的客观事实或真理。借助种子萌发的方式,逝者或等待永生者的身体告别了无知无觉的状态。相应地,全知叙述者对于"她"的描绘也就从"不温暖""也不顾忌寒冷"等否定性的词语,转向更为主动的、更具有目的性的行为——"调整/以适应那永恒的春天",即为复活的到来做好准备,而到那时,"不过只有一座土丘阻隔",冲破了"永恒的春天"。

　　对诗人来说,神学认同与科学认知,只为了将永恒中的身体这一绝对他性的问题,归化到主体"我"的认知、理解、情感体验中来。例如:

　　　　人们腐烂得一样吗,

　　　　他们埋葬,在坟墓里?

　　　　　　　　　　　　　　　　　　　　　　　　　　(J432,F390)

　　　　灵魂持续——但以何种形式——

　　　　　　　　　　　　　　　　　　　　　　　　　　(J1576,F1627)

　　正是神学的认同与科学的认知,使得诗人可以对这些艰难话题展开希区柯克式无畏而自由的探讨。

最后看浪漫主义有机论与狄金森的"种子"复活隐喻。

在诗歌领域,种子隐喻与有机论诗学结合在一起,形成了十九世纪英美浪漫主义代表人物如柯勒律治、雪莱等独特的浪漫主义有机论诗学观。浪漫主义有机论诗学观,把文学创作视为有生命的活动,以借助有机体,尤其是植物的生命、生长过程,用打比方的方式来讨论文学艺术的自发性,灵感性、自我进化等问题。与之相对的,则是机械论的诗学观。后者即主张文学艺术作品及其创作过程可以被还原为个别基本元素及其运动、组合形式的机械论观点。

有机论诗学观代表人物,如柯勒律治,擅长以植物隐喻,包括种子隐喻,来谈论文学艺术的有机性、整体性问题。譬如,柯勒律治评论意大利和英国文艺复兴时期的诗人"犹如美丽而庄严的植物,其中每一株都各有其自身的生命原则……它们的色彩和品质(各异)证实了它们的诞生地以及它们内在生长和外在延伸的各种事件和条件"[1]。 种子隐喻在柯勒律治的有机论诗学中有着重要的地位。他将"种子"视为植物生长的"前提力量和原则"。在《对沉思的援助》一文中,他说:"根、茎、叶黏附于一株植物,这是种子的前提力量和原则导致的,在构成报春花的大小和形状的任何一颗物质微粒从其周围的泥土、空气和水分出现以前,这种前提力量和原则就已存在了。"[2]文学创作亦然。在评论莎士比亚的创作活动时,他提出莎士比亚是用自然的精神而劳作——这自然精神"按照一定规律的演化和吸收从内部起着作用",如作为"生长和创造的力量"的"想象的规律"。[3]二者连贯起来,就是一个典型的关于文学艺术作品有机生长的隐喻:如果说种子是一株植物得以

---

[1] 艾布拉姆斯:《镜与灯:浪漫主义文论及批评传统》,北京大学出版社2004年版,第266页。

[2] 郭劲松:《论柯勒律治的有机整体诗学观》,华中师范大学2011年硕士论文,第12页。

[3] 郭劲松:《论柯勒律治的有机整体诗学观》,华中师范大学2011年硕士论文,第270页。

存在的"前提力量和原则",那么莎士比亚的创作之所以能够"按照一定规律的演化和吸收",通过"想象的规律"从内部而萌发出来,也是因为创作者已有一颗"种子"在心灵的土壤,只等待适宜的环境与时机而蓄势待发。

雪莱对于种子隐喻的运用,则超出了文学领域,将其推广到社会肌理的各个层面,指出文学艺术乃至人类社会的整体、组成要素、未来的形式原则等都寓于自己最初的"种子"中。在其经典文论《为诗一辩》中,雪莱在谈及社会公平时说:"社会的同情心,或那些从中而来的法则,就从两个人类共存的那一刻开始生发,就像社会从它的元素中来一样;未来孕于现在,就像植物孕于种子。"在谈论诗歌的不可译性时,他又把声音(sound)比作诗歌的种子,指出诗歌不可译,是因为译诗已丢失了母语的种子:"试图把诗人的创造从一种语言输入另一种语言,就像把紫罗兰抛入熔炉,而你还会发现它在色彩、香味上的形式原则一样明智。植物必须从它的种子萌发,否则将不会有花朵绽放——这就是巴别塔咒语的负担。"巴别塔咒语,即上帝对企图修建通天塔的人类的惩罚——彼此语言不通,无法合力通天。在这篇诗论的最后,雪莱更是把诗歌本身提高到人类文明或文化的"种子"地位:"它(诗歌)若凋零,将不再有果实和种子,荒芜的大地也将失去养分和幼枝的新发。"①

正如前文所说,英国浪漫主义文学深深吸引着狄金森,她的种子隐喻诗歌,也契合了浪漫主义的自然生长、有机论诗学。虽然无法以狄金森遗留的诗歌或书信中的只言片语来佐证她的确阅读、思考过浪漫主义有机论诗学的理论著述,但浪漫派诗人及其作品曾经对她产生的影响、激起的反思与回应是毋庸置疑的。

狄金森与浪漫主义有机论者的一个共同之处,就是擅长用打比方的方式,以植物生长比喻生命的历程,如"豆荚"重生隐喻等。当宗教的复活主题与"自然生长"的有机论观点结合在一起时,种子身体隐喻就被赋予了特殊的意义——种子的蛰伏与萌芽,不仅意味着生物学或有机论意义上的繁衍

---

① Percy Bysshe Shelley. *A Defence of Poetry and Other Essays*. Whitefish：Kessinger Publishing, 2013, p. 27, pp. 29-30, p. 41.

生息,也意味着宗教意义上的复活与重生,即不仅意味着种族的延续,也意味着死者本身的复活与重生。在这些诗歌中,种子的新生与"地下居民"的"重见天日"被糅合在一起。例如:

> 渴望就像种子,
>
> 在地下挣扎搏斗,
>
> 相信如果它求情
>
> 它最终会被找着。

> 时光和地域——
>
> 每种情况都不为人知——
>
> 要怎样的不屈不挠
>
> 才能再见到太阳!

(J1255,F1298)

渴望重见天日的种子在地下不懈地挣扎搏斗,而它获得重生的途径来自两个方向:"求情"(祈祷)与"不屈不挠"(个人主义的坚持不懈)。两种方式混合在一起,体现了狄金森矛盾的宗教观与永恒观。

"豆荚"(pod)是狄诗中的一个高频意象。豆荚绽开、豆子进出的自然现象,成为狄金森种子重生隐喻的一个经典画面,喻示着死亡与新生。例如:

> 一扇窗户像豆荚般迸开——
>
> 冷不丁——如同机器——

> 有人扔出一张床垫——
>
> 孩子们急忙跑开——
>
> 纳闷它是否死在——那上面——

(J389,F547)

豆荚绽开，迸出的是豆子（种子）；人类的"窗户像豆荚般迸开"，扔出的是一张床垫。"它"去哪儿了？很显然这里的"它"指的是逝者的身体。这样，豆熟籽落就与人类的死亡与消失联系在了一起。另一首"豆荚"诗则正好解释了"种子去哪儿了"这个问题：

> 躺卧在自然中——这就够了
> 平淡无奇的豆荚
> 当我们四处寻找
> 遗失的种子——
>
> 上帝创造的最狂热的心灵
> 也移不开一块草皮
> 它被简单的夏天粘贴
> 在对逝者的想念之上——

（J1288，F1309）

豆荚中遗失的种子与躺卧在草皮下的逝者，二者被融合在一起，不加解释地互置于对方的语境中使用。夏天简单的青草覆盖了遗失的种子，也覆盖了遗失的逝者。除了它们自己，即使"上帝创造的最狂热的心灵"——对逝者思念欲狂的人——也没有办法"移开一块草皮"，让它从尘土中重生。他们对于它（遗失的种子与逝者）的命运无能为力，只能依靠它自己冲破草皮、重获新生。

豆荚的存在论意义，还体现在短暂温暖的居所（豆荚）对生命（种子）的庇护上，正如"我"栖居于转瞬即逝的现世时空：

> 冬天如此短暂——
> 我简直没有道理

> 把鸟儿们统统送走——
> 并搬进豆荚里——
>
> （F532）

豆荚是"我"在寒冷的冬天曾想要搬进去住的温暖而封闭的小世界,但"冬天如此短暂",以至于我自己都觉得没有必要这样兴师动众地折腾一番。

"豆荚"的重生隐喻不同于变态昆虫、球根植物重生隐喻的是,它不再局限于自然界的生命奇迹本身,而是引申到人类以及"道成肉身"的圣子耶稣的复活事件中来。事实上,狄金森热衷于以十九世纪新英格兰人的理解方式,在诗歌中重新阐释或改写圣经故事,尤其是"温柔的先驱"耶稣的诞生、罹难、复活故事。其中,最引人注目的莫过于"豆荚里的耶稣"这个最为大胆的有机论式的耶稣复活隐喻。

以"豆荚中的耶稣"这一植物生长意象作为耶稣复活的隐喻,可以说是狄金森的一次极为大胆而又颇富于浪漫主义有机论特色的尝试。例如:

> 他舍弃了生命——
> 为我们——代价巨大——
> 在他看来——不足挂齿——
> 然而名扬——天下——
>
> 直到它突破了
> 那些以为自己能承受的心——
> 当它迅速地超越界限——
> 在天堂——渐渐显示——
>
> 我们的生命——退缩——哭泣——
> 愕然——腐烂
> 以花朵渐渐盛开的过程——

他选择——成熟——

复活——当我们还在播种——
刚刚掐掉花蕾——
当我们转头看到那成长——
绽出——完美地——从荚果里——

（J567，F530）

诗中，神圣而又神秘的耶稣复活故事被赋予了一个世俗的、可视的载体——一个司空见惯的自然的产物"豆荚"——从而将神秘论的复活信仰与有机论的自然生长原理结合在一起，以文学想象的方式提供了一种奇特的复活方式——豆熟籽落，一粒种子从成熟的荚果里完美地绽出而开始新生。奥伯豪斯(Dorothy H. Oberhaus)逐字逐句分析了这首诗与《圣经》中耶稣复活故事的互文性，并得出肯定的结论："虽然没有直呼其名，但显而易见耶稣就是那个'舍弃了他的生命'并'绽出——完美地——从荚果里——'的他。"①罗杰·伦迪(Roger Lundi)则指出狄金森在诗中以"有机过程隐喻"描绘了"我们"与耶稣的不同复活经历——在"我们"像花朵一样走完盛开、凋零、腐烂的生命历程时，耶稣却"选择"成熟之后复活，正如豆荚里的种子。②这里的"我们"，应指的是那些无望得到"拯救"而复活的非"上帝选民"。

"豆荚中的耶稣"重生隐喻，再一次体现了狄金森矛盾的宗教观与永恒观。豆荚重生与耶稣复活，两者之间存在着一个不可调和的矛盾，即自然界的、"异教"的循环时间观与基督教的线形时间观之间的深刻矛盾。自然界的生命流转、死生相续体现为一种循环的时间结构，反映到一些早期宗教或

---

① Dorothy Oberhaus. "'Tender Pioneer': Emily Dickinson's Poems on The Life of Christ," in Judith Farr, ed. *Emily Dickinson: A Collection of Critical Essays*, Upper Saddle River: Prentice Hall, 1996. pp. 115–117.

② Roger Lundin. *Emily Dickinson and the Art of Belief*. Grand Rapids: William B. Eerdmans Publishing Co., 1998, pp. 172–173.

基督教所称的"异教"中,就形成了有关生命轮回的学说,如古希腊的灵魂不朽论,早期婆罗门教的灵魂转世托生万物说,佛教的"无我"轮回等。而基督教的教义是建立在以"基督降临"为时间开始、以"基督复临"或"末日审判"为时间终止的不可逆的线形时间结构之上的。在一个反复出现、自主循环的世界里,"末日审判"以及一锤定音的"拯救""永福"或反面的"永罚""永死"等概念都将变得毫无意义,因此循环时间观是绝对不能接受的。所以说狄金森使用具有循环意味的植物生长意象来比喻耶稣的复活,是一次大胆的尝试。

读懂了"豆荚里的耶稣"这一独创的耶稣复活隐喻,才能理解另一首诗中谜一般的"豆荚里的他"的寓意:

> 久病后——初愈的头一天——
> 我请求到外面去,
> 把阳光掬在手里,
> 看见豆荚里的东西——
>
> 正要开花时我进去
> 忍着痛碰碰运气——
> 拿不准是我,还是他,
> 会证明是最强大的一个。

(J574,F288)

叙述者"我"想要"忍着痛"挤进豆荚里去,和豆荚里的"他"较量较量,看看"是我,还是他,/会证明是最强大的一个",就像在"约旦东边一点"的地方和上帝或上帝的使者摔跤,誓要决出胜负的雅各一样(《旧约·创世纪》32:22—32)。这位住在豆荚里的"他",也可能是至高无上的上帝或上帝的使者。

可见,在神学认同、科学认知与浪漫主义文学的影响下,诗人狄金森对

"种子"身体隐喻采取了一种矛盾的态度,即把"种子萌芽—身体复活"的宗教断言或者人如植物般"自然生长"的有机论观点作为一个假设性前提使用,从而创造出自己独特的种子身体隐喻与文学意象。

(二)原子身体隐喻

与传统的"种子"隐喻比起来,"原子"身体意象似乎更能代表狄金森诗歌的"认知原创性"。"原子"作为一个科学术语,是当时科学认定的最小物质单位,也就是说既是最"渺小"的,也是不可分割、不可改变的基本单位。诗人将这一术语"生搬"到永恒诗歌中来,创造出新奇的"原子"身体意象,以渺小到可以忽略不计的"原子"身体,表达了对基督教"灵性的身体"概念的戏仿与反讽,以及对集体主义复活画卷下个人被淹没的恐慌与抗议,同时又借助"原子"这一基本单位在物理上不可分割、化学上不可改变的特性,强调了渺小个体及其延续性的不可替代的意义。

先看"原子"身体意象对基督教"灵性的身体"概念的戏仿与反讽。

在这些诗歌中,复活后的"灵性的身体"以最渺小的、距离丰满的肉身性最为遥远的"原子身体"的形式存在,从而以归谬方式将基督教"灵性的身体"理念对肉身性的否定推到极致,最终形成一种反讽。例如:

> 如果我能看见
>
> 那些原子的面孔
>
> 看见还有多少完结了的生物
>
> 早已离我而去!

(J954,F1070)

又如:

> 空气中敏锐的原子
>
> 不允许争执——

以夏日命名的一切

使我们把庄园放弃——

(J1191,F1222)

这种反讽是逻辑上的。也就是说,既然"灵性的身体"是轻盈的(才能跟得上灵的步伐)、透明的(才不会遮蔽灵),对于"注入身体的圣灵"来说是最"不碍事"的,对于生命或灵魂来说是影响最小的,那么似乎只能以最小物质单位"原子"来指称这种"影响最小化的身体"了,因为没有什么比"原子"更小的了。换句话说,生在二十世纪,诗人或许将会从质子、中子、电子、光子、量子中选择一个新的、心仪的"科学"术语来承载这一使命。只有理解了"原子"作为"灵性的身体"的隐喻及其反讽,再结合诗人独特的比喻性语言系统,如以"夏日"或"正午"代表复活后的永恒极乐,"庄园"代表诗人在尘世的所有,等等,这两段神秘的文字才会变得有意义。

再看"原子"身体意象所表达的集体主义复活画卷下个体被淹没的恐慌与抗议。

"原子"这一"确凿"的科学术语的借用,赋予了宗教话语中只可信仰而不可理解的"灵的身体"理念以一种新奇的认知形式。从科学角度讲,"原子"的特殊性既在于其渺小,也在于其不可分割、不可改变的特性,从而使宗教意义上微不足道、人文角度上却意义非凡的"个体"的延续性成为可能。"原子身体"最"大"的特性就是渺小。与尘世中的感性肉体不同的是,狄金森笔下这些微小的"灵的身体",往往被省略了各种感官、肢体、部位等肉身性特征,只保留了更为抽象的、仅作为身份象征的属性,如面孔、"第二张脸"、名字、年龄等,作为个体生命延续性的标识。狄金森以当时科学认定的物质最小单位"原子"作为"仿灵性身体"的意象,对基督教义中抽象的"灵的身体"概念进行夸张戏仿,直至将其荒谬性推至极致而使其"不攻自破"。同时,渺小到几乎可以忽略不计的"原子身体"意象,也突出了在以集体画卷形式出现的、具有宗教狂欢性质的永恒极乐世界中个体的私我与特异性的微不足道。如果说狄金森对于种子身体的复活隐喻持一种既认同又怀疑的矛盾态度的话,那么对于原子身体隐喻则是明确抗拒的态度。但这并不说明诗人对科学的整体态度是抗拒的,而是出于对复活者的主体性、个体性可能会淹没于宏大的"复活事件"之中的恐惧,也就是说,一种个人主义的恐惧。

例如,"曾经出现过的人群"(J515,F653)一诗中,诗人表达的对于一种淹没性的、集体主义意义上的"复活事件"的恐慌和抗拒:

曾经出现过的人群
没有一个能展示——我猜
复活——所示的——
全体成员

…………

微粒上摆放着颜面——
往日的芸芸众生
在比较中消失——
如同众太阳——熔化一颗星星——

庄严——盛行——
它的单个的命运
各自独立的意识——
威严——专注——麻木不仁——

什么翻版——存在——
什么类似对于——
宇宙——和我——
会有这样的意义?

诗人设想,在最庄严、威严的复活日,在与复活这一重大事件及由全体参与者组成的巨幅画卷的比较之下,"往日的芸芸众生/在比较中消失——/如同众太阳——熔化一颗星星——",变成微乎其微的、"微粒上——摆放的颜面"。对于每一颗微粒来说,它的单个的命运、独立的意识早已被淹没在集体欢呼之中,最终呈现为全体一致的"威严——专注——麻木不仁——"。有着各种私我的、不尽完美的个体已被消融到庄严、祥和、无差别的集体主义画卷之中,似乎每一个我都可以是另一个的翻版或类似。但问题出来了:这样的翻版、类似,于"我"有何意义? 当然,这里的"翻版"还可以有更宏大的理解,即"永恒"作为"存在"的翻版,但这样一种永恒,同样也是于我无意义的翻版。

最后再看"原子"身体意象所表达的渺小个体的不可替代的意义。

"原子身体"的另一个重要特性,是不可分割性。狄金森笔下的"原子身体"虽然渺小,却是原子论中不可再分割的基本单位。事实上,从古典原子论开始,"原子"就被作为最小物质结构而被广泛使用,甚至心灵内容和活动都被彻底的原子论者、机械论者解释为原子的形形色色的组合与作用。"原子"在物理上不可分割、化学上不可改变的特性,也使"原子身体"这一意象所代表的个体延续性成为可能。再看"曾经出现过的人群"(J515,F653)一诗的表达,就会发现即便这些"单个的命运""各自独立的意识"因为被淹没在"复活日"的集体画卷中而显得有些"麻木不仁",失去了某些生命的活性与外在表现,但个体仍不可替代地继续着。这表面的"威严——专注——麻木不仁——"下面隐藏着什么也未可知,仿佛"众太阳"曾经想要熔化的"一颗星星",不知什么时候又会开始闪耀。这或许也正是坚持宗教个人主义立场的诗人选用这一不可再分的科学术语的原因。

四、面孔:从物化到深渊的两极

讨论"身体",就免不了涉及"部位",如"地下村镇"诗群中"花岗岩般的嘴唇"(F210)、"花岗岩的眼睛、钢铁的耳朵"(F191),天国诗歌中"微粒上——摆放的颜面——"（F653）等。狄金森诗歌中，既有符合文学、文化传统的身体意象，例如漫游或犹豫的脚、祈求或力争的手，对这些意象的描绘大体与这些部位的功能局限、传统形象相符；但也有叛离传统、独树一帜的特殊身体意象，如她的天国诗歌中的耳朵（听觉）至上论，就与西方形而上传统的光明隐喻、视觉优先论背道而驰。可以说，狄金森对于具体身体部位的描写和处理具有一定的倾向性，从而赋予不同的身体部位较为鲜明的特征和独特的意义。但"脸"，或译为"面庞""面孔"意象，却不在此列。

"面孔"是狄金森诗歌最模糊、矛盾、歧义丛生而又丰富的身体意象。它缺乏任何突出的、统领性的、贯穿始终的"主要特征"，因而不能形成与自身保持一致的统一的整体，其矛盾的张力贯穿了物化的表面到他性的深渊之间的两极。

第一步，看狄金森永恒诗歌中"面孔"意象最表面的特征，即呈现为"物"或物化表面的"面孔"。最具有代表性的例子，莫过于"我带着那张脸——最后——"（J336，F395）一诗中彻底物化的、工具化的"面孔"：

我带着那张脸——最后——
当我走出时间之外——
用它——在西天——按序就位——
那张脸——将会正好是你的——

我要把它交给天使——
先生——那——原是我的品级——
在天国——你已听那些被提升的——
说起过——也许。

他会接过来——仔细看看——再走开——
又回来——携一顶那样的冠冕
连加百利——也从未为之雀跃——

并求我把它戴上——

然后——他会把我转来转去——
对着一片惊羡的天空——
仿佛一个人顶着她主人的名号
皇家般的威仪！

全诗以虔诚、谦卑的信徒口吻，讲述了"我"和"我的脸"的令人错愕的"天国遭遇"。首先，在永恒语境下，"我"的肉身性的一切都消失了，唯一能确定的是"我"携带着代表身份的"脸"一起来到"时间之外"，以便"用它——在西天——按序就位——"。也就是说，"我"或"我的脸"被彻底抽离了五官、神情、面容等肉身性的内容，只保留了后者所能代表的身份属性。然而，在所有荣升天国者都是天选之民的情况下，"我"曾经优越于"非选民"或"被抛弃者"的这个荣耀身份已经不够使"我"脱颖而出了，因此"我"还需要"在西天"进行下一步的排序就位。于是，作为新来者的"我"，将"我的脸"像物品一样摘下，交给天使去评定等级。显然这张脸被评定了一个颇高的品级，从而使"我"获得了一顶"连加百利——也从未为之雀跃——"的冠冕。"我"被天使请求戴上这顶无限荣耀的冠冕，由他对着一片惊羡的天空转来转去地加以展示，就像转动一顶冠冕本身。于是，"我"先化身一张"脸"，再化身一顶"冠冕"，在对复活、永生叙事所应有的庄严、喜悦之情的模仿（"仿佛一个人顶着她主人的名号/皇家般的威仪！"）中，结束了这个荒谬的故事，也使诗人的反讽达到了巅峰。

这张"脸"俨然一个物件。它是可以被带来带去（carry with me）的，就像随身携带着的身份证件；也是可以被传递、审鉴的——"我要把它交给天使——""他会接过来——仔细看看——"，直到最后，整个身体也与这张脸一样，成为天使手中可把玩、可供展示的一个物品。此时，"面孔"作为被观察、审视的对象，呈现为一个可见可知的认知客体。正是在这样的观察、审视目光下，主客体双方得以确立自己的位置。正如另一首小诗中，作为主体

的"全能者"与作为客体的"我们"或"我们低劣的面孔"之间,由于这种审视
与被审视而形成的主客体关系:

> 全能者对我们低劣的
> 面孔的审视——
>
> 当肃穆的容颜
> 在胜利中——强化——
> 我们惊起——仿佛
> 在不朽中被觉察——

(J552,F669)

第二步,看狄金森如何"拆穿"或推翻自己塑造的"面孔"意象的物化表
面,或者说,对这种全然物化的、工具化的"面孔"意象的荒谬性的揭示。

对"面孔"意象的这种物化、客体化的认知加工,可以说是狄金森试图归
化他性永恒的一次不太真诚的尝试。因为她的这种认知加工不仅是浅尝辄
止的,而且时常以反讽、归谬的方式呈现,从而使"面孔"表面呈现出来的物
化形象显得可疑。在基督教义中,"面孔"不仅是个人身份识别的"信号站",
也是抽象的等级地位的象征,例如神恩眷顾与否的外在流露。这一点,在
《旧约·出埃及记》"摩西脸上发光"一章中得到了充分的体现:摩西在会幕
(帐篷)内与耶和华会面,"面对面说话,好像人与朋友说话一般","不知道自
己的面皮因耶和华和他说话就发了光"。但当旁人见他面皮发光时,都感到
惊惶害怕,于是先知只能用帕子蒙着脸,向以色列百姓传达上帝的吩咐,等
到再次进入会幕和耶和华单独会面时,再揭去帕子。(《旧约·出埃及记》33:
11;34:29—35)狄金森以夸张、戏仿的文学方式与归谬反证的逻辑法,将复活
者以微粒形式呈现的身体彻底抽象为观念性的存在,如忽略了五官、神情、面
容等肉身性内容而只作为身份标识的"脸"或"面孔"(face,countenance)。这
一张张"面孔",既是个体生命延续性的标志,同时也以其抽象性、观念性、象

征性而取消了物质性肉身的存在。

　　这些诗歌中的复活者被抽象化、观念化的过程，却是在身体被物化，甚至工具化的过程中实现的，从而以悖论的形式将心身二元论的内在矛盾与荒谬性推向极致。正如"我带着那张脸——最后——"（J336，F395）一诗中被完全物化、客体化的"脸"：

　　　　我带着那张脸——最后——
　　　　当我走出时间之外——
　　　　用它——在西天——按序就位——

　　如果说人间有僧俗信众、选民与落选者等复杂微妙的身份等级体系，天国中则干脆赤裸裸地以"脸"评定身份等级，按序排位，将这一遮遮掩掩的排序传统推演到极致。脸变成了一个彻底的"物"，于是"我"到天国的第一件事，就是把"我"的"脸"作为一件用来评判等级的"物件"交给天使。他"接过来"仔细查看，并根据"我"的脸所具有的识别信息为我奉上一顶冠冕，以示"我"的"品级"是崇高到可以在天国戴王冠者，正如耶稣、上帝宝座旁就座的二十四位头戴金冠冕的长老（《新约·启示录》4∶4）。接着，天使把"我"也转来转去，展示给"一片惊羡的天空"以及天空中微尘般的复活者，恰如之前转动我的脸、头上的冠冕一样。在这样的归谬演绎中，我也将不再具有主体的自主性，而变成一个纯粹的物体或客体对象，正如另一首小诗中所说"一件有人脸的东西"（a Thing/Where Human faces-be-）（J598，F514）。

　　表面上看，诗人顺应了心身二元论的传统，将身体视为纯粹的物质肉体、认知的客体。但当身体顺理成章地发展到以思维为本质的人本身都被作为纯粹的物体或工具来看待或使用时，这一观念的荒谬性就凸显无遗。诗歌的结尾，被物化、客体化的已不仅仅是"我"的身体，还是整体意义上的"我"。也就是说，"我"凭借"我思"的优越性而将身体视为纯粹的物体或客体，排除在自我的主体性之外，而在面对更为优越的其他存在物如"天使"时，"我"也将会被视为一个纯粹的物体或客体，与"我"曾经视为"物"的身体一起丧失了自己的主体性。这样,诗人"将错就错"、佯装无知地顺应着物化"面孔"的逻辑,在将"面孔"彻底物化、工具化的过程中,一步步将其荒谬性揭露无遗,直至得出一个恰恰相反的结论——"面孔"是不可物化、不可归化的,正如绝对他性的永恒本身——从而实现对于基督教排他性永恒观的辛辣反讽。

第三步,再看狄金森如何将"面孔"意象从物化的、碎片的底层"提升"到作为整体意义上的、抽象的"人"及其身份代名词的"更高层次"。

物化、工具化的"面孔"是荒谬的、已被拆穿的,也就是说,"面孔"是不可物化的。于是,狄金森诗歌中对"面孔"意象的下一步运用,就是提升不可物化的"面孔"的地位,使其超越具体身体部位的功能与地位,从物化的表面跃升成为整体意义上的人及其身份的代名词,从而具有一定的抽象性。

从修辞学的角度来说,这种从具象到抽象的意象"上升"途径主要有两种:

第一,以"提喻"的方式,用部分(面孔)喻整体(个人)。例如,"他们消亡在无缝的草丛中——/凡眼找不到那块地方——/但上帝能召来每一张面孔/从他那永不废止的——名单上"(J409,F545)一诗中,"每一张面孔"即每一个人。又如,在"'你来得真快,'城镇回答,/'我的面孔们都已睡去——/但若你发誓,我愿放你过去,/你可不能把它们惊醒"(J1000,F1015)一诗中,以"面孔们"喻指沉睡的居民。

第二,以转喻(metonymy)的方式,用具体身体部位指代有所关联的个人身份象征等。例如,在"草地上的影子啊/当我迟迟未做猜想/你会把别的奉为神圣——/啊,未选上的面庞——"(J1187,F1237)一诗中,"未选上的面庞",既以提喻方式喻指未成为上帝选民的个人,也以转喻方式指代其人因没有归信而不能蒙恩的、"失宠"的状态和身份。

以"面孔"喻个人及其身份象征的方式,与基督教的洗礼仪式(baptism),如注水洗礼(infusion)、浸礼(immersion)的实践及其意义不无相关。正如狄金森诗中所说,"在乡村教堂里,他们用水/滴到我脸上的名字"(J508,F353)。这句极为精练节省的诗句,以转喻方式确认了面孔与宗教身份、个体身份的联系：洗礼仪式上，施洗神父或牧师一面口诵圣经，一面将圣水滴于受洗者的额上，或将受洗者的身体浸于圣水之中，以示涤尽"原罪"、赋予"恩宠"的"印记"，从而获得宗教意义上的重生。婴儿的洗礼意义略有不同。婴儿尚无自主能力决定自己的皈依与否，所以洗礼并不意味着婴儿宗教身份的确认，但牧师或父母亲朋会在洗礼仪式上为受洗婴儿取名，即"教名"。也就是说，婴儿将获得生而有之的家族姓氏之外的、专属于本人的个体名称，以作为个体的身份象征。

第四步，"面孔"的地位被进一步提升，从整体意义上的、抽象的"人"及其身份的代名词，提升到代表"神"或"神性的召唤"的"最高境界"。

狄金森永恒诗歌中的"面孔"不仅可以代表人类的个体，也可以代表至高无上的"神"或"神性的召唤"。例如，"圣婚"隐喻中耶稣的新娘"我"将付出所有，换来的只是"一个小时——让她看君王的脸"（J247，F266）。又如，"耶稣的第二张脸"这一神圣意象所体现的神性与人性的联系：

> 耶稣！你的十字架
> 使你能猜出
> 更小的尺码！
>
> 耶稣！你的第二张脸
> 使你——在天堂
> 想起我们的脸面。
>
> （J225，F197）

耶稣因为自己曾背负着十字架在骷髅地受难，所以能"猜出"人间也必然存在某种程度的磨难，虽然这种磨难的广度和深度与他神圣的殉难相比，只能算是"更小的尺码"；同样，他因为有着神的原型（"第一张脸"）以外的"第二张脸"，或者说"道成肉身"之后的"人子"的、肉身的脸，所以能在天堂想起"我们"这些凡人和他在人间时一样的"脸面"。这样，"耶稣的第二张脸"这一奇特的身体意象,就以神的"人间记忆"方式昭示了人性的伟大力量,以至于让重回天国的"人子"或已恢复身份的"圣子"仍然念念不忘。同样,死亡的召唤也可以被比作面庞对面庞的逼视。例如:

> 就像一张钢脸——
> 突然盯着我们的面庞
> 带着金属露齿的笑容——
> 死亡的热忱——
> 把他的欢迎钻进——

(J286,F243)

最后,看光明天国中"照花的面庞"象征的自我主体与永恒天国这一绝对他者之间的认知鸿沟。

众所周知,《圣经》中描绘的天国是一座长明、永昼、永夏之城。然而,在狄金森的永恒诗歌中,来到天国或永生之境的"我"却往往如临"光明深渊",而非"如沐暖阳"。也就是说,这种阳光普照的程度已经超过了"我"所能承受的范围,并因其光亮到令人目盲的强度而变成了另一种不可进入的"光明深渊"。也就是说,与"全然的黑暗"相反相成的"全然的光明",亦即深渊或绝对他性的另一种形式。正如神谕"你不能看见我的面,因为人见我的面不能存活"(《旧约·出埃及记》33:20)所展示的"神的面孔"这一神圣禁忌,同样是完全外在于感知和认知的,所以耶和华在与摩西的两次"会面"中,或者呈现为熊熊燃烧的荆棘火焰,或者呈现为后者"因耶和华与他说话就发了光"的面皮,因为神的"面孔"本身是不可见的。(《旧约·出埃及记》3:1—6;34:29)

狄金森诗歌中反复提到的"照花的面庞"(dazzled face),正是对这种令人目盲的"光明深渊"的指认。例如:

我羞愧——我躲藏——

我有什么权利——当新娘——

这么晚还是没嫁妆的女儿身——

无处隐藏我被照花了的脸——

无人给我教那种新恩典——

也无人引荐——我的灵魂——

要装扮我——怎么——说——

丁零作响的玩意儿——把我打扮漂亮——

开司米织物

再也——不会是一件暗褐色长袍

而是蓬巴杜的——衣帽——

为我——我的灵魂——来穿戴——

手指——把我的圆发髻整成

椭圆——像封建时代的淑女——

遥远的时尚——挺好——

技艺——让我像伯爵昂首挺立——

祈求——像三声夜鹰——

证明——像一粒珍珠——

品格高尚——

把我的灵魂打扮得精致——雪白——

迅疾——如酒——

快活——似光——

带个我最好的尊严——

不再羞愧——

不再躲藏——

温顺——随它去——太骄傲——对于尊严——

今日——受洗——成为新娘——

（J473,F705）

显然,诗中描绘的是一位"圣婚新娘"。在这首难得的27行的"长诗"中,有17行是在描绘"圣婚新娘"如何才能使自己的妆容更配得上"新娘"的身份。但即使在如此盼望成为新娘的热切心情中,诗歌叙述者仍时刻不忘对"灵性的身体"的揶揄:用各种丁零作响的小玩意儿、开司米织物、蓬巴杜的衣帽,"为我——我的灵魂——来穿戴——",给我的灵魂梳个髻,让我的灵魂"像伯爵昂首挺立","把我的灵魂打扮得精致——雪白——"。而这一切,只因为在普照的光明中,"无处隐藏我被照花了的脸",于是只能开始竭力装扮自己以掩饰各种小小的不堪与真实,直到按照光明的旨意把"我"打扮成"封建时代的淑女",或别的看上去"漂亮"且"品格高尚"的佳人儿,终于使"我"成为一个"非我",而可以"受洗",成为"圣婚的新娘"了。

更典型的例子,则来自"我——来啦! 我的照花了的面庞"(J431,F489)这首短诗的第一段:

我——来啦! 我的照花了的面庞

在那样一个光辉灿烂的地方!

我——听着! 我的陌生的耳朵

那里的——欢迎之声

（J431,F489）

"我"怀着激动的心情,来到天堂"那样一个光辉灿烂的地方",却因为满目耀眼的光芒而什么也看不见了! 这里,擅长观察、赋形的眼睛(视觉),让位于不置可否的耳朵(听觉)。"陌生的耳朵"顺从地"听着",接收着来自永恒的陌生之声,仿佛那并不是"我"的耳朵。

这正是狄金森永恒主题诗歌的身体性特色之一:光明普照的天国中失

效的视觉,以及随之被取消的描绘企图;取而代之的听觉,被动而灵敏地捕捉着来自永恒的渺茫之音。也就是说,自柏拉图"洞穴"隐喻或光明隐喻以来一再被凸显的首要认知工具——眼睛(视觉),以及建立在视觉基础上的对于这个世界的归化与理解——失效了,喻示着"看见""明白""知晓"等与视觉有关的认知前提的光明,在永恒语境中成为与全然的黑暗一样不可进入的、绝对他性的"光明深渊"、绝对他者。

这样,狄金森永恒主题诗歌中最为模糊、矛盾而丰富的"面孔"意象,就从具象的、物化的、工具化的底层,步步"攀升"至抽象的、普遍的、崇高的另一极,直至遁入与全然的黑暗一样绝对他性的全然的光明。正如狄金森用"谜是如此的安静"来形容永恒本身,她也以谜一般的诗句描绘,加深着这个"光明深渊"与"我"的认知之间的鸿沟:

> 苍茫来了,像一位近邻,
> 智慧,没有脸面,没有名姓
> 和平,像两半球各自在家
> 黑夜如此降临。

(J1104,F1104)

> 极光就是
> 天脸的努力
> 要向我们假装
> 完美的无意识。

(J1002,F1002)

五、永恒中的身体:无法以隐喻归化的他者

"我思"总是在试图归化他者,即以认知、思考、理解等方式将他性吸收,并入主体中来,使之成为自我主体的一部分。狄金森也总是在试图接近、归

化绝对他性的永恒,将其纳入主体的感知或思想的范畴中来,虽然她同时也是一位极具有灵性的诗人,诗歌中不时会迸发出神秘无解的灵性火花。

狄金森归化他性永恒的重要途径之一,就是不断对永恒中的身体问题进行描绘和探讨。她以戏仿、归谬、反讽的方式为永恒语境中身体的重要性做了曲折的辩护,但这并不能帮助她解答"复活之后的身体将以何种形式存在"这一古老的圣经问题。也就是说,她反复讨论了"身体是重要的""永恒中的身体是不可或缺的",却并不能解答"身体是什么""永恒中的身体是怎样"的疑问。

其中一个根本性的问题就在于,狄金森永恒诗歌中对于身体问题的探讨,是建立在一个个文学隐喻基础上的。譬如,"地下村镇"中的金石身体隐喻,变态昆虫与球根植物的重生隐喻,永恒世界中的微粒身体隐喻,歧义丛生的面孔隐喻,等等。可以说,没有隐喻就没有狄金森永恒诗歌中的身体。

隐喻,根据传统的相似理论所持的观点,指的是将不同事物之间的共同特征做隐含比较的一种修辞方式。但交互理论并不赞成"本来就有的相似性"这一说法,而是认为隐喻是本体与喻体"交互作用的结果",即本体、喻体的不同"思想"结合到一起产生的新意义。实用主义者则指出,"隐喻问题是语用上的,而不是语义上的",即说话人的具体使用赋予了字面意思以不同的"话语意义"。认知理论更进一步将隐喻视为一种思维方式、认知工具,对人类认知方式与社会活动起着重要作用,而不仅仅是一种旨在加强文字效果的修辞格。[①]

狄金森对于"地下村镇"、永恒世界中的身体问题的一次次接近与描绘,正是借助了隐喻的超越性思维特征,即通过从隐喻本体所代表的表层认知结构过渡到喻体所代表的深层意义结构而实现的概念传递,或曰"概念映射"(concept mapping)功能。例如,从日常语言范畴向诗意的、抽象的、未知的陌生领域的映射,从而使未知范畴的概念得到理解与把握。也就是说,狄

---

① M. H. Abrams and Geoffrey Galt Harpham. *A Glossary of Literary Terms*. Beijing: Foreign Language Teaching and Research Press, 2010, pp. 189–191.

金森对于隐喻的使用,已超出了传统修辞学或风格学的意义,而是将其视为一种有力的、可借助的思维与认知工具来加以利用,试图以这样一种具象的、思维可视化的表征方式搭起通往彼岸的桥梁。

以"地下村镇"中的金石身体隐喻为例。狄金森的"地下村镇"诗歌中,作为本体的逝者的身体常常被喻为大理石、花岗岩、钢铁等质感坚硬而凉的金石材料。作为喻体的金石材料的表征意义较为复杂,既代表了逝者所处的环境,即墓园与墓屋的金石环境特征,又代表了生者或悼亡者的判断,即从金石材料与逝者身体的共同特征如温度(冰冷)、重量(沉重)、运动(静止、无法动弹)、声音(沉默)等一系列物理属性推断出的二者之间的关联性,同时还代表了生者或悼亡者试图以审美的力量回避、对抗不可遏制的死亡恐惧的心理策略,才会出现以不朽物喻可朽物,将可朽的身体比作历久弥坚的金石或金石艺术品的诗写方式,这也正合了隐喻交互理论的观点,即本体与喻体的相似性并不是必然的、先在的,而是二者交互作用的结果。

但从另一方面看,金石身体隐喻本质上只是从金石物质与逝者身体的一些共同之处,推断出二者具有更多的关联与相似性,而这之间无疑存在着意义的断裂与跳跃。退一步说,即使外部环境属性被尽可能多地转移、加之于身体之上,那么被"赋予"了与环境更多相似性的身体也只成为环境的投射或延伸,而并未实现对身体自身的认知。

又如变态昆虫的重生隐喻。狄金森以变态昆虫的蛰伏与"新生"比喻人类的死亡与复活,对于喻体——譬如从毛毛虫到蝴蝶的重生故事——发自内心的赞叹和认同,使诗人很自然地从隐喻桥梁已知的这头——关于变态昆虫休眠与成熟的科学常识——跨越到未知的那头而试图到达关于死亡与永恒的谜之彼岸。虽然破茧而出的飞虫并非"重生"或"新生",而只是幼小爬虫蛰伏之后改头换面的新阶段,但审美的力量再次让狄金森选择让喻体——譬如从毛毛虫到"浪荡子"蝴蝶的重生故事——所代表的恣肆、绚烂、自由的生命力,淹没了本体所代表的关于人类死亡与复活的抽象、空洞、教条的观念。

如果说情感或审美力量驱使而产生的认同心理,使狄金森"无视"从昆虫到人类的"物种鸿沟",那么对于人类认知局限性的清醒认识,却又使诗人意识到这种认同最终是不可实现的,从而阻断了她的认同之路。例如,诗人塑造了独一无二的"浪荡子"蝴蝶意象,并对其种种自由自在的表象极尽描述与赞赏,但最终发现自己并不能理解这个不顾一切突破禁锢,只换来"一个小时心醉神迷"的浪荡子的"栖息之谜"(J129,F142),就像不能了解其他"似乎无处——可去""成群结队的——像她一样的幻影"为何在"漫无目的的圆周里"起舞,"仿佛一场热带的演出"(J354,F610)这一不知何来、意义何在的存在之谜。认知的局限性使"我"无法了解他者的存在之谜,更不用说在理解基础上的,以"我思"对他者的认同与归化了。

再如永恒世界中的微粒身体意象。这些微粒身体意象包括融合了基督教神学认同的种子身体隐喻、借助科学认知的原子身体隐喻、偏重于文学感染力的珍珠人身体隐喻等。作为喻体的这些微粒,分别代表了来自信仰、理性、感性等多角度的阐释,也代表了狄金森不吝寻求多方力量,试图将永恒以及永恒中的身体这一绝对他性的彼岸问题拉近"我思"与"我感"的努力,即使是已受理性与科学思维启蒙的诗人,最终无法逃避"睁着一只眼睛做梦"且自知两难的理性时代的宿命。

狄金森一方面约定俗成地使用着来自古老圣经的种子复活隐喻,并把它与浪漫主义有机论的自然生长观点结合起来讨论永恒中的身体问题,另一方面又明确指出这只是一种"假设",其真实性来自"我思"的判断取舍。至于原子身体隐喻与珍珠人意象,前者更多的是以反讽方式揭示了诗人对这一隐喻的抗拒,后者则与理性认知无甚关系,只是作为诗人美好愿望与细腻情感的寄托。

最后是"面孔"这一歧义丛生的意象。我们可以看到,狄金森既以"面孔"喻整体的人,也以其喻更为抽象的人的身份,甚至神或神性的召唤。也就是说,作为喻体的"面孔"被赋予了至关重要的甚至是崇高的意义。另一方面,担负着如此重要使命的"面孔"却是模糊的、被抽离了五官神情面容而只剩下身份象征的观念性存在。自身尚未得到理解和把握的喻体,当然无法实现向本体的概念传递,无法使后者的概念得到理解与把握。

"面孔"隐喻的最后一层,就是以天国中永生者被"照花的面庞"来比喻与全然的黑暗一样绝对他性、外在于认知的"光明深渊"。这就是说,当"天国之光"强烈而明亮到令人目盲的程度时,绝对的光明也将和绝对的黑暗一样,是拒绝视觉的窥探的,同时也就拒绝了建立在视觉基础上的对于这个绝对他者的认知、理解与归化。这也正是狄金森永恒主题诗歌中往往有一只敏锐的耳朵,被动地接受着来自永恒之境的渺茫之音,而不是自柏拉图"洞穴隐喻"或"光明隐喻"以来一直居于感官之首的眼睛的原因。

可见,诗人借助种种艺术手段为永恒中的身体重要性做了曲折的辩护,并试图对"复活之后的身体将以何种形式存在"这一古老圣经问题做出自己的解释,借以理解、归化永恒问题本身。但问题在于,主要建立在隐喻基础上的"拟似"讨论,所能做的只是将喻体的属性、故事、观念附加到本体之上,并不能实现对永恒中的身体问题自身的认知。虽然隐喻的超越性思维特征使它可以从熟悉的、有形的、具体的概念域(源域)向陌生的、无形的、抽象的概念域(目的域)传递概念而促成我们对目的域的新的认知,但是,如果没有目的域现有的概念与所传递概念之间融合而形成的新的隐喻概念,那么我们所能"认知"的仍然只是源域的概念及其投射本身。作为从"地下村镇"到"天国异乡"这些独特的永恒隐喻的喻体与本体、源域与目的域双方的创造者,诗人承担起了类似上帝的职能,却也因此将自己停留在了这些特殊隐喻的单向的、并无合成的概念传递过程中。狄金森清醒地意识到这种无限的认知欲望与绝对他者之间的鸿沟,虽然这并不能阻止她不断复归、萦绕于永恒这个对于人类来说具有创伤性的话题,并再次试图以各种试验性的、非常规的语言元素接近、描述这个外在于认知的绝对他者。

第三章

永恒中的意识

第一节 意识是什么

意识是什么？这是一个几乎不可能回答的问题。正如永恒等终极问题被视为理性哲学的禁区，意识问题也因其主观感受的不可观察，长久以来被视为科学研究的禁区。因此，"永恒中的意识"问题可以说是既拒绝逻辑思辨，又拒绝实证研究的"禁区中的禁区"。但逻辑思维并非唯一的思维方式，实证研究也并非唯一的探讨未知的方式。狄金森的永恒主题诗歌，就将逻辑思辨、经书解读与更多诗意的、神秘的方式，如意象的捕捉、启示的记录，甚至呓语、狂想、碎片等结合在一起，不断试图接近并言说那不可言说的。

狄金森对意识的态度十分矛盾。她从不否认意识的重要性，包括意识作为生命体验的载体、自我主体的本质属性、主体延续性标志的重要作用。在现世语境中，狄金森对意识的"情绪发生场"作用表现出摒弃的态度，但这里表达的只是面对生存之重的一种情绪态度，而非对意识本身的摒弃。在永恒语境中，她构筑了两类矛盾的自我意识对象——非具身性的、无个体特征的"我"，与具身性的、自我意识强烈的"我"——从正反两个方面进一步体现了她对永恒语境中的意识及其代表的主体延续性的强调。

一、意识与自我意识

《牛津英语辞典》(*Oxford Dictionary of English*, 2017)对于词条"意识"(consciousness)的释义包括两点:第一,"有觉知、对环境有反应的状态";第二,"人对事物的觉知或察觉,心智(mind)对于自身和世界的觉知"。其中,前者是后者的抽象概括,后者是前者的具体内容。简单地说,意识就是有觉知的状态;反之,无意识也就是无觉知的状态,这一点也在"无意识"(unconsciousness)的释义中得到验证。这个释义的重点在于突出意识的基本特征——"觉知"(awareness),即有意识的体验。可见以"觉知"定义"意识",几乎相当于同义反复。

术语意义上的"觉知",并不等同于"知觉"(perception)。后者既包括有意识的体验(experience),也包括无意识的经历(undergoing, living through)。随着心理学研究的深入,越来越多没有被主体意识到的知觉经历,即"外在于一个人的现象觉知并独立于他的自主控制却影响到他的感受、思想和行为"[①]的无意识心智活动被观察、记录、揭示出来。譬如,低于阈限的刺激引起的"阈下知觉"(subliminal perception),不能有意识地回忆起来的"内隐记忆"(implicit memory),出于自我保护而阻止对于过度压力和创伤事件的觉知而产生的心理"分离现象"(dissociative phenomena),又如"盲视"(blindsight)、"自行的或例行的过程"(automatic or routinized process)等,无不揭示、印证了意识与知觉之间的不对等关系。

走得更远的意识研究者甚至指出,意识可能并非人类的特权。"泛心论"(panpsychism)或"泛经验论"(panexperientialism)者提出,万物皆有体验,也就是说,有"感知自身所处环境的微弱意识"。例如,猫、狗等哺乳动物常以喜悦、眷恋、兴奋、恐惧、不安等情绪表明它们也拥有自己的某种内在体验或内在经验,而一些更低等的生物如昆虫,甚至植物、单细胞生物、岩石晶

---

① 李恒威:《意识:从自我到自我感》,浙江大学出版社 2011 年版,第 12 页。

体……也具有自己的某种"体验"及其反应。例如,《从科学到神:一位物理学家的意识探秘之旅》(2012)的作者彼得·罗素(Peter Russell)举例说,植物对生长环境如光照时长、温度、湿度等条件非常敏感,一些单细胞生物对物理震动、光和热很敏感,病毒、分子、原子甚至基本粒子,都对所处环境有着不同程度的体验和反应能力及表现。即使"这种体验只是我们人类体验的丰富性和强度的亿万分之一",即使"它们只是对意识经验有最微弱的一瞥",也并不能因为它们的体验不具备"人类意识的品质"就仅凭人类经验而判定它们没有意识。①

"意识是否人类专有"的问题,牵涉关于意识问题的一个根本性分歧,即意识与(人类)身体的关系,或者说意识是否从属于(人类)身体的意见分歧。

赞成的一方,即持唯物观点的意识研究者,将意识视为身体的附属物,认为意识是人类大脑或别的特定物质如神经细胞、神经系统的功能、应激反应或运行结果。也就是说,人的主观体验是由大脑或神经系统的物理过程或化学反应而引发的。20世纪以来,意识研究的这一唯物主义立场逐渐占据主流。来自认知神经科学、人工智能、心理学的某些分支如行为主义、功能主义等领域的"心灵解构理论",致力于将抽象的"心灵"(mind)一词"解构"为人的行为、功能、神经生物反应等可以用科学实验方法检测的东西。正如约翰·塞尔(John R. Searle)在《心灵导论》(2008)中宣称的,"心灵只不过是身体的行为而已。没有任何东西凌驾或超越于那构成心灵的身体的行为",虽然"心灵状态不是通过其物理结构而被界定的……而是通过它们的因果关系而被界定的"②。

反对的一方,则否认意识是(人类)身体的附属物。但意识不从属于人类身体,只是一个否定的表达,需要解答的问题仍然存在,即意识与身体若非从属,则是什么关系? 因此反对的一方又分为两个阵营:心身二元论与唯

---

① 彼得·罗素:《从科学到神:一位物理学家的意识探秘之旅》,舒恩译,深圳报业集团有限公司2012年版,第43—44页。

② 约翰·塞尔:《心灵导论》,徐英瑾译,上海人民出版社2008年版,第44—45页。

心主义一元论者。前者主张意识与身体是两个相互独立的实体或属性，如笛卡尔的心物二元论中所称的心灵实体，可以脱离身体或物理实体而独立存在。后者则主张并非意识依赖于身体或物理世界，而是物理世界依赖于意识，即物理世界的存在与发展取决于我们的感知、意识的建构，如乔治·贝克莱（G. Berkeley）的"存在就是被感知"，王阳明的"心外无物"等思想。

其中，唯心一元论者将意识（或思想）视为具有"逻辑先在性"的世界本原，而神学则将神视为万物的创造者和源头。将二者结合在一起做个比较，就会出现一个十分奇妙的文化现象与联系：意识＝世界本原。神＝世界本原。意识＝神。从这个角度看，就不难理解为什么源自各个不同宗教的神秘主义者，在修行到一定时候都会不谋而合地宣称"人神合一"（别有目的者除外），即把他们纯粹的个人意识体验描述为对绝对"先在"的神的体验。例如，声称自己是安拉并最终被钉死在十字架上的十世纪伊斯兰教苏菲派神秘主义者哈拉智（Al-Hallaj），宣称"上帝与我合一"的十四世纪基督教牧师、德国神秘主义者迈斯特·艾克哈特（Meister Eckhart），等等，最终殊途同归地将个人意识的本质定义为神。

在某种程度上可以说，意识的本质就是自我意识。例如，当我意识到一句话、一件事或物的同时，也就意识到"我"曾以某种方式知觉过这句话、这件事或物，这样一来"我"的意识对象就不仅仅是那一句话、一件事或物，还有"我的意识"本身，这就是所谓意识的自反性或反身性（reflexive），即"我"既是意识的主体，也是意识的对象。换句话说，正是作为"意识对象"的我或我的意识、我的觉知，使这些看似客观、实则需要主体的直观、想象、概念的综合等才能被构建起来的意识对象，浮现于当下作为"意识主体"的我的意识或觉知中。

所以，黑格尔在《精神哲学》中明确指出，"意识的真理是自我意识"，"在实存中一切对于一个别的对象的意识就都是自我意识；我知道对象是我的对象（它是我的表象），因而我在对象里知道我"[①]。这段话的深层含义是：所

---

① 黑格尔：《精神哲学》，杨祖陶译，人民出版社2006年版，第219页。

有"对象"都是"表象",都是"客观对象"经由知觉概括而在头脑中呈现或再现的映象。邓晓芒也在《黑格尔〈精神现象学〉中的自我意识溯源》(2011)一文中以绕口令般的文字,对黑格尔提出的这一原理做了进一步阐释:"意识是对一个对象的意识,也就是对意识与对象之间的区别的意识;反之,自我意识则是把对象看作自身,也就是在意识到这一区别的同时还意识到自身与对象之间没有区别。"①

如果说"意识的真理就是自我意识",那么自我意识本身又是什么?我们无法从思想史上找出"自我意识"的定义。虽然早在十九世纪初,黑格尔就以术语方式首次提出了"自我意识"的概念,并在《精神现象学》(第四章)专题讨论了"自我意识"问题,但没有赋予它任何释义。继续回溯,仍然没有对于"自我意识"的概念界定。事实上,从自我意识的萌芽开始——无论是古希腊德尔斐神庙的箴言"认识你自己",还是笛卡尔的作为确定性知识或真理唯一原则的"我思"——直到康德使个人杂多的知觉经验统一到自我同一性中来的"先验统觉",费希特可以推演出整个世界及对象性知识的"自我",或黑格尔从"自我意识首先是欲望"②(尤其是得到"他人"承认的欲望)——的前提出发,突出主体间性问题的"自我意识"概念,哲学家们不断谈论着自我或自我意识问题,却总是避免给出定义。

"定义"的努力往往来自研究者,如陈也奔在《康德与费希特——从先验统觉向自我意识的过渡》(2000)中所做的"最小性质规定",就不失为一个谨慎的选择:"**所谓自我意识,就是主体自己规定自己的意识。换句话说,就是主体在自己的内部设立起自我对象的那种意识。**"③说得更直白一点,**自我意识,就是主体以自我为对象的意识**,即主体对"自我对象"的意识;但同时,这里的"自我"并不是某种自在的客观事物,而是**主体经由自己的知觉概括、思**

---

① 邓晓芒:《黑格尔〈精神现象学〉中的自我意识溯源》,《哲学研究》2011年第8期,第70页。

② 黑格尔:《精神现象学》,贺麟、王玖兴译,商务印书馆1979年版,第133页。

③ 陈也奔:《康德与费希特——从先验统觉向自我意识的过渡》,《黑龙江社会科学》2000年第6期,第26页。

维概括等而构建出来的"自我对象",即所谓"主体自己规定自己","在自己的内部设立起自我对象的那种意识"。究其原因,"在每一种特定的经验中,总会有一种特定的自我。但统觉的自我则不是这样,那是我与我之间的一种联系"①。正因为有了这种"统觉",主体才能在变动不居的众多经验中,在形形色色的"此我"与"彼我"之间构建出同一性和持续性,并将这些似曾相识的"我们"统一于"自我"之中。

"自我意识"的反面,则是"无我"。例如,佛教的"无我"或"假我"思想,又如现代认知神经科学等所持的否定自我同一性的知觉束理论。在这些理论看来,"自我"并不是一种本质性的东西,而是偶然的,依赖于外部环境或其他条件而产生的关于存在一个基础的、持续的、同一的自我意识主体的错觉。

以佛教的"无我""假我"思想为例。佛教以"五蕴""缘起"学说解释人的存在及其身心现象,认为"我"不过是一种因缘和合的幻象或错觉,由"五蕴"——色蕴、受蕴、想蕴、行蕴、识蕴——依各种条件而缘起、生灭,不能自做主宰。所以,"我"的实质乃是"无我",或曰"假我"(又名"假名我""名字我")。也就是说,五蕴和合而成的这一个缘起,被称为"我",其实只是"假我之名",以便从世俗经验的意义上来区别"你我她他它"而已。依照这一学说的观点,笛卡尔的"我思故我在"(存在的本质在于"我思"),就是把五蕴之一的"识蕴"当作了自我实有而存在的全部,因此无疑是一种错觉。

同样持"无我"立场的,还有将意识视为身体附属物的某些领域的现当代意识研究者,如心理学中的行为主义者、功能主义者,以及来自认知神经科学的唯物主义一元论者。他们认为意识从属于身体,因此可以用大脑或神经系统的物质原理来解释自我意识的产生。如分子生物学家、诺贝尔医学奖获得者弗朗西斯·克里克(Francis Crick)在《惊人的假说——灵魂的科学探索》(2001)中所提出的:"惊人的假说是说,'你',你的喜悦、悲伤、记忆

---

① 陈也奔:《康德与费希特——从先验统觉向自我意识的过渡》,《黑龙江社会科学》2000年第6期,第26页。

和抱负,你的本体感觉和自由意志,实际上只不过是一大群神经细胞及其相关分子的集体行动。"又如克里克本人在该书中所引用的《爱丽丝漫游奇境》中一句更为直截了当的经典台词:"你只不过是一大群神经元而已。"①

与唯心主义一元论将"我"或我的意识、知觉视为世界的本原相反,"无我"的立场则彻底否定了自我意识的同一性、本质性,从而否定了存在一个基础的、持续的、同一的自我意识主体。

在以上两种背道而驰的观点之间保持中立的另一些研究者中,最著名的当数认知神经学家安东尼奥·达马西奥(Antonio Damasio),他不否认自我与自我意识的同一性,并在此基础上指出,自我或自我意识的同一性乃是一种全局的、分布的、变异的同一性,而非无差别的同一性,并在此基础上派生出了关于自我或自我意识的诸多子概念,如核心意识与拓展的意识、核心自我与自传式自我等,来区别基础的和衍生的意识与自我意识形式。

以达马西奥的"核心意识"与"核心自我"这两个基础的意识形式为例。"核心意识"指的是"在有机体的整个一生中都是稳固的""一种简单的生物学现象","它并不依赖于传统的记忆、工作记忆、推理或语言",只是以其当下性、此时此刻性赋予有机体"一种转瞬即逝的、不断被身—脑与客体的相互作用活动建构出来的自我感",即核心自我。②

再看"拓展的意识"与"自传式自我"这两个衍生的意识形式。"拓展的意识"指的是"在有机体的整个一生中是不断发展的""一种复杂的生物学现象",它依赖于记忆、工作记忆、推理和语言的支持,并"能够用心智的一部分来操作和调控另一部分",从而"为有机体提供了一种复杂的自我感——个体的历史同一感",即自传式自我。③

综上所述,对于意识与自我意识概念的理解,可以说是一个矛盾的,甚

---

① 弗朗西斯·克里克:《惊人的假说——灵魂的科学探索》,汪云九、齐翔林、吴新年等译,湖南科学技术出版社2001年版,第3页。
② 李恒威:《意识:从自我到自我感》,浙江大学出版社2011年版,第29页。
③ 李恒威:《意识:从自我到自我感》,浙江大学出版社2011年版,第29页。

至南辕北辙的观念的集合。我们暂时所能达到的共识,似乎只有意识的基本特征是觉知、自我意识的基本特征是自反性——这两条几乎相当于同义反复的定义。而另一方面,意识、自我意识问题本身,却已越走越远,向着意识以外即无意识知觉,仅仅隶属于人类身体的意识与脱离人类身体以外的意识可能性,本质的"我"、变异的"我"、"无我"等各自矛盾的方向发散出去。

二、狄金森的意识观

狄金森的意识观,与她的身体观比起来显得更加曲折而复杂。她充分肯定了意识的重要性,并根据现世与永恒的不同语境给出了"意识是什么"的独特定义,但在面对生存之重与生命之轻时又分别采取了竭力想要摆脱意识与唯恐失去意识这样两种矛盾对立的态度。

首先,狄金森从不否认意识不可或缺的重要性,并根据不同语境对"意识是什么"做出了颇富哲思的回答。在现世语境中,她将意识视作上帝指派给人类的这场"人生实验"得以实现的载体与前提,也就是说,所有的人生体验的内容都需要意识在场,即载于意识之上才能实现。用狄金森的话说,就是"能感知邻居/和太阳的这个意识——/同样也会感知……指派给人们/最深刻的实验——"(J822,F817)。同样,在"地下村镇"即"前永恒"语境中,她也将意识看作逝者"存贮灵魂"的"田亩"或场地,也就是说,正是意识的"承载"使逝者的灵魂作为一个虽不可知却亦不可否认的主体而继续存在。正如狄金森在诗中所说,"没有围栏将它(坟墓)圈住/意识是它的田亩,而/它把一个人的灵魂存贮"(J876,F852)。在永恒语境中,狄金森不仅将意识视为自我主体的本质属性、个体复活与延续的标志,还将其喻为天国永恒的意义本身,所谓"意识——就是正午"(J1056,F1020),可以说将其重要性提到了至高无上的地位。

另一方面,狄金森在承认意识重要性的前提下,却又对其表现出两种截然不同的态度。简单说,就是对于作为"情绪发生场"的意识,她采取了竭力想要摆脱意识的摒弃态度；而对于作为自我主体的本质属性与个体延续性决定因素的意识，却又采取了唯恐失去意识的珍惜态度。

在现世语境中，狄金森更多地看到了意识的"载体"功能，即正是意识的在场使人类承载了太多的痛苦与困扰。因此，面对生存之重的种种烦扰，她将"意识"与"灵魂"对立起来，甚至提出只有"摆脱意识"才能使"我"和"我的灵魂"得到真正的安宁。但这无疑表达的是一种情绪态度，即意识使痛苦浮现，而痛苦使"我"濒临崩溃，因此只能寄希望于摆脱意识而得到永久的解脱。这里，诗人拒绝、排斥的是意识作为"情绪发生场"的作用，而非对意识本身的否定。

在永恒语境中，诗人则更为强调意识作为自我主体的本质属性与主体延续性的标志这两个重要作用，因此采取了唯恐失去意识的珍惜态度。这些诗歌中的主人公或者叙述者对意识视若珍宝，唯恐不可得，因为失去意识也就意味着失去了"我"自己——以"我思"为特征的自我主体性——及其在永恒语境中的延续性。

最后，狄金森意识观的矛盾之处，还在于她在永恒语境中构筑了两类自相矛盾的"自我对象"，从而从正反两个方面一起体现了她对于永恒语境中的意识、自我意识及其代表的主体延续性的强调。

这两类矛盾的"自我对象"，可以说是诗人在神学传统的规约与强烈的个人主义思想，甚至可以说是美国式宗教个人主义思想的驱动下，对于永恒语境中的"自我"所做出的两种不无矛盾的想象与建构。第一类"自我对象"是非具身性的、无区别性个体特征的，譬如前文所描述的渺小的"微粒""原子"，或从彻底物化到完全抽象的"面孔"、无个性的群像等符合"灵性的身体"规约的"自我对象"。第二类"自我对象"正相反，不仅具有身体性，而且具有强烈的自我意识，呈现为一组独特的、个性化的"天国居民"意象，如倔强的孩子或勇敢的小人物、娇憨烂漫的"天国少女"、集肉身欲望与理性反思于一体的不复天真的"耶稣新娘"等，从正反两面表达了诗人对于以自我意识为标志的个体延续性的维护。

第二节　狄金森诗歌中的意识

　　狄金森对于意识的态度是矛盾的,因此她的诗歌中对意识问题的表述也往往呈现出令人迷惑的矛盾的状态。诗中的主人公或叙述者,总是在竭力摆脱意识与唯恐失去意识的矛盾两极之间来回穿梭,但矛盾却并不意味着混乱。狄金森对于意识的明显矛盾的态度,并非源自一位诗人过剩的想象力与不足的思维力,尤其是持续性思维能力的"缺憾",更并非病理学意义上的"分裂",而是一种结构性的冲突与对立,或者说是一种建构性的矛盾态度。在这两种似乎自相矛盾的态度之间,隐藏着一道结构性的分水岭或"鸿沟",那就是尘世与彼岸、生存之重与生命之轻的不同观照。

　　现世一岸,是身陷于种种意识、情绪困扰之中的"在世者"。狄金森笔下这些竭力想要摆脱意识的主人公或叙述者,正背负着诗人本人的生存之重:欲望,匮乏,无可挽回的丧失,莫名的崩溃,炉子里烤着父亲爱吃的面包,缠绵病榻的母亲需要从身体到心灵的呵护,隐疾,心心相印的爱侣如何生出罅隙,剪一朵紫罗兰寄赠久已无语的友人,园丁照料花草,花草陪伴园丁……意识使情绪浮现,而在世者抱怨着、烦恼着、欣喜着、牵挂着,想要摆脱这种种纠缠和折磨,祈求医治这叫作意识的顽疾,或哪怕只是暂时悬搁由清醒的意识带来的痛苦和纷扰也好。但她们所不能摆脱的种种意识与情绪困扰,却正是她们最基本的生存状态。用海德格尔的话来说,这些情绪或"现身情态"(Befindlichkeit)正是此在的"生存论结构之一",摆脱了它们,也就不再有"这样一个"存在者的存在:"在情绪中,此在被带到它的作为'此'的存在面前来",使此在"作为那样一个存在者以情绪方式展开"。[1]

---

[1] 海德格尔:《存在与时间》,陈嘉映、王庆节译,生活·读书·新知三联书店2014年版,第157、166页。

　　彼岸一侧,则是已踏入永恒天国的"复活者""永生者",或《圣经》中所称"得胜的"(he who overcomes)。诗人在他们身上看到的并非"得胜",而是"丧失"与生命之轻。疾病、战争、意外、丧亲之痛……承载着难以承受的生存之重的生命本身,却似乎轻如鸿毛,偶然来去。正如诗人在"她活的最后一夜"(J1100,F1100)中对邻家女子之死的描述:

> 她被提到,又忘记——
> 轻如一根芦苇
> 弯向水去,也不挣扎——
> 同意,然后死去——
>
> 而我们——我们把她的头发理顺——
> 把她的脑袋摆端——
> 然后惊人的闲暇
> 成了要调整的想法——

　　面对生命之轻,诗人试图走向宗教的慰藉,虽然是以一种个人的、非制度性教众的形式。但在死亡的"丧失"面前,唯有寄希望于个体意识的延续,才能确保因信仰而"得胜"的人们在天国团聚时,相见的还是"这一个"和"那一个"。所以诗人才会对宗教狂欢式集体主义的"复活事件"对个体性的淹没与取消保持警惕,而诗中的旁观者或叙述者也一再代表诗人狄金森发出对于绝对他者的求知疑问:

> 声音以外——视线以外——
> 快乐吗?
>
> 有意识吗?

想家吗？

（J417，F434）

它可有知觉——当它
步入永生？

（J470，F605）

一、现世语境中意识的矛盾作用

狄金森充分肯定了意识不可或缺的重要作用——作为"人生实验"的载体，以及为逝者"存贮灵魂"的场所。但当涉及种种在世情态的情绪困扰时，她又常常借助诗歌主人公或叙述者之口，对意识提出诸多"非议"或"抗议"。在这些现世语境的诗歌中，意识被斥为灵魂的"囚笼""可怕的配偶"，或者"对手""敌对国"，以及"无药可治"的"存在病"等。深陷于生存之重的主人公竭力想要挣脱意识的束缚，似乎只要摆脱了意识，就可以从在世情态的种种痛苦与纷扰中解脱出来。这种摒弃意识的态度与对意识价值的自始至终的肯定之间形成了一种极具张力的矛盾冲突关系。

（一）意识作为"人生实验"的前提

狄金森在"能感知邻居"（J822，F817）一诗中提出，人生的本质是一场以意识为载体、以体验为内容的"实验"，必须有意识在场才能实现：

能感知邻居
和太阳的这个意识——
同样也会感知死亡
和它自己孤身一个

穿越那道间隔

之间是经历
和最深刻的实验
指派给人们——

它的特征对于
自身是多么充分
自己对自己明白
别人无从发现。

灵魂被判定为
对自己最大的冒险活动——
随从只有一只猎犬
它自己的身份。

此处的"经历"（experience），也可译作"经验""体验"。这场以意识为载体、以体验为内容的"人生实验"，是某位至高的主宰者"指派给人们"的"最深刻的实验"：实验的场域区间已知，即从生到死的那道间隔（interval），内容即两者之间的经历或体验。或许对于一位"实验员"来说，同一类实验可以反复多次（虽然本诗中并没有涉及与轮回、循环观念相关的内容），但对于"实验"本身来说，每一场实验都是只有一次的不可逆的"这一场"。同时，实验内容为从生到死两者之间的"体验"，又决定了它是必须有意识在场才能实现的，无论其体验的对象是邻居、太阳还是死亡，作为这场实验内容的"体验"都是必须载于意识之上的。这无疑是对意识重要性的肯定：意识是上帝指派给人类的这场"人生实验"的载体。也就是说，意识的在场是"人生实验"得以实现的前提。

不仅如此，意识对于在"地下村镇"这样"前永恒"（存在之后、永恒之前）状态中的逝者或等待永生者来说，更是其得以保持自我主体性的"田亩"、领地或场所。正如"那是一座坟墓，但没有石碑"（J876，F852）一诗中所展示的：

> 没有围栏将它圈住
> 意识是它的田亩，而
> 它把一个人的灵魂存贮。
>
> 谁垒起坟墓，为了什么冒犯
> 出生在本地，还是异域——
> 我常怀好奇
> 它未被人们平息
>
> 在复活之前，我必须猜测
> 这小小的愿望被拒绝
> 愿在它的隆脊上种一朵玫瑰
> 或把一根荆棘除却。

　　一座野坟，没有碑刻，没有围栏，没有任何身份的标志，"在复活之前"无法确证。但是，"它把一个人的灵魂存贮"，而"意识是它的田亩"。也就是说，只要有一个意识承载着"它"（"野坟"），就是承载着存贮于它之中的"一个人的灵魂"的"田亩"或场所，那么就标志着他者的灵魂作为一个虽不可知亦不可否认的他者主体的存在。这与当代认知学者德克曼（Arthur J. Deikman）将意识（或"觉知"）视为心智活动发生的场地（ground），认为没有意识或觉知这个发生场，就与没有"我"的显现或存在的观点不谋而合，相隔一个世纪后再次得到呼应。[①]

---

① Arthur Deikman. "'I'=Awareness," *Journal of Consciousness Studies*, 1996, 3 (4), pp. 350-356.

（二）意识作为"我"所不能摆脱的烦扰

在另一些诗中，狄金森将"意识"与"我"或"我的灵魂"对立起来，并从不堪其扰的"灵魂"的角度对"意识"提出诸多"非议"或"抗议"。

第一组，意识作为"囚笼"与"可怕的配偶"。这些诗中的主人公或第一人称叙述者，将意识比作束缚"我"、折磨"我"、处处与"我"作对、令"我"或"我的灵魂"痛苦不堪却又无计可施的"囚笼"（J384，F649）；或以第三人称全知角度，将意识称作主人公"她"或"她的灵魂"的"可怕的配偶"。例如：

> 灵魂不能被剥夺掉
> 意识，她那可怕的配偶——
> 就像很难把她藏在
> 上帝的眼睛背后。
>
> 藏得最深，发现得最早
> 众生对他也显得寥寥——
> 什么三棱镜在从上帝的
> 逃离上燃烧——
>
> （J894，F1076）

诗中，以第三人称阴性"她"的形式呈现的灵魂，想要摆脱意识。但这就像她要把自己藏到上帝之眼背后，摆脱"他"（上帝）无所不在的注视一样难，因为"众生对他不过寥寥"，一眼望尽，一览无余。"藏得最深，发现得最早"，表达了迫切的逃离愿望和终究无处遁形的恐惧。此处的"三棱镜"似乎主要取一个"三"字而不是"棱镜"。喜欢随心所欲使用科学、政治术语、异域地名和人名等陌生词语的狄金森，想表达的似乎是某种神奇的"多棱凸透镜"：它有着多个侧面，朝向各个方向。

意识就是这面似上帝目光一般无所不在的凸透镜，灵魂无论处于哪个侧面都将接受他(上帝或意识)的审视,直到这面凸透镜本身(而不仅是它折射的光线所聚焦的物体),在逃离上帝的路上自焚。可见意识的焦灼侵扰的不只是灵魂,还有它本身。这里值得一提的,除了狄金森对于自己宗教信仰问题的透露——不皈依,却又深受不皈依的折磨——还有作为喻体的上帝和作为本体的意识。也就是说,意识的威力被摆到了与上帝相提并论的地位。

第二组,意识作为"对手"或"敌对国"。令人迷惑的是,狄金森诗歌中的叙述者有时也将意识称为"我自己",即一个有意识的自我主体,与之相对的则是意识状态不详的"我"或"我的灵魂"。这个"我自己"与"我",仿佛两个争斗不休的对手或敌对国,只能通过"征服"或"隐退"来谋得和平。譬如:

> 把我从我自己身上——驱逐——
> 如果我有本领——
> 我的堡垒固若金汤
> 对付所有的心——
>
> 但既然我自己——攻击我——
> 我怎样才有宁日
> 除了征服
> 意识?
>
> 既然我们互为君王
> 这怎能成立
> 除了我从我——
> 身上——退出?

(J642,F709)

在这谜一般的诗歌中,仿佛有两个分裂的自我,进行着难分敌我的战斗:"我自己——攻击我——""把我从我自己身上——驱逐——""我怎样才有宁日/除了征服/意识？""既然我们互为君王/这怎能成立/除了我从我——/身上——退出？"

这种分裂式的自我，在狄金森的诗歌中并不少见。这里，为了厘清"我自己"与"我"之间的关系，不妨称之为战斗中的 A 方、B 方：A 方（"我自己"）对 B 方（"我"）发起攻击，想要把 B 方从 A 方身上驱逐出去。B 方（"我"）只能选择迎战，征服 A 方（"我自己"），或主动退出这场战斗（其结果从形式上与遭驱逐一样，都是 B 方从 A 方身上撤离）。而揭示双方身份的线索来自这句："但既然我自己——攻击我——/我怎样才有宁日/除了征服/意识？"。将这句话转换成 A、B 代入法的表达，即，A 方攻击 B 方，B 方只能以攻为守，征服 A 方；所以"意识"＝ A 方＝"我自己"（有意识的自我主体）。也就是说，在这首玄之又玄的玄思诗歌中，诗人再一次记述了意识与灵魂之间的搏斗。

在狄金森笔下，意识与灵魂之间的搏斗，是一场至死方休的战役。且与一般战役不同的是，除了攻击与反击、驱逐或退出，双方似乎从未设想过任何真真假假的"合作"或"和平共处"的局面，直到如下诗中所描绘的倦怠的安宁降临：

> 有一种生命的倦怠
>
> 比痛苦更迫近——
>
> 它是痛苦的继承人——当灵魂
>
> 饱尝过种种艰辛——
>
> 一种昏昏欲睡的感觉——扩散——
>
> 一种朦胧如浓雾一团
>
> 把意识裹严——
>
> 如层层薄雾——抹杀了巉岩。

（J396，F552）

受尽意识折磨的灵魂，在"饱尝种种艰辛"之后，终于在一种"比痛苦更迫近"的"生命的倦怠"到来时,体会到了暂时的安宁,因为意识被一种"如浓雾一团"的"朦胧"裹严了。之所以说是暂时的安宁,是因为薄雾很快将会散去,巉岩就会重新浮现;即便是浓雾,也只是暂时裹住了意识,因为那可怕的"纠缠者"——意识仍会回来。

第三组,意识作为"无药可治"的"存在病"。意识被看作一种无法疗愈的疾病,只剩下死亡这唯一的药方:

> 没有——治疗意识的药——
> 死亡的选择
> 是自然唯一的药方
> 医治病了的存在——
>
> (J786,F887)

对于"病了的存在"或"存在病"(Being's Malady),"自然"这位医生所能"选择"的治疗方案,除了延缓痛苦,将"意识"暂时悬搁,就只剩下死亡这一根治之法了。也就是说,在这些诗歌中,意识变成了"我"或"我的灵魂"竭力想要摆脱的东西,因为只有挣脱了它,才能挣脱无尽的烦扰、苦痛与折磨。

二、永恒语境中的意识与自我意识

狄金森十分关注永恒中的意识问题,尤其是以意识为本质属性的自我主体在永恒语境中的延续性问题。这在诗人对"永恒之中是否还有意识""永恒之中是否还有我"的形而上的追问中得到了充分体现。

诗人关注"永恒之中是否还有意识",其实是寄希望于永恒之中还有意识的存在。正如"我活着——我猜——"(J470,F605)中第一人称的复活者或未死者(活埋者),以意识或知觉的苏醒来力证自己生命的方式。而该诗中好奇的旁观者,也代表诗人对逝者的"意识状态"表达了关注:"它可有知觉——当它/步入永生?"又如,"它死了——找到它——"(J417,F434)一诗中矛盾的旁观者对于逝者"快乐吗?""有意识吗?""想家吗?"等"心理动态"的不懈而无望的追问,等等。

诗人关注"永恒之中是否还有我",则是希冀于"这一个"个体,或自我主体在永恒语境中能够得以延续。例如"'对我?'我不认识你——"(J964,F825)一诗中的"我",与前来接"我"升入天国的"耶稣"之间的对话,强调的正是两个独立主体之间平等、主动的交流。又如,"空气没有住处,没有邻居"(J1060,F989)一诗中,死神以意识对意识的方式,通过"你的意识向我搭讪/说服我的意识"随之离去的"意识间"的方式。

(一)永恒语境中视若珍宝的意识

与竭力想要摆脱意识烦扰的现世语境的诗歌不同的是,在狄金森的永恒语境诗歌中,意识又变成了"我"视若珍宝、唯恐失去的东西。一旦失去了它,以意识为本质属性的自我主体或"我"本身也就不复存在。

首先,在这些诗歌中,意识被视为灵魂的本质属性,"有意识"则是灵魂鲜活的标志。狄金森以隐喻的方式,将灵魂比作"一只有意识的耳朵",专司接收来自天国、永恒的声音,而"意识"就是灵魂这只"耳朵"的功能前提:

> 灵魂是一只有意识的耳朵。
> 我们真切听到
> 当我们查探时——那可听的
> 便被许可——来到这里——

(J733,F718)

诗中,灵魂被喻为"耳朵"——狄金森以听觉隐喻代替西方哲学、神学传统在有关心智或灵魂问题上的视觉隐喻或光的隐喻——借之可以听到来自上帝、永恒或别的世界(即诗中的"城堡")的声音、讯息,而"有意识"则是这只"耳朵"的基本特性与功能前提。

其次,意识被视为个体复活的标志。对于狄金森来说,"复活"首先是一个感官、意识苏醒的过程。例如：

仿佛我没有耳朵
直到一个生机勃勃的字眼
从生命一路向我赶来
于是我知道我已听见。

我看着，仿佛我的眼睛
在别处，直到一物
现在我知道那是光，因为
它与眼睛相宜，降临。

我待在这里，仿佛我自己在外面，
只有我的身体在里边
直到一种力量发现我
把我的核放进去。

灵魂转向泥土
"老友，你认识我，"
于是时光出去报信
并把永恒迎候。

（J1039，F996）

　　为方便区分，笔者以虚线下画线标注诗歌中描述死亡的部分，以实线下画线标注复活部分，这样就可以清晰地看到，死亡就是失去知觉、意识、自我意识（"仿佛我没有耳朵""仿佛我的眼睛/在别处""仿佛我自己在外面，/只有我的身体在里边"），复活则是恢复听觉、视觉、意识与自我意识（"直到一个生机勃勃的字眼/从生命一路向我赶来/于是我知道我已听见""直到一物/现在我知道那是光……降临""直到一种力量发现我/把我的核放进去")。也就是说,"我"不仅恢复了听觉、视觉和其他感觉,并且拥有了"我的核",即"我自己"或自我意识,一个个体复活了。

最后,意识甚至被喻为天国永恒及其意义本身。狄金森将自己独特的比喻性语言系统中最崇高的隐喻——"正午"或"永久的正午"(perpetual noon)——也赋予了意识。例如:

> 有一方天地,那里四季匀和
> 没有夏至或冬至纷纷扰扰——
> 那里太阳搭建起永久的正午
> 那里完善的四季在等待——
>
> 那里夏天固着于夏天,直至
> 长似千年的六月
> 和长似千年的八月终止
> 而意识——就是正午。

(J1056,F1020)

在对天国乐园的描述中,狄金森使用了"四季匀和""太阳搭建起永久的正午""夏天固着于夏天"等合乎基督教传统(如《新约·启示录》)的表达。一天中最温暖祥和的时刻是"正午",一年中最明媚美好的季节是"夏天",这是从英国到移居地新英格兰共有的自然现象。在狄金森结合宗教、文学传统与地域文化而形成的比喻性语言体系中,"永久的正午""永夏"作为两个神性的、崇高的词,代表的是永恒无限的天国极乐之境。这一次,她将它赋予了意识——"意识———就是正午"。这既是对意识重要性的肯定,也是对随之而来的危机的预示:当意识不再,等值于它或维系于它之上的"正午""永夏""天国"也就终止了,所以意识是须臾不能失去的。

（二）永恒语境中两类矛盾的"自我对象"

狄金森关注永恒之中是否还有"意识"，是否还有"我"，也就是说，她强调以意识、自我意识为本质特征的自我主体在永恒语境中的延续性。那么，在狄金森的永恒语境诗歌中反复描绘、建构的自我或"自我对象"又是怎样的？

与"地下村镇"诗歌中较为同一化的、呆滞温顺的等待永生者相比，狄金森天国诗歌中的"我"或"自我对象"则更为敏感而复杂，呈现为两类矛盾的"自我对象"。

第一类，非具身性的"自我对象"。包括前一章中曾详细论述的天国中渺小的"微粒""原子"，或彻底物化或完全抽象的"面孔"、无个性的群像等。

其中，"微粒"如"原子"身体意象，借用科学术语来命名宏大复活事件中渺小到几乎可以忽略不计的复活者个体。面孔意象，则将基督教复活叙事中仅作为身份标识的"面孔"意象推向彻底物化、抽象化的两个极端，即忽略了五官、神情、面容等肉身性内容，只保留了物化的工具性特征与抽象的身份象征的属性。这些无个性的"自我对象"，都以对具身性的取消表达了诗人的个人主义的恐惧，并以归谬、反讽的方式表达了诗人对于复活者的个体性将被淹没于宏大复活叙事之中的恐惧与抗议。

第二类，具身性的、自我意识强烈的"天国居民"。与基督教集体主义式复活场景不同的是，狄金森的天国诗歌中不乏对复活而永生者个体的肉身性及其感知、认知、情感、意志等的描绘。譬如，狄金森天国诗歌中对于"耳朵"（"听"）在彼岸世界中至高无上地位的强调。又如，"眼睛"（看）、"指尖"（触）、"痛"、"温暖"、"知道"、"思念"、"决心"等与个体肉身性和意识等相关的关键词，无不体现了诗人对于永恒语境中主体延续性问题的执着。

首先，在这一类"自我对象"中，"我"的具身性特征得到了肯定和延续。例如，"我想在我被'宽恕'的时候——"（J237，F252）一诗中的"我"在考虑"如何升入永恒"的"教义"问题时，首先想到的是"我的形体该会怎样升起"的"这一个"肉身的延续性问题：

> 我想在我被"宽恕"的时候——
>
> 我的形体该会怎样升起——
>
> 直到头发——眼睛——和胆怯的头——
>
> 视线所不能及——在天堂

在"升入永恒"时,"这一个"肉身及其附属的功能或承载的意识,如双唇和祈祷、胸怀和痛苦等,是应该被携带而不是被抛弃的。

同时,这一类"自我对象"不仅保留了"我"的具身性特征、意识与自我意识,而且在更为理想化的天国语境下,将主体的自我意识发挥到了恣肆、任性的地步。从"行为方式"上来说,这些"天国居民"与圣经文本中的"得胜者"群像最大的区别在于,这些"天国居民"不再是被动、温顺地等待圣恩降临的"被选者",而是更倾向于以说服、请愿、谈判,甚至"孩子面具"下的胡搅蛮缠的方式,主动争取,坚持声援自己的权益者。如倔强的孩子或勇敢的小人物、娇憨烂漫的"天国少女"、不无反思的"耶稣新娘"等不同于传统教义、要求平等权益的"天国居民"。

狄金森的天国诗歌中,有许多倔强的、孩子气的小人物,或者说在"孩子面具"下的真诚而勇敢的小人物形象。

例如,"为什么——他们把我关在天堂外面?"(J248,F268)一诗中,在天堂门前"敲门的小手":

> 为什么——他们把我关在天堂外面?
>
> 是不是我唱得——声音太高?
>
> 但是——我也能哼一点儿"小调"
>
> 胆怯得如同一只小鸟!
>
> 天使们肯不肯让我试试——
>
> 仅仅——再试——一遍——
>
> 仅仅——看看——我是否打扰了他们——

　　　　但是不要——把门关严！

　　　　啊,如果我——是那位
　　　　穿"白袍"的绅士——
　　　　而他们——是那只敲门的——小手——
　　　　我是不是——能够——禁止?

　　以提喻方式呈现的"小手"(孩子),因为不够谦逊——"唱得——声音太高"或别的不明原因——而被"穿白袍的绅士"(耶稣)[①]、天使们"关在天堂外面",不得其门而入。"小手"倔强地敲门,但不是为了祈求,而是要求与天使们谈判,并动用换位思考方式,请天使们设身处地地好好想想,这样对待自己是否公允:如果"我"是那位穿白袍的绅士,而他们是那只在天国门前敲门的"小手","我"是不是也可以把门关严,连"试试"的机会都不给他们?

　　这种平等主义的、真诚而不乏孩子气的换位思考方式,常被用来作为谈判策略,使作为小人物的主人公亦可以理直气壮地争取与"王权""神权"平等对话、平起平坐的权利。

　　例如,"朝堂十分遥远——"(J235,F250)一诗中要以谈判来"赢得他的恩宠"的"我":

　　　　朝堂十分遥远——
　　　　我没有——公断人——
　　　　我的独立国被冒犯——
　　　　我宁死——也要赢得他的恩宠!

① 根据新约圣经,复活的耶稣、长老或其他升入天国的"得胜者"皆身穿白袍,参见《新约·启示录》3:4—5;4:4;6:11;7:9;19:14;20:11等。此处根据上下文中的特指,而非泛指之意,将其理解为主耶稣。

我要寻求他高贵的脚——
我要说——国王——切记——
你自己——有一天——必将——是个孩子——
乞求一件更大的——东西——

那个帝国——属于沙皇——
据说——小得——像我一般——
到那天——授予我——王权——
来为你——斡旋——

这里,"寻求他高贵的脚",不是为了匍匐在其脚下,而是为了找到他,以便与他面对面谈判。虽然"我"的目的仍是"赢得他的恩宠"——并未像一位真正的无神论者一样否定"他的恩宠",甚至"他"本身——但态度与方式已发生了本质的变化。"我"提醒高高在上的国王:有一天他也会像孩子一样有所求而不可得,也会需要"我"来斡旋,帮他达成所愿。也就是说,"我"不再是一个被动的等待者、接受者,而是主动的争取者、说服者。

又如,"她举着它"(J144,F81)一诗中不再以乞求的姿态对"圣徒们",而是自作主张坐下,与他们"平起平坐"的平民女子:

她举着它,直到那些简单的血管
在她的手上现出蔚蓝——
直到恳求,在她平静的眼眸边
紫色的蜡笔站立。

直到黄水仙来了又去
我也说不清数目,
然后她就不再举它——
坐下跟圣徒们相处。

狄金森的天国诗歌中还塑造了一系列"理想少女"的形象。这些理想的天国少女娇憨、烂漫、主动进取、个性十足,既不同于她的"处女"主题诗歌中备受精神折磨、被世人视为"怪诞"(J199,F225)的"少女"(maid),也不同于基督教复活语境中温顺、被动的蒙恩复活的早夭的"孩子"。

例如,"'大角'是他的别名——'"(J70,F117)一诗中有些胆怯、有些倔强、"老式——顽皮——"而备受天父宠溺的"我":

过去曾是"上天"
现在成了"天顶"——
我等时光短暂的假面舞会结束
打算要去的那个地方
也被绘成了地形和航图。

万一南北两极欢喜雀跃
拿个大顶又如何!
愿我已准备好应付"最坏的局面"——
不管出现的胡闹是什么!

也许"天上的国"已改头换面。
我希望那里的"孩子们"
在我到来时不会变得"时新"——
笑话我——瞪着我——

我希望天上的父
会抱起他的小女孩——
老式——顽皮——不一而足——
翻过那"珍珠"的台阶。

诗中，第一人称叙述者"我"是一个"落伍的小女孩"，不能适应科技时代的新时髦，譬如把天堂叫作"天顶"（Zenith），从而将这个令人神往的、神圣神秘的所在变成了科学测绘图里一个冷冰冰的术语或"坐标点"，也不能接受闪烁的群星被指定一个个生硬、奇怪的科学名称，而"拿放大镜的怪物"或研究者看到的将不再是一朵美丽的花儿，而是"雄蕊""雌蕊""纲目"……俗世中，万事万物已被割裂，分门别类地归入研究的行列。老式的"我"只能寄希望于"那里"，即天国的孩子们没有变得这么"时髦"，指望"天上的父亲"还一如既往地爱着他的"小女孩"，不管她有多么老派、顽皮，也会慈父般地包容接受她，给她一个大大的拥抱。

最能代表狄金森对于理想天国、天国少女想象的，莫过于"有一个人所未见的清晨——"（J24,F13）一诗中所描绘的"永恒的五朔节"中喜悦、鲜活、斑斓的复活与永生场景：

> 有一个人所未见的清晨——
> 少女们出现在辽远的绿野
> 她们天使般的五月还在——
> 终日舞蹈、玩耍、做游戏，
> 都是些我说不上名堂的游艺——
> 就这样她们把节日欢度。
>
> 来吧踩着轻松的拍子，移动脚步
> 它们再不会在村巷里彳亍——
> 树林也不见它们出没——
> 这里的百鸟曾有逐日的壮举
> 当去年的捻线杆闲置
> 夏天的眉头紧锁。

　　我从未见过那样的奇观——

　　那样的绿茵上有那样的圆环——

　　还有那样宁静的阵式——

　　仿佛繁星在夏天的夜晚

　　晃动它们的玉盏——

　　通宵达旦狂欢不息——

　　人们在这神秘的绿野——

　　像你那样舞蹈——像你那样歌唱——

　　我邀请,每一个新鲜的五月清早。

　　我遥盼你,神奇的钟声——

　　在别的幽谷向异样的黎明——

　　宣布我的来到!

　　如此欢乐美好的五朔节舞蹈场景,我们也曾在哈代的《德伯家的苔丝》中见过。作为欧美国家的传统节日,各国庆祝五朔节的方式各有不同,但都与寒冬结束、阳光普照、夏至来临等季节变换、为生命祈福的寓意联系在一起。五朔节的来历早于基督教的诞生,庆典活动如篝火即朔火(Beltane fire)、五月柱(Maypole)、五朔节舞蹈(Maypole dance)、评选"五月女王"或"五月皇后"(May Queen)等,往往包含了一些早期原始宗教或"异教"元素,如太阳与火的崇拜、性与生殖崇拜等。少女们无疑是这场庆典中的主角。"五月女王"的殊荣、恣肆欢乐的舞蹈、孩子般无忧无虑的嬉戏,这些转瞬即逝的、颇富原始宗教色彩的尘世欢乐,经由狄金森笔下"天使般的五月"而被搬到了理想天国或乐园场景中,从而赋予了基督教复活语境中庄严肃穆、宁静祥和的永恒极乐以一种类似于酒神狂欢的神秘迷狂:

　　仿佛繁星在夏天的夜晚

　　晃动它们的玉盏——

通宵达旦狂欢不息——

人们在这神秘的绿野——
像你那样舞蹈——像你那样歌唱——

狄金森在天国诗歌中建构的最为特别的"自我对象"，就是一组不同于基督教传统的、集肉身欲望与理性反思于一体的"耶稣新娘"形象。

基督教圣婚隐喻中的"耶稣新妇"或"羔羊的妻"是一个较为抽象、宽泛的概念，不只限于个体意义上的女性信徒、非性别差异的人类，也可指组织意义上的教会、城池、国家，前提是足够虔诚而纯净、等待被耶稣基督"拣选"而成为良人新妇。譬如，《新约·启示录》中天使指给使徒约翰看的"羔羊的妻"，即"耶稣的新娘"——圣城新耶路撒冷："拿着七个金碗、盛满末后七灾的七位天使中，有一位来对我说：'你到这里来，我要将新妇，就是羔羊的妻，指给你看。'我被圣灵感动，天使就带我到一座高大的山，将那由上帝那里从天而降的圣城耶路撒冷指示我。"（《新约·启示录》21:9）"耶稣的新娘"由"上帝"那里"从天而降"，嫁于"人子"即"道成肉身"的拯救者耶稣，就好像"新娘"自"父亲"家"出门"一样。同样将圣城新耶路撒冷比作"新妇"的还有："我又看见圣城新耶路撒冷由神那里从天而降，预备好了，就如新妇妆饰整齐，等候丈夫。"（《新约·启示录》21:2）无论指代的是女性、人类，还是教会、城池、国家，这些"耶稣的新娘"意象的共同之处在于其虔诚、温顺、纯净的品质。"她们"所能做的就是洁净好自己，然后在幸福的安宁与虔诚的喜悦中静静等待新郎的到来。

狄金森诗歌中的"耶稣新娘"却是忐忑的、复杂的，既有肉身的欲望，又有理性的反思，因此是不复天真的。"她们"不再是顺从的、无自我意识的、容器似的等待者和接受者，而是有着自己的理性反思与欲望冲击。"耶稣新娘"的理性反思，涉及这场"婚姻关系"的实质与深刻的不平等，如"对方"的身份、行为、自己在这场"婚姻关系"中的"处境"等；而肉身的欲望，更是与"圣婚"隐喻格格不入。

当然,狄金森对"三位一体"教义与"耶稣新娘"的宗教隐喻也并非全是暗讽,有时也会表达崇敬、称颂之情。譬如:

> 在婚姻中委身于你
> 啊,你这位天主——
> 做圣父与圣子的新娘
> 做圣灵的新娘。
>
> 别的婚约将消失——
> 意愿的婚姻将衰亡——
> 唯有这只指环的保有者
> 征服无常——

(J817,F818)

即使是在表达崇敬、称颂时,她也会将每个概念的内容,包括其矛盾与歧义先一层层"裸现"(laying bare)出来,然后再在此基础上表达自己的态度倾向,而非在晦暗不明的情况下表示追随或反对。正如这首诗中,表达对永恒不渝"圣婚"之约的称颂时,对于做三位一体天主新娘的"复杂身份"的不经意的"裸现"。

又如,"我要付出什么才能见他的面?"(J247,F266)一诗中,意识到这场"婚姻"深刻不平等实质的"我"发出的抗议之声:

> 我要付出什么才能见他的面?
> 我要付出——我要付出我的生命——当然——
> 但那仍然不够!
> 等一等——让我想想怎么解决!
> 我要付出我最大的长刺歌雀!
> ……

现在——我是不是把它买下了——

"夏洛克?"说呀!

给我签约!

"我发誓要付给

她——因为她以这个做抵押——

一个小时——让她看君王的脸!"

迷狂的契约!

吝啬鬼的允许!

值我整个王国的福气!

　　作为"耶稣新娘"的"我"将付出自己"整个的王国"作为"陪嫁",换来的却只是"一个小时——让她看君王的脸"——来自"婚姻中介"的关于这场"婚姻"的间接许诺。还有比这更不对等的"婚姻关系"吗?众所周知,狄金森热爱且精通园艺,即便在"隐居"期间也保持着将自己亲手种植的花卉剪枝附在诗歌书信中寄赠友人的习惯。对于她来说,自己精心打理的芬芳葱郁的小花园,就相当于一座人间的伊甸园、"金不换"。但为了成为"耶稣的新娘",她必须放弃自己的"整个王国",其中包括"最大的长刺歌雀",从异域来的稀有品种的"玫瑰花"、"百合花","排成一里长"的蜜蜂,"蝴蝶的舰队","报春花'银行'的'股份'","水仙花嫁妆",等等,将它们抵押给"六月"或"夏洛克"这一位或两位婚姻中介,以称斤掂两的方式,换来"一个小时——让她看君王的脸"这一份史上最不平等的婚姻契约。曾协助父亲处理律师事务所的文书,熟知法律业务或术语的狄金森,再次动用了以法律为代表的世俗公义来对"耶稣新娘"所遭遇的"不公平待遇"提出抗议。

　　"耶稣新娘"隐喻对于肉身性的取消,也是诗中主人公抗议的主要原因之一。

　　对于狄金森来说,"少女"(maid,girl)既意味着孩童的游戏、无忧无虑的嬉戏,例如"因为我不能停步等待死亡"(J712,F479)或"她起来满足他的要求——丢掉"(J732,F857)中令人留恋的童年欢乐;也意味着某种压抑的、未完成式的"处女的枷锁",如下文将引用的"我是'妻子'——我已完结了那——"(J199,F225)一诗中晦称的"温柔的月食"。同样,"妻子"既意味着责任、负担与辛劳,也意味着"完结"(finished)、"舒畅"(comfort)、"沙皇"般的强力。其中虽然难免存在着对男权思想的认同与内化,但也是对女性身体性与欲望的直面,这在当时的环境中是先锋思想。

"耶稣新娘"的隐喻,并不能实现"新娘""妻子"或"女人"所代表的两性圆满、欲望沟通的身体性特征。狄金森笔下的"耶稣新娘"意象,表面上看十分符合基督教的传统理念,即借用女性的身份、身体性来与"道成肉身"的"人子"耶稣形成"性别"对应关系,但实质是一个无性别、无种类、非具身性的抽象概念。"圣婚"或"耶稣新娘"隐喻对于女性身份的借用,只是为了完成这一术语中所承载的宗教祭祀与奉献的意义。而诗人对于这一理念的借用则是解构的、反讽的,即以名不副实的"新娘"身份和加之于虚假"新娘"之上的真实束缚,进一步揭示了这一"婚姻关系"中严重不平等的本质,也表达了诗人对于这一理念本身的虚伪性的暗示。

一方面,这种非具身性的"婚姻关系",无法使"耶稣新娘"摆脱"温柔月食"般沉闷无力的未完成状态而达到"妻子""女人"所代表的"月圆"、两性关系的圆满(consummation)。例如:

> 我是"妻子"——我已完结了那——
> 那另一种状态——
> 我是沙皇——现在我是"女人"
> 这样就更安稳——
>
> 女孩的生活看上去多怪诞
> 在这种温柔月食的背后——
> 我想对于天国的人们

此刻——地球就是这种感受——

(J199，F225)

从第一节对于"妻子""女人""沙皇"的"完结"、实现状态的自夸与期待，到第二节地球居民对于"天国的人们"也过着宛如人间女孩"温柔月食"般"怪诞生活"的观感，点明了基督教彼岸观的非具身性特性和诗人的异议；但另一方面，这种非具身性、无法实现的"耶稣新娘"身份，却要求"新娘"一方的坚贞与对这一象征性身份的"守节"。换句话说，这一理念在抽空个体的身体性的同时，却又践行着种种加之于个体之上的、与身体性密切相关的道德约束与宗教束缚，如作为妻子的贞洁等。例如，"他找到了我的生命——把它竖起来——"（J603，F511）中，"我"被要求在他离开时"要坚贞不渝"，因为"他还会再来"。毕竟"圣婚"隐喻中的新郎只有一位，无论是圣父、作为"代理"的圣子或负责感化灵魂的圣灵，新娘们所能做的就是坚贞地等待，以换取当远走的夫君再次回顾时，"一个小时看君王的脸"（J247，F266）。名实不符的"新娘"身份与贞洁（虔诚）的束缚力形成的鲜明对比，充分表达了诗人对于"耶稣新娘"这一理念在抽空个体的身体性的同时，却践行着对于无形体个体的种种道德约束、宗教束缚等的"抗议"。

如上所述，这两类相互矛盾的"自我对象"——非具身性的、无个性特征的"自我对象"与具身性的、具有强烈自我意识的"天国居民"——交织在一起，建构出狄金森永恒语境诗歌中丰富而矛盾的"自我对象"。

可以说，狄金森诗歌中关于永恒之中是否还有意识、是否还有"我"和自我意识的不懈追问，饱含了美国式个人主义，包括宗教个人主义的独特色彩。正如上文中所说，"逝者是否还有意识"这个问题的下一步，就是"永恒之中是否还有'我'"。诗人发出了第一人称的疑问，而不再是旁敲侧击，不再是借助对他者的认知而先行关注、曲折求知。对于自我主体的这种锲而不舍的强调与关注，体现了一种美国式理直气壮的个人主义的社会理想与姿态："文明的终极秩序就是民主，它接受个人主义在这个国家的永久存在……在这种文明中，单个人的权利、自由、心理和精神的发展构成了所有社会限制和法律的最高目的。"①

　　之所以说是美国式个人主义,这是相对于"个人主义"策源地法国对于这一思想的负面评价而言的。据考证,"个人主义"(individualism)一词最早出现在十九世纪初的法国,是对法国大革命及其思想根源——启蒙运动思想——的反思或反拨。启蒙运动旨在以"理性崇拜"或者说"理性之光"使"黑暗时代"王权、教会专制统治下的民众摆脱愚昧或受愚弄状态,从而使他们成为法国大革命爆发的内在动力。但伟大革命的余波或副产品——彻底释放的、相互冲突的个人欲望与愤恨的交锋及其酿成的灾难性后果——也引起了从文化精英到社会大众的恐慌与反思。这也正是为什么"个人主义"一词在法国意味着"普遍利益对个人利益的服从",即个人利益凌驾于社会利益之上,从而具有一种"天然贬义"的原因。②

　　"美国式的个人主义"则不然。新世界没有国王、贵族、旧的阶级链条需要打破,旧的垄断教会更是被抛弃了的。新英格兰的每一位新移民都是从披荆斩棘、自食其力开始的,包括最初的政府、教会、教派的共同创立者。个人奋斗、契约精神在这片不劳无食的荒野之地体现得更为彻底。同时,怀抱着人人都有权利自己阅读、解释《圣经》,凭自己的信仰(而不是教会或教士的中介)就能与上帝直接沟通,从而获得神恩救赎而成为"义人"的新教理念,憧憬着在这片最"干净"的新大陆建立一个"山巅之城"(更纯粹的基督教社会典范)的清教徒先辈们,其平权思想和与生俱来的宗教使命感,对于诗人狄金森的影响无疑也是融进其血脉里的。

　　正如史蒂文·卢克斯(Steven Lukes)在《个人主义》一文中的总结,个人主义在美国被赋予了崇高的伦理、宗教、社会意义,被视为"通向至善的道路,即通向自由自决、自立和充分发展的个人所构成的自发社会秩序的道路",甚至被看作美利坚民族认同或"美国精神"的象征。③

---

① 史蒂文·卢克斯:《个人主义》,阎克文译,江苏人民出版社2001年版,第25页。
② 史蒂文·卢克斯:《个人主义》,阎克文译,江苏人民出版社2001年版,第5页。
③ 史蒂文·卢克斯:《个人主义》,阎克文译,江苏人民出版社2001年版,第26页。

再看宗教上的个人主义。这其实并非一个"术语",而是将"个人主义"的概念投射或追溯到宗教信仰的领域。毕竟强调信仰个人性、私人性而具有浓厚"个人主义"特色的欧洲宗教改革,从历史时期上来说是远远早于"个人主义"这一术语诞生时期的,所以二者只能是一个反溯式的结合。十六世纪欧洲宗教改革运动中诞生的脱离罗马天主教的"新教徒"们(Protestants),强调基督教信仰的个人性或私人性,如"因信称义""信者皆僧侣"等。也就是说在新教教义下,只有《圣经》才是信仰的最高权威,而非任何教会或个人,所以每个人都有与上帝"直接联系"并通过个人的努力以求获得救赎的权利,并不一定要通过圣礼(sacraments)、教会、教皇等集体性力量的中介。最典型的教派,莫过于信奉新教加尔文宗教义的清教徒(Puritans)。十七世纪部分清教徒移居美国,成为新英格兰的拓荒者和狄金森的祖辈。

狄金森对于永恒语境下的"意识""自我意识"的执着,体现的正是这样一种宗教个人主义的立场,但比她的清教徒祖辈们走得更远。移居新大陆的清教徒祖辈们虽然逃离了天主教专制,但还是在一定的新教教会框架内,虽然与前人相比可能更加强调个人信仰、精神内省而非组织力量的价值和作用,但狄金森已主动放弃了教会、圣礼等任何组织性、集体性中介力量的支持。这一主动选择的结果是,虽然诗人保持了向"三位一体"的神祷告的习惯,却又时常怀疑自己的"非授权行为"的合法性和有效性,以至于在其诗歌中随处可见对于自己"非授权信仰"行为的疑虑。

狄金森式孤绝的"宗教个人主义",首先表现在对个人性、私人性信仰的矛盾的坚守。一方面,在信仰实践上不皈依、不加入任何教会组织;另一方面,又承认上帝、耶稣、复活、永恒、永生、天国等基督教观念的预设性存在,并将其作为个人生活方方面面的思想与感受的起点。这一矛盾的信仰实践,使狄金森时时经受着"非授权私人信仰"的合法性与有效性的煎熬,只能在诗歌中对自己的渴望与焦虑加以倾诉或遮掩。譬如对自己保留向"三位一体"神做私人的、非仪式化祈祷的习惯这一行为,狄金森在其诗歌中多次做出或真诚苦恼的或揶揄反讽的"辩解":

救世主！我无处去诉说——
所以就来烦扰你。

（J217，F295）

至少——耶稣啊——被遗留——
被遗留在空中——求告

（J502，F377）

于是——我就这样——祈祷——
伟大的圣灵——请赐予我
一个天国

（J476，F711）

当然——我祈祷过——
上帝可曾介意？
他介意的程度就像在天空
一只鸟儿——把脚一踩——
高喊"给我"——

（J376，F581）

　　几乎每一次祈祷都是无望的祈祷。毕竟安息日不去教堂，又并非真正的无神论者或"异教徒"，只是独自在家，和家人收藏的众多版本的《圣经》在一起，"让食米鸟充当唱诗班领班/礼拜厅堂就是果园"（J324，F236）——这样一种纯粹个人主义的、孤绝的礼拜方式，带来的往往不是信仰的抚慰、释然之后的平静与幸福，而是更多不确定的焦虑与煎熬：

至少——还可以——还可以——祷告——

噢耶稣——在空中——
我不知道你在哪个房间——
我敲门——四面八方——
你把地震放在南国——
大旋涡,在海里——
说啊,拿撒勒的耶稣基督——
难道你没有伸向我的臂膀?

(J502,F377)

我们几乎可以听到诗人的呼唤:"拿撒勒的耶稣基督啊,请依然保留伸向我的臂膀!哪怕你毁灭我,请不要遗忘我。请接受我的祷告,虽然'我不知道你在哪个房间',也无人指引我也许更为正确的寻找你的方向。"

诗人就这样在煎熬中继续捍卫着自己的私人信仰方式和自我主体在信仰语境中的独立性与延续性。具体来说,她既承认"复活""永生""天国"等宗教观念的预设性存在,又"斤斤计较"于"永恒之中是否还有意识""永恒之中是否还有'我'"以及"复活"的集体狂欢是否会淹没"单个的命运/各自独立的意识"(J515,F653)等事关个体独立性与自我主体延续性的问题。同时,她也并没有让自己因孤绝无依的煎熬而重新投入集体主义的怀抱中,以使个人主义的痛苦得到稀释、镇静或解脱,因为在个人主义的观念中,"集体"对于"一个"的覆盖只不过是一种视觉上的"欺骗",正如"它开花,萎坠,仅一个中午——"(J978,F843)一诗中所揭示的以"大自然的完美总和"(nature's perfect sum)掩盖"一朵花的消失"的"年年花依旧"的小骗局:

它开花,萎坠,仅一个中午——
这花——独特,红艳——
我路过时想,另一个中午
另一朵花就把它替换

却会同样的灿烂,于是不再去想
但另一天我来看
却发现那一物种已消失不见——
还是同一个地点——

太阳还在原来的位置——大自然
完美的总和上没有别的欺骗——

（J978,F843）

　　狄金森式孤绝的"宗教个人主义",还表现在对民主平等思想的极致运用上。这种极致,体现在民主平等思想对从神、耶稣、死神等理念性存在到世间万事万物运行规律的浸透中。在狄金森笔下,耶稣被称为"温柔的先驱"(J698,F727)、"彬彬有礼的受难者"(J388,F672),死亡是一位"民主派"(J1256,F1214),就连一朵自足圆满、能为自己的一小群"民众"如蜂蝶鸟儿提供一视同仁"收容"或款待的小花,也被称为"紫色的民主派"(J380,F642)。

　　这种美国式个人主义对于民主思想的绝对要求,在"我"与前来"接我"升入天国的"耶稣"之间的一段对话(J964,F825)中体现得淋漓尽致:

"对我?"我不认识你——
你家在何方?

"我是耶稣——先前属朱迪亚——
现在——归天堂"——

你有——车辆——送我?
此去路途遥远——

"我的臂膀——足够的车马——

信全能者"——

我有污点——"我就是宽恕"——
我是无名小卒——"最微小的
在天堂被看作最主要的——
住我的房子"——

诗中,"我"与主耶稣之间的问答,仿佛两位友好的陌生人在唠家常,只是结尾多了一份突如其来的亲昵与温情:"你家在何方?""我叫耶稣,从前是××乡人,现住在××城。""你有车接我吗?""我的臂膀就是你足够的依靠。"而耶稣的许诺"最微小的/在天堂被看作最主要的",无疑有着新约圣经中的"八福"(Beatitudes)信条:"虚心的人有福了,因为天国是他们的。哀恸的人有福了,因为他们必得安慰。……为义受逼迫的人有福了,因为天国是他们的。"(《新约·马太福音》5:3—10)"他怜悯敬畏他的人,直到世世代代……叫卑贱的升高;叫饥饿的得饱美食,叫富足的空手回去。"(《新约·路加福音》1:50,52—53)这些信条有扶助贫弱宗旨的影子,但其中也不乏"我是无名小卒!你是谁?"(J288,F260)式响当当的新大陆民主平权思想、人人生而平等的气势。

在狄金森笔下,即使是神、耶稣或死神的召唤,也只能以一个"意识"召唤另一个"意识",或者说以一个主体与另一个主体之间平等沟通、交流的方式进行。否则,"我的意识"完全可以行使其拒绝的权力。例如"空气没有住处,没有邻居"(J1060,F989)一诗中,死神的"意识"与我的"意识"之间的沟通方式:

空气没有住处,没有邻居,
没有耳朵,没有门户,
不惧怕别人
啊,幸福的空气!

> 空灵的客人甚至枕在弃儿的枕头上——
> 本质的主人在生命暗淡、悲叹的客栈里，
> 光之后你的意识向我搭讪
> 说服我的意识，直到它离去——

光芒殒落后，"你的意识"以"搭讪"这样一种示好的方式首先与"我的意识"取得联系，然后通过"说服"，使"我"最终同意随"你"一起离开生命这座暗淡、悲叹的客栈，而不是通过神力、魔力或权威的"绑架"。可见"你"应指的是死神。正如"因为我不能停步等待死亡"（J712，F479）一诗中，死神以其温文尔雅的社交风度、殷勤周到的社交礼节而使"我"舍下尘世种种、登上他的马车一样，此处的"你"无疑也是平等而友好的。

在狄金森笔下，作为对生命或存在（being）的"奖品"的永恒，也是由"选举""投票"这样一种民主方式决定的。譬如：

> 这就是，我对生命的奖励。
> 我的奖金——我的福气——
> 海军上将的头衔，嫌低——
> 王杖——一文不值——
> 王土——不过是渣滓——
>
> 当王位与我的双手搭讪
> 说"我，小姐，我"——
> 我要向你展现——
> 领地，不带亡夫遗产——还有这种盛典——
> 选举——投票——
> 永恒的选票，正好将显示这一点。

（J343，F375）

此处"生命"一词的原文为being,亦可译为"存在"。通过投票选举的民主方式,因胜出而获得的永恒,被称为"我的奖金""我的福气""我对生命的奖励",其价值甚至高过"海军上校的头衔""王杖""王土"等。当拟人化的"王位与我的双手搭讪",并且显示出紧张,拘束得结结巴巴、不知所云,而"我"则自豪地向其展示自己"不带亡夫遗产的领地"时,君王与庶民的地位以颠倒的方式,在令人忍俊不禁的戏剧一幕中实现了绝对的平等。

狄金森式的"宗教个人主义"孤绝但并不激烈。面对宗教上孤绝的个人主义所必然带来的煎熬甚至绝望,诗人采取了"延宕"而非激烈对抗的方式。虽然她的这种"延宕",在努力"帮助"她,试图使她"得救"的教会姐妹们看来,仍然是一种顽固的对抗方式。狄金森在信件中一再向友人们声称,自己曾有过阶段性的领悟和几乎就要皈依的心灵历程,只是出于种种原因而"将自己的皈依一拖再拖"。①意思是,她并非预设的坚决不入教,只是未能遇到合适的契机,使她能在诚实地面对自己的前提下幸运地投入有组织宗教的怀抱。于是,以这样一种"不选择的选择",或者说"延宕"的人文主义的方式,狄金森最终使自己孤绝的宗教个人主义成为一种实践,正如"他把自己分开——像树叶两片——"(J517,F655)中自由而犹豫的蝴蝶,"像一粒尘埃那样晃悠/悬在正午——/拿不定主意——回到下边——/还是在月亮上安家——"。因为对"他"来说,"选择权"本身的意义远大于他所做出的任何一项选择。

三、意识的自我指涉与不可满足的认知渴求

值得注意的是,狄金森关注的是"身体死亡之后是否还有意识?"这一问题。这个问题的实质,是将中世纪经院哲学热议的灵肉关系问题,即"灵

---

① Thomas Johnson. *Emily Dickinson: An Interpretive Biography*. Cambridge: The Belknap Press of Harvard University Press, 1955, p. 12.

魂是否可以脱离身体而不朽"的神学之争,转向了近代认识论意义上的身体与意识以及自我主体性之间的关系问题,即"永恒之中是否还有'我'和'我的意识'"? 也就是说,她已将关注点从"灵肉关系"问题,转向了"意识"及其代表的自我主体在永恒语境中的延续性问题。

从"灵魂"到"意识"的转向,代表了狄金森对以意识为本质特征的自我主体延续性的强调。狄金森十分关注永恒语境中的意识及其代表的主体延续性问题。在写给好友霍兰德夫人的一封信中,她曾透露:"有天晚上奥斯丁和我谈到意识的延伸问题,在死后。后来妈妈告诉维尼,她觉得这'非常重要'。"(L650)①虽然和哥哥奥斯丁谈话的具体内容已不得而知,但从妈妈和妹妹维尼的后续讨论中可以看出意识延续性话题在狄金森一家受关注的程度。父亲逝世后,她在另一封信中则着重提到,"只要我们知道他还知道,也许我们就会停止哭泣"(L414)。这里,她没有使用"永生""在天国"等更符合教义的神圣的词,而是将关注点集中在"'他'是否还'知道'"这件事上——前者"他"代表身份的同一性,后者"知道"作为"我思"的前提与伙伴,同样也是自我主体性的象征。正如她在"我活着——我猜——"(J470,F605)一诗中对于逝者或永生者"是否还有知觉"的追问:

> 我活着——我猜——
> 我手上的枝杈
> 长满了牵牛花——
> 在我的指头尖下——
>
> 胭脂红——刺激出一丝温暖——
> 如果我把一面镜子
> 对在嘴前——它就使镜子模糊一片——

---

① Joan Kirkby. "*Death and Immortality*," in Eliza Richards, ed. *Emily Dickinson in Context*. New York: Cambridge University Press, 2013, p. 166.

医生以此——证明还有呼吸——

我活着——因为——
我不在一个房间——
它——通常是——客厅——
好让客人前来见面——

倚靠着——从旁观看——
还说"它显得——多冷"——
"它可有知觉——当它
步入永生?"
……

整首诗中,第一人称叙述者"我"都在试图证明"我活着"这件事。虽然开篇的场景呈现出的是意义相反的画面——"我手上的枝杈/长满了牵牛花——"。逝者"我"与自然融为一体:手上长出枝杈,枝上长出牵牛花,物我合一浑然一体,不再有自我与外界、"我"与"他"的分别,有界限的"自我"也就不复存在。直到感官知觉的介入——"在我的指头尖下——/胭脂红——刺激出一丝温暖——",不管是由于刺痛还是温暖,"我"才由意识的突然涌现跳出物我不分的混沌状态。

也就是说,是"意识的突然涌现"这个触发点将我与环境重新区分开来。就这样,一个有意识的自我主体苏醒、复活了。也就是说,只有意识的参与才能使"我"重新获得自我主体性的确认,正如"我"在诗歌伊始几乎已与自然融为一体,却由于指尖被刺出的一滴温暖的血而苏醒,并"感受"到我还活着,到开始想办法"证明"我还活着的自我意识苏醒的过程。"我"先是出于感官知觉的经验,提出"我活着——我猜——"的假想,然后试图以科学实验的或逻辑推理的方式来寻求证据。譬如,对着一片实验室玻片哈气,以玻片上凝结的水蒸气来证明自己"还有呼吸"——"把一面镜子/对在嘴前——它就使镜子模糊一片——/医生以此——证明还有呼吸——"。又如,以逻辑推理的方式,通过我不在客厅供人吊唁,还没有一座专属于自己而旁人不得入内的房子(墓屋)等事实,反推出"我还活着"的逻辑结论。直到叙述角度从第一人称的自述,转向旁观者的疑问:"它可有知觉——当它/步入永生?"作为旁观者的"客人",对于逝者是否还有知觉提出疑问,虽然明知并不会得到任何回答,却依然表达了自己的关切。这里表达的,与其说是对"它"的意识状态的关切,毋宁说是通过对"它"的探索而先行了解同等条件下的"我"将会如何——是否还有意识、自我主体是否还会继续——的认知渴求。

对他者认知的渴求,源于对自我的关注。正如这首诗中吊唁的客人想要了解"它可有知觉——当它/步入永生",其实是想了解"当我/步入永生时"是否还有知觉、意识,"我"之自我主体是否还在延续。黑格尔说"意识的真理是自我意识"①,而狄金森也曾在诗中明确指出了意识的反身性特点:"它的特性对于/它自身是多么充分/自己对自己明白/别人无从发现。"(J822,F817)诗人与哲人以各自的语言方式指出了意识的本质属性,即意识是自我指涉的,只能以反身性的方式自呈现。简单说,意识始终是"我的意识"或"我对某对象的意识";而当这个"对象"就是我自己——我经由自己的知觉概括、思维概括等构建出来的具有某种同一性和持续性的"自我对象"时,狭义上的"主体自己规定自己"的"自我意识"就产生了。

在面对彼岸问题、"自我意识"无法实现的问题时,"我"便只能以"它"作为先行的"我"。或者说,"我"唯有代入式地通过"它"才能先行了解同等条件下"我"的主体性是否会继续的问题。正如这位"客厅里的吊唁者"从刚开始保持着一定的安全距离,"倚靠着——从旁观看——",到好奇想要了解"它可有知觉——当它/步入永生"的态度转变。

换句话说,"逝者是否还有意识"的疑问,其实是诗人借由对他者的认知而先行关注在永恒语境下自我主体延续性的问题,即永恒之中是否还有"这个我",而不仅仅是古希腊原始宗教式的可以在不同肉身之间轮转,抛弃一

———————————

① 黑格尔:《精神哲学》,杨祖陶译,人民出版社2006年版,第219页。

个死亡的肉身而与一个新的肉身相结合的、非具身性的"不朽灵魂":那样的
"不朽灵魂"与"这一个"肉身是分离的;而"我"的主体性却与"这一个"肉身
的知觉经验及其记忆密不可分,所以在古希腊式"不朽灵魂"的语境下,"我"
的主体延续性也就无从说起。

再看下面诗中两个立场不一的旁观者对于"逝者是否还有意识"的"抬
杠",更是将诗人对于他者——不仅是逝者"它",还有作为绝对他者的永恒
彼岸——的认知渴求,知其不可知而无奈、不甘的矛盾心理表现得惟妙
惟肖:

> 它死了——找到它——
> 声音以外——视线以外——
> "快乐吗"? 哪个更明智——
> 你,还是风?
> "有意识吗"? 你不想问问——
> 低洼的地面?
>
> "想家吗"? 很多人见过它——
> 即便通过他们——这
> 无法证明——
> 他们自己——哑口无言——

(J417,F434)

两位旁观者,一位被称为"你",另一位则是无人称的品头论足者。前者
热切地想要了解逝者是否还有意识,对他者充满了认知渴求,后者则专门负
责"拆台""泼冷水"。当"你"以日常的方式,追问着已被冠为"它"的逝者各
种有关意识与感觉的问题:"快乐吗?""有意识吗?""想家吗?"紧随其后的,
就是这位既审视着"它",又审视着"你"的无人称旁观者对每一个好奇之问
的冷嘲热讽:"哪个更明智——/你,还是风?""你不想问问——/低洼的地

面?"看起来更为高明的讥讽者出于强大的常识而不去问这些"不智"的问题,并对其表示不屑:"你难道不想去问问低洼的地面吗? 它若能开口,尘土也能回答。""为什么不学学风呢,迎面不语,明智地沉默?"

但当"你"执着地问出最后一个问题——"想家吗?"——的时候,旁观者却不再冷言冷语,而是以沉郁的语调承认:"你"的这个问题,是不会被提供任何证词的,因为那些见过它的"证人们",自己也已经成为缄默不能言的"它们"(原诗最后一段中的them根据中文表达习惯译为"他们",但实则应为"它们")。可见这位旁观者势必如狄金森一般眷念着家园和亲人,或如她的父母亲般,最害怕的不是死亡,而是与亲人"在永生处分离"[①],所以才会在触及"想家"的问题前卸下所有理性的、镇定的伪装而袒露出自己脆弱的一面:根据理性,"你"的这些问题都是得不到回答的傻问题,但这些傻问题又何尝不是我也想问、想要了解的呢? 只是我明智地问不出口而已。

表面上看,无人称的品头论足者始终占据了上风,处于嘲笑"你"的地位,但这位高明的旁观者却最终无法战胜自己对于他者的认知渴求,或通过先行的他者实现对自我主体延续性问题的认识的愿望。看上去冷静到冷漠的旁观者,甚至侥幸地提出"很多人见过它",言外之意"这虽然是个'难问题',但证人还是有的",尽管随后就立刻否定了自己:

> 很多人见过它——
> 即便通过他们——这
> 无法证明——
> 他们自己——哑口无言——

但是,从诗中可以看出,认知的愿望已然从不可知论的裂缝中流露出来。

---

① 阿尔弗雷德·哈贝格:《我的战争都埋在书里:艾米莉·狄金森传》,王柏华、曾轶峰、胡秋冉译,北京大学出版社2013年版,第61页。

再次回到意识的自我指涉性质,那么无论诗中人如何魔怔般地伫立在一座野坟前,想要了解"低洼的地面"之下,已经被称为"它"的地下居民各种有关意识与感觉的问题:"快乐吗?""有意识吗?""想家吗?"(J417,F434)却似乎并未指望自己的疑问能得到解答,因为只要"它"不开口,任何非自呈现的关于"它"的意识与感受的回应,呈现的必然都不是"这一个"意识或感觉本身,而是经过了再现的、变形的"另一个"。

第三节　结语

狄金森永恒观的形成,离不开西方形而上传统,尤其是基督教传统永恒观的影响,同时受到十九世纪英美社会,尤其是新英格兰文化新思潮的冲击,如自由基督教思想、科学主义神学、浪漫主义文学及其诗学观,以及死亡审美化等通俗文化潮流,使狄金森在传统与先锋、精英与大众的文化交锋与交融的过程中,逐渐形成自己独特而复杂的永恒观。

从理论倾向上看,狄金森的永恒观更倾向于强调爱、仁慈、人类意志力量的自由主义神学思潮,而不是强调性恶论、预定论、有限救赎论的正统新教加尔文宗与清教思想传统,并融合了科学主义神学的认知精神与大胆的文学想象,不断以突破基督教传统的方式探讨死亡禁区、永恒命题。从语言风格上看,狄金森的永恒主题诗歌不再使用宗教训诫的语言,如"罪"(sin)、"天谴"(damnation)、被上帝摒弃(reprobation)、狭义的"地狱"、"火与硫黄"等否定性、威慑性的神学术语,而青睐"正午""永夏""不再寒冷""恩典""荣耀"等更为温暖、人性的神学话语。另一方面,她的诗歌语言并非浪漫、优美、流畅的,而是极简、粗粝、严酷、直指人心的,正如她在诗歌中最常采用的孩童"面具",以看似天真、实则锐利的方式揭开基督教永恒观中的种种矫饰,如"基督(徒)的得胜""天国赐名""灵性的身体"等,在戏仿、夸张、归谬的文学表达中实现对这些观念的解构与反讽。

狄金森永恒主题诗歌的创作,源于她的形而上困境,即对死亡、永恒等彼岸话题的形而上欲望与形而上恐惧。面对信仰危机,她渴望从神学转向认知,以言说永恒来消解自己因无法得到宗教确信而陷入的恐惧与绝望,但在描绘"永恒"这个外在于认知的绝对他者时,却再次陷入不可避免的认知困境。同时,意识的反身性特征,也使她对永恒这个他者的认知渴求往往演变为一种自我指涉。这种形而上困境在狄金森永恒诗歌中的表现,就是一方面承认永恒是一个不可言说的"安静的谜",另一方面又坚持不懈地描绘永恒、言说永恒;一方面以多种多样的诗歌表达形式,包括隐喻语言、叙事空白、空白的叙述结构(如"美满结局"、独白、断语、无人应答的问话),以及从言语到结构上的反讽,对永恒进行不可言说的言说,建构起自己独特而复杂的永恒观,但另一方面又对这些建构的合法性、有效性保持质疑与反思。

狄金森试图借助隐喻语言的超越性思维特征来接近、感知、描绘永恒这个"安静的谜"。可以说,她的永恒观是建立在文学隐喻基础上的。她以隐喻方式探讨永恒中的身体、意识问题,彰显肉身、自我主体、个体意识的重要性。首先,她塑造了一系列独特的身体隐喻,包括天国语境中的微粒身体、"地下村镇"中处境化的金石身体、变态昆虫与球根植物的重生隐喻等。前者辛辣、反讽、去肉身性的基督教复活观,后二者从环境、自然中寻找身体的重要性证明,从正反两方面为身体辩护。其次,她对意识的态度看上去矛盾而复杂,但在矛盾冲突的意识隐喻中凸显了意识与自我意识的重要性。具体来说,在现世语境中,她既肯定意识,将其视为"人生实验"的前提与载体,又否定意识,将其喻为灵魂的"囚笼"、"可怕的配偶"、"敌对国"、"无药可治"的"存在病",提出只有摆脱意识,才能使人从在世情态的种种情绪困扰中解脱出来,这其实是对意识重要性的两种不同方式的肯定。在永恒语境中,她塑造了两类相反的、对立的"自我"或"自我对象":一是非具身性的、无个体特征的"天国中的我",如微粒的我、抽象的面孔等;二是具身性的、自我意识强烈的"天国中的我",如倔强的孩子、勇敢的小人物、娇憨的天国少女、集欲望与反思于一体的耶稣新娘等。两类矛盾的"自我对象"多以第一人称叙述者身份出现,前者是对否定个体意义的基督教复活观的归谬与反讽,后者是诗人理想中的"天国中的我",再次从正反两方面为自我意识与个体价值做出辩护。

"家园"是狄金森永恒主题诗歌中的一条重要线索,将尘世、死亡、天国三种语境串联在一起。狄金森通过天国是"家园"还是"非家"的争论与命题转移,以及"地下村镇"诗意家园的建构,把死亡、永恒的终极话题置换为"家园""非家"的生存论意义上的辩题,来消解自我对未知深渊、主体性湮灭的根本性恐惧。她将尘世称为"家园",将天国视为"非家"或"异乡",并模仿失去的"尘世故园",为逝者塑造了一个温情体贴的仿家园——"地下村镇",这无疑是与形而上"天国家园"的传统背道而驰的。形而上天国家园理念借用了世俗"家"的概念,于是狄金森就从"家园"的空间物理结构属性以及记录于这一结构之上的伦理关系、情感、生活痕迹出发,指出天国家园概念的内在矛盾与荒谬性。与"天国家园"比起来,地下墓园更接近熟悉、温暖的人类社会的维度,所以在解构、颠覆形而上天国家园传统的同时,狄金森模仿人间社会的社区化安置,将地下墓园塑造为一个诗意的、无家者的家园,即"地下村镇""地下都城",作为已失去的"尘世故园"与虚假的"天国家园"的双重替代品。

永恒这个外在于认知和语言的绝对他者,召唤着狄金森无法满足的形而上欲望和难以消解的形而上恐惧。虽然信仰危机使她失去了"天国家园"的精神慰藉,但理性反思的精神又为她增添了探索未知深渊的力量,而浪漫主义文学与新英格兰通俗文化的浸淫,更加深了她对死亡与永恒主题的青睐。在反讽、颠覆基督教传统永恒观的同时,她采用从语言到结构的多种试验方式,试图表征永恒,建构起自己的永恒观。这种理性上知其不可表征,感性上却又抑制不住想要归化、理解永恒的形而上欲望,既揭示了他性永恒与有限我思之间的鸿沟,也使狄金森的永恒主题诗歌始终充满了矛盾冲突的张力与生命力。

附录

国内外研究综述

（一）20世纪50年代以前

狄金森生前仅发表了10首诗歌、1封信。后经亲友整理，从1890年开始有大量遗稿面世，如友人梅布尔（Mabel L. Todd）与希金森（Thomas W. Higginson）合作编辑的最早的《狄金森诗集》（*Poems by Emily Dickinson*，1890年出版第一辑，1891年出版第二辑），梅布尔单独编辑的《狄金森诗集》第三辑（*Poems by Emily Dickinson*，1896）、《狄金森书信集》（*Letters of Emily Dickinson*，1894），诗人的侄女玛莎（Matha Bianchi）编辑的诗集《独一的猎狗》（*The Single Hound*，1914）、具有一定传记性质的《狄金森生平与书信集》（*The Life and Letters of Emily Dickinson*，1924）、《与艾米莉·狄金森面对面：未出版书信，注释与回忆》（*Emily Dicinson Face to Face*，*Unpublished Letters*，*with Notes and Reminiscences*，1932），梅布尔的女儿米莉森特（Millicent Todd Bingham）编辑的《乐音集：艾米莉·狄金森新诗集》（*Bolts of Melody*：*New Poems of Emily Dickinson*，1945），等等。唯一"亲友圈外"的诗人艾肯（Conrad Aiken）推出的狄金森《诗选》（*Selected Poems*，1924），是在梅布尔和希金森合作编辑的《狄金森诗集》（1890，1891）的基础上进行选编的。这一时期的亲友在"抢救"狄金森诗歌，使其不至湮灭这件事上无疑功不可没，但她们精心修改狄金森作品以符合读者习惯与时代审美的做法，也受到了诸多批评与质疑。

这一时期狄金森评论呈现两极分化趋势：一是对诗人的隐居生活、情感与思想的好奇与猜测,其结果是各种捕风捉影的、浪漫传奇式的"传记"诞生。直到惠彻的《这是一位诗人》(*This Was a Poet: A Critical Biography of Emily Dickinson*, 1938)、蔡斯(Richard Chase)的《艾米莉·狄金森》(*Emily Dickinson*, 1951)、约翰逊(Thomas Johnson)的《艾米莉·狄金森:解释性传记》(*Emily Dickinson: An Interpretive Biography*, 1955)出版后,学界才将注意力转向诗人更为广阔的文化背景、成长经历、诗歌文本的分析,避免了对诗人浪漫史的过分渲染。二是对狄金森诗歌文本,尤其是永恒主题诗歌文本的关注。从第一部《狄金森诗集》(1890)开始,编辑与评论者们就意识到永恒主题在狄金森诗歌中的重要地位。编辑采用主题分类的方式,将整理出的为数尚不多的狄金森诗歌,按照"生活"(26首)、"爱"(18首)、"自然"(31首)、"时间与永恒"(40首)等4个主题进行了初步分类。可以看到,"时间与永恒"主题下的诗歌数量最多。①

但狄金森独特的永恒观念本身尚未引起评论者的重视。评论者只是按照传统习惯将诗人的永恒意识解释为一种典型"女性"的、被动反应模式的产物,即永恒意识被强行塞给了狄金森,而她被动地接受了它,并悄悄做出反应。例如,编辑希金森在首部《狄金森诗集》(1890)出版前的推介文章中,就采用了女性形象与行为动机的被动说,以"强暴者"(死亡事件)与"弱女子"(受到死亡事件攻击的诗人)之间的虐恋关系,来解释诗人大量永恒主题诗歌的动机与由来,通过"强暴—内化—迷恋"的暗喻,将诗人对死亡主题的青睐阐释为受害"淑女"渐渐迷恋上"施暴者",却仍不失"矜持"的有分寸的表现。希金森还简要分析了狄金森永恒主题诗歌的艺术风格,如对死亡主题诗歌的崇高化处理、非私人化的叙事风格与强烈的个人体验之间的矛盾

---

① 友人梅布尔与希金森编辑的《狄金森诗集》(1890)。统计数据来自 Kindle 电子书《狄金森诗集》(3辑合本)中的第 1 辑:Mabel Todd and Thomas Higginson, eds. *Poems by Emily Dickinson*, Three Series. Rarebooksclub.com, 2012. 网上亦有免费公开版,页面效果略有不同: http://www.fulltextarchive.com/page/Poems-Three-Series-Complete/.

等,使这篇文章在一段时间内确立了初期狄金森研究的基调与方向。①

狄金森永恒主题诗歌鲜明的艺术特色,尤其是粗粝、怪异、不合文法的语言形式,与深刻的思想内容、震撼的艺术感染力之间的巨大落差,也引起了英美评论界的广泛关注,甚至由此引发了捍卫文化正统的宗主国(英国)与寻求文学独立的附属国(美国)之间关于文学语言的纯正性与创新性的价值之争。

早期的支持者主要是美国本土评论者。他们承认狄金森诗歌形式上的"缺陷",但认为这些形式上的不完美与其思想内容、艺术感染力比起来是"瑕不掩瑜"的。如第一篇狄金森简评的作者亚历山大·杨(Alexander Young)称,狄金森的"心智是分析型的,其深邃的洞见以诗意之声进入哲思的世界",虽然"忽略了形式上的吸引力",但以"坚硬钻石"般的价值"超越了许多精雕细磨的诗歌佳作"。②编辑梅布尔则说,狄金森"对形式漫不经心……不知或不关心从古到今的作诗法则和习俗",却以她的深刻思想、原创的诗歌方式,打开了令人震惊的、无畏而广阔的"猜想与欲望"的新天地,远胜过那些形式完美的"穿上新衣的旧思想"。③

关于狄金森诗歌语言的价值之争,逐渐演变成了文化独立之争。支持者将狄金森不合常规的语言形式视为一种突破性的、新的表达方式的诞生,是对美国文学乃至世界文学的独特贡献。反对者则声称狄金森怪诞的诗歌形式是一种缺乏文化、教养、常识的表现,其无逻辑、无理性、无语法、无拼写、无韵式的"无稽之谈"甚至比布莱克、爱默生或海涅更过分,以至于"必须承担她自己的诗歌之罪"——其中一条"罪行"就是使用了一种"英语成分不

---

① Thomas Higginson. "An Open Portfolio," in Willis J. Buckingham, ed. *Emily Dickinson's Reception in the 1890s*: *A Documentary History*. Pittsburgh: University of Pittsburgh Press, 1989, pp. 7–8.

② Willis J. Buckingham, ed. *Emily Dickinson's Reception in the 1890s*: *A Documentary History*. Pittsburgh: University of Pittsburgh Press, 1989, p. 3, p. 9.

③ Willis J. Buckingham, ed. *Emily Dickinson's Reception in the 1890s*: *A Documentary History*. Pittsburgh: University of Pittsburgh Press, 1989, p. 10.

比古埃及语成分更多的"语言来写作英语诗歌①。

此后,新英格兰的独特语境引起了学者们的关注。在语境观照下,狄金森诗歌独特怪异的表达方式及其效果,包括粗糙的外表、深刻的内里、直指人心的震撼力等,就呈现为一种天然统一的关系,而不再是纯粹的混乱矛盾。例如,豪威尔斯(William D. Howells)曾用同样粗糙的"美国方式"称赞狄金森的永恒主题诗歌,"这些太平间诗歌(mortuary pieces)比这本书中任何其他的诗都更令人着迷","这些诗歌很多都无情至极,但像坟墓一样真实、像死亡一样确定"。他进一步指出,狄金森永恒主题诗歌外在的粗糙、粗鲁、严酷,是一种刻意为之的新的表达方式,因为"新英格兰小镇的经历带给她的死亡知识比生活知识更甚","仁慈的流畅已无法恰如其分地传达她的意图"。这无疑比希金森的被动虐恋模式分析更进了一步。②

20世纪30年代美国新批评流派的涌现,对早期狄金森研究起到了良好的引导作用。例如,艾伦·退特身体力行地在《艾米莉·狄金森》(1932)一文中,充分运用新批评的文本细读与评析方法,通过分析"因为我不能停步等待死神"一诗的节奏、意象、悖论、反讽等技法,以及诗人在整首诗中表现出来的融合能力、抽象能力等,称赞狄金森的这首永恒主题诗歌是"用英语写作的最完美的诗歌之一",并称狄金森的诗歌是新批评"最完美的题材"。③

(二)20世纪50年代之后

这一时期,狄金森作品的编辑与出版开始着力于再现作品的原貌与全貌,从而使她的永恒主题诗歌得到较完整的呈现。

---

① Willis J. Buckingham. *Emily Dickinson's Reception in the 1890s*: *A Documentary History*. Pittsburgh: University of Pittsburgh Press, 1989, pp. 81–82.

② Willis J. Buckingham. *Emily Dickinson's Reception in the 1890s*: *A Documentary History*. Pittsburgh: University of Pittsburgh Press, 1989, pp. 75–77.

③ Allen Tate. "Emily Dickinson," in Richard Sewall, ed. *Emily Dickinson: A Collection of Critical Essays*. Upper Saddle River: Prentice Hall, 1963, pp. 21–23.

　　1955年,第一部学术意义上的狄金森诗歌全集面世,即约翰逊(Thomas Johnson)编辑的三卷本注释版《狄金森诗集》(*The Poems of Emily Dickinson*, 1955)。随后,约翰逊推出单行本阅读版《狄金森诗歌全集》(*The Complete Poems of Emily Dickinson*, 1960)以及与沃德(Theodora Ward)合作编辑的三卷本《狄金森书信集》(*The Letters of Emily Dickinson*, 1958)等,激起了新一波狄金森研究热潮。1981年,富兰克林(F. R. Franklin)将狄金森本人誊抄、装订的四十本“诗卷”(fascicles)与十五本仅誊抄而未装订的“套页”(sets)以手稿影印本的方式公之于众,推出《艾米莉·狄金森手稿本》(*The Manuscript Books of Emily Dickinson*, 1984),引起了批评界的极大关注,也使得约翰逊版诗集的权威性受到前所未有的挑战。富兰克林于17年后再度推出的三卷本集注版《狄金森诗集》(*The Poems of Emily Dickinson*, *Variorum Edition*, 1998),也是继约翰逊1955版之后狄金森诗歌全集出版的又一里程碑。

　　这一时期的狄金森传记中,休厄尔(Richard Sewall)的两卷本《艾米莉·狄金森生平》(*The Life of Emily Dickinson*, 1974)可谓是传统意义上的集大成者。另外在实证与批评两个不同方向也取得了重大突破,前者为永恒主题诗歌研究提供了大量翔实的原始依据,后者以在人物传记中直接进行大量文学研究而引起较多争议。

　　实证类传记,如莱达(Jay Leyda)的《艾米莉·狄金森的年月与时刻》(*The Years and Hours of Emily Dickinson*, 1960)、凯普斯(Jack L. Capps)的《艾米莉·狄金森的阅读》(*Emily Dickinson's Reading's Reading*: *1836-1886*, 1966)等,以近乎原始材料的形式展示与诗人有关的所有可得到的文字材料,包括其通信、阅读书目、相关人士公开或私下发表的文字记录,甚至家庭往来单据如病历、药品采购单等,为狄金森永恒主题诗歌的研究者提供了一手参考资料。

　　文学批评式传记,如沃尔夫(Cynthia Wolff)的《艾米莉·狄金森》(*Emily Dickinson*, 1986),则将文本细读与心理分析、女性主义批评等批评方法结合起来,对诗人的永恒观及相关诗歌做了深入的解读,以相关研究成果推动了狄金森永恒主题诗歌的研究,但也因为在传记中加入作者过多的个人观点而引起争议。

沃尔夫认为狄金森并不否认上帝的真实性,只是刻画了一个"负面的"上帝形象和充满张力的天堂概念,使其永恒主题诗歌达到前所未有的深度,即"她没有向绝望屈服,也没有沉沦到乞求的地步;相反,她一头扎进混乱、焦虑、危险之中。最后,她发现了我们悲惨境遇的全部范围和形状"①。沃尔夫总结的这些"负面的"上帝形象包括:第一,斤斤计较的"商人"或"律师",向人类"贩卖"天国乐园,代价是他们必须放弃自我;第二,草率冷酷的"手艺人"或"科学家",人类不过是他兴之所至的一个作品或试验品,随时弃之如敝屣;第三,对自己的权威没信心、反复无常的玩弄手段者;等等。②她认为,狄金森诗歌中充满张力的天堂概念,体现为天堂概念的两种可能性——宗教应许的"天堂奖赏"(极乐世界)与宗教危机引发的"天堂噩梦"(彼岸未知深渊)——之间的张力,后者尤其引人注目。这种"天堂噩梦"不同于《圣经》传统中作为空间与场所的天堂,而是非时空的、使个人身份缺失的、"某种集体的沉默"或"孤处于永恒的、翻滚的、空洞的、无组织的虚空"。③

女性主义批评与心理分析成为这一时期狄金森批评的主流。

女性主义批评首先揭示了父权社会的压制对狄金森的心理及其诗歌创作的影响。例如,桑德拉·吉尔(Sandra M. Gilbert)和苏珊·古芭(Susan Gubar)提出,隐藏在狄金森死亡诗歌背后的是一种"疯狂隐喻"或"死亡/分裂/疯狂的隐喻等式"。两位批评家认为狄金森诗歌中的死亡,其实是诗人在父权压制下"伴随着心理上的疏离和分裂而来的疯狂隐喻",正如诗人在"我觉得一场葬礼在我脑海举行"(J280,F340)一诗中以"活葬"(living burial)描述那些"在他们的社会生活中得不到切实地位和承认的人"所面临

---

① Cynthia Griffin Wolff. *Emily Dickinson*. Cambridge: Perseus Publishing, 1988, p. 356.

② Cynthia Griffin Wolff. *Emily Dickinson*. Cambridge: Perseus Publishing, 1988, p. 321, p. 332, p. 343, p. 348, p. 354.

③ Cynthia Griffin Wolff. *Emily Dickinson*. Cambridge: Perseus Publishing, 1988, pp. 322-325, p. 331, p. 335, pp. 341-342.

的心理分裂。①

　　女性主义批评在探讨狄金森的语言系统方面也取得了突破。她们发现狄金森的诗歌语言不同于父权制下通常采用的二元对立式的"亚当的语言"，而是一种更为平等的隐喻性、转喻性的语言系统。②女性主义批评家倾向于将狄金森的永恒主题、爱情主题及其对待语言的态度结合在一起考虑，认为这些问题在结构上是同质的，代表了狄金森在诗歌创作中旨在抹平一切界限的态度，包括主张女性的自我主体性而不是客体化，取消蕴含于性别、生死、语言结构中的二元等级制等。

　　例如，马格蕾特·霍曼斯（Margaret Homans）着重分析了狄金森创作前期仍使用的具有二元等级制意味的隐喻语言与后期更注重本喻体之间的联系性和平等性的转喻语言。霍曼斯把狄金森语言系统的这一转变与她将爱人视为文本、将死后的结合视为抹平等级差异的态度结合在一起分析，得出结论："对狄金森来说死亡是那样一个地方，在那里象征成为现实、文字成为物，被象征的物与象征物、本体与喻体之间的距离瓦解为纯粹的在场。""这些诗歌……代表了一种通过转喻的连续性而不是差异或缺席搭建起来的不同的语言结构；它们塑造了一种不那么二元化的语言模式。死亡消除了所有差异，包括语言的必要的差异。当爱人结合时，能指与所指合而为一，生死之间的界限也消失了。"③

　　心理分析方法曾被视为解开狄金森诗歌之谜的重要钥匙。批评家们从严酷的父亲、虚弱的母亲、弃绝的上帝、匮乏的亲密关系、年少时经历的精神

---

① Susan Gubar, Sandra Gilbert. *The Madwoman in the Attic: The Women Writers and the Nineteenth Century Literary Imagination*. New Haven: Yale University Press, 1979, p. 627.

② Suzanne Juhasz. "Introduction: Feminist Critics Read Emily Dickinson," in Suzanne Juhasz, ed. *Feminist critics read Emily Dickinson*. Bloomingtong: Indiana University Press, 1983, pp. 15-16.

③ Margaret Homan. "'Oh, Vision of Language!' Dickinson's Poems of Love and Death," in Suzanne Juhasz, ed. *Femminist critics read Emily Dickinson*. Bloomington: Indiana University Press, 1983, p. 125, p. 131.

崩溃或感情、心理危机出发,将狄金森的诗歌创作视为一种"源于梦和幻觉的潜意识世界"的"自我启示",或以语言置换匮乏的亲密母爱,以诗歌与父亲和清教严厉的上帝"搏斗"的努力。①

格里菲斯(Clark Griffith)在《长长的阴影:狄金森的悲剧诗歌》(*The Long Shadow:Emily Dickinson's Tragic Poetry*,1964)中提出,狄金森的诗歌创作起因于"某种形而上的困境"而非单纯的感情危机,即因无法得到宗教确证而陷入某种形而上恐惧之中,如上帝可能不存在,人类经历可能不再具有连续性和意义,等等。格里菲斯以"诗人的恐惧""死亡美学"两章论述了狄金森永恒主题诗歌的风格、技法及隐含的心理因素,包括"令人难以释怀的贫乏词汇"和由此导致的死亡主题诗歌的"丑陋"文风、"对上帝热烈的爱恋"与交织的宗教怀疑和形而上恐惧、诗歌创作从技巧性的"反讽面具"瓦解为"纯粹恐惧"的过程。② 同时,作者也分析了诗人对死亡诗歌采取的两种不同视角,即"与生者认同时,她将死亡视为无序、剥夺、无法以思想调整的哲学难题。而将自己置于死亡之中时,她却陷入某种更为混杂的反应之中",即"不情愿""惊惧""底下潜藏的渴望"这"三种感情……被捆绑在一起,成为一种对于前方终点的混杂的、已不可解脱地交织在一起的感情。"③

狄金森诗歌越来越多地被置于十九世纪社会文化语境以及美国文学传统里去考察,被视为十九世纪新英格兰历史文化与时代语境的产物。狄金森离经叛道的永恒观被视为清教自身危机,而不仅仅是诗人个人怪异性格的结果。浪漫主义、超验主义、美国内战、通俗文化等社会文化因素,都被引用来讨论诗人的怀疑主义、现代性等思想的形成与发展。

---

① Marietta Messmer. "Dickinson's Critical Reception," in Gudrun Grabher, et al., eds. *The Emily Dickinson Handbook*, Amherst: University of Massachusetts Press, 1998, p. 308, p. 310.

② Clark Griffith. *The Long Shadow: Emily Dickinson's Tragic Poetry*. Princeton: Princeton University Press, 1964, p. 75–81, p. 115–116.

③ Clark Griffith. *The Long Shadow: Emily Dickinson's Tragic Poetry*. Princeton: Princeton University Press, 1964, pp. 137–140.

例如,格尔皮(Albert Gelpi)在《诗人的心灵》(*The Mind of the Poet*,1965)中指出,狄金森对正统清教的反叛正是清教自身危机的结果,因为"加尔文派的心灵既反对它自己也反对它的造物主"。① 圣·阿蒙德(Barton Levi St. Armand)则在《艾米莉·狄金森与她的文化:灵魂的伴侣》(*Emily Dickinson and Her Culture:The Soul's Society*,1984)中将语境的含义进一步扩大,引入了大量通俗文化题材,如当时妇女流行的剪贴簿、期刊、通俗艺术、风景画等,展示了被作者称为"维多利亚式死亡"的大众文化现象,如旨在提供"大众化的安慰福音"的"太平间诗歌"或悼亡诗这一"流行的大众文化体裁"。圣·阿蒙德认为,狄金森借用了"太平间诗歌"这一流行体裁及其常用的悲伤的少女,出于"感伤主义的爱的宗教"而非基督教原罪论的、天使般纯洁的传神谕的孩子等意象,表达的却是与大众流行的"安慰福音"恰恰相反的游移不定的、无法得到确信的信仰与不朽观。②

(三)20世纪90年代之后

20世纪90年代起,狄金森研究从整体上呈现出几个新趋势:第一,组织性力量的诞生;第二,超媒体资源的共享;第三,学术性"工具书"和更多专著、论文集的涌现;第四,对手稿的重视。

国际性的学术团体,包括艾米莉·狄金森国际协会(EDIS)、公开发行的《艾米莉·狄金森学报》(*The Emily Dickinson Journal*)、定期召开的狄金森国际研讨会以及狄金森博物馆等,对世界范围内的研究发展起到了推进作用。

超媒体资源,指超越传统纸媒意义上的电子资源,如上述机构的官方网站和其他一些大学、图书馆、民间机构的狄金森研究网站,为读者提供了大量诗人作品文本、手稿影印件、研究成果等电子资源,如阿默斯特学院档案

---

① Marietta Messmer. "Dickinson's Critical Reception," in Gudrun Grabher, et al., eds. *The Emily Dickinson Handbook*. Amherst: University of Massachusetts Press, 1998, p. 312.

② Barton Levi St. Armand. *Emily Dickinson and Her Culture: The Soul's Society*. Cambridge: Cambridge University Press, 1984, p. 39, p. 41-47, p. 68.

和特藏中心的"狄金森藏品"①,哈佛大学珍善本图书馆的"狄金森藏品"②,由众多机构合作、几乎囊括了狄金森分散保存于各处的现存所有诗歌手稿的"狄金森档案室"③,弗吉尼亚大学的"狄金森电子档案"④,耶鲁大学公布的狄金森的首位编辑梅布尔的档案⑤等。这些为研究提供便利的同时,也带来了信息轰炸式的挑战。

学术性"工具书"与更多专著、论文集纷纷涌现。学术性"工具书"如艾伯温(Jane Donahue Eberwein)的《艾米莉·狄金森百科全书》(*An Emily Dickinson Encyclopedia*,1998)、温迪·马丁(Wendy Martin)的《皆为狄金森:艾米莉·狄金森世界的百科全书》(*All Things Dickinson*:*An Encyclopedia of Emily Dickinson's World*,2014),以条目索引的字典方式,尽可能地将与狄金森有关的信息列举其中并加以解析,以供查阅。重要论文集如法尔(Judith Farr)编辑的《艾米莉·狄金森:批评集》(*Emily Dickinson*:*A Collection of Critical Essays*,1996)、格拉伯赫等(Gudrun Grabher et. Al.)编辑的《艾米莉·狄金森手册》(*The Emily Dickinson Handbook*,1998)、理查兹(Eliza Richards)编辑的《语境中的艾米莉·狄金森》(*Emily Dickinson in Context*,2013)、史密斯等(Martha Nell Smith et. al.)编辑的《艾米莉·狄金森指南》(*A Companion to Emily Dickinson*,2014),汇集了狄金森研究的经典或最新成果。

令人欣喜的是,几乎每一部最新论文集中都会收录至少一篇关于狄金森永恒主题诗歌或相关领域的研究成果。但与前一时期相比,似乎更多的注意力被投射到时代语境、文化研究等领域,对其永恒主题诗歌文本本身的批评解读反倒有所回落。

温迪·马丁在《艾米莉·狄金森》(2008)中提出,狄金森的死亡不朽诗歌"并非一定要阐明死亡,而是旨在勘探它的沉默、神秘、不可知性,同时记录

---

① 网址 https://acdc.amherst.edu/browse/collection/collection:ed。

② 网址 http://hcl.harvard.edu/libraries/houghton/collections/modern/dickinson.cfm。

③ 网址 http://www.edickinson.org/。

④ 网址 http://www.emilydickinson.org。

⑤ 网址 http://beta.worldcat.org/archivegrid/data/702153550。

下人类心灵种种情感在面对可怕的死亡之谜时被唤醒的程度与范围。"她首先从时代语境出发,为诗人对于死亡的"迷恋"做出辩护:"尽管狄金森对死亡的迷恋,对于身处一种将死亡推向意识最边缘的文化中的当代读者来说,或许似乎是一种病态的着魔,但这种兴趣在19世纪维多利亚的美国是非常普遍的。"然后,着重阐释了狄金森的死亡不朽主题诗歌与维多利亚时期的感伤主义死亡不朽观的关系:"狄金森最为著名也最为有力的一些诗歌,有赖于它们与感伤主义死亡不朽观的联系,即对后者做出的逆转。"也就是说,狄金森早期曾欣然接受感伤主义令人欣慰的观点,但出于怀疑精神,"虽借用了感伤主义的意象来代表死亡,却以疑问和不确定削弱了它们",以"死亡之谜般更为黑暗、更具威胁性的意象削弱感伤主义的温柔的死亡观念"。总之,诗人最为萦怀的是"死亡'秘密的深处'之不可知性",所以"虽然她的文化试图让死亡变得熟悉甚至舒适,但狄金森通过强调死亡内在的不可理解,削弱了关于死亡和来生的维多利亚式的感伤主义观点"。[①]

柯克比(Joan Kirkby)在《死亡与不朽》(2013)一文中,将狄金森的永恒主题诗歌置于19世纪的"死亡危机"或罗兰·巴特所谓"平淡的死亡"或"扁平化死亡"(flat Death)的时代语境之中,即面对"闯入一个去象征化的死亡的社会,在宗教以外、仪式以外,似乎猛地一头扎进了死亡本身"的时代语境的反思与努力。根据柯克比的描绘,狄金森所处的19世纪新英格兰"弥漫着这些坐立不安的、锲而不舍的、五花八门的关于死亡与延续性的解释",体现了人们为去象征化、去神圣化的死亡寻找替代品,以继续实现某种意义的延续性所做的努力,例如以"化学原理"重新解释圣经中对复活的记载,用"醚"或"以太"的"能量循环"暗示复活与不朽的可能性,致力于生死之间灵媒沟通的"招魂说"或"通灵术"(Spiritualism)的悄然兴起等,这些均在狄金

---

① Wendy Martin. *The Cambridge Introduction to Emily Dickinson*. Shanghai: Shanghai Foreign Language Education Press, 2008, p. 97-98, p. 100-101.

森的永恒主题诗歌中有所反映。①

手稿的出版与研究成为新时期狄金森研究的主要方向之一,且以对传统出版难题——狄金森手稿中大量悬而不决的"变体"(variants)——的直接呈现,揭示了狄金森开放的永恒观,即死亡与不朽是没有结局、不提供慰藉的认识论上的谜,诗人、读者能做的只是一遍遍重返死亡现场的"亲历"。

不同版本的狄金森诗歌、书信的手稿以影印本等更为原始的形式相继面世,如欧伯赫(Dorothy Oberhaus)的《艾米莉·狄金森的诗卷:方法与手段》(*Emily Dickinson's Fascicles:Method & Meaning*,1995)、卡梅伦(Sharon Cameron)的《选择不选择:狄金森的诗卷》(*Choosing not Choosing:Dickinson's Fascicles*,1992)、米切尔(Domhnall Mitchell)的《可能性的维度:艾米莉·狄金森的手稿》(*Measures of Possibility:Emily Dickinson's Manuscripts*,2005)、沃纳和伯尔温(Marta Werner & Jen Bervin)的《绚烂的乌有:艾米莉·狄金森信诗集》(*The Gorgeous Nothings:Emily Dickinson's Envelope-Poems*,2013)、米勒(Cristanne Miller)的《艾米莉·狄金森诗集:如她所保存的》(*Emily Dickinson's Poems:As She Preserved Them*,2016)。

索卡里兹(Alexandra Socarides)在《打岔的诗学:狄金森、死亡、与诗卷》(2014)一文中,通过分析狄金森惯用的"打岔"策略——手稿空白处时常插入的"或者"(Or)一词——揭示了诗人的意图,即为永恒主题诗歌保留开放式结尾,不断带读者重返死亡现场,拒绝实现"挽歌"这一体裁所要求的结局感和慰藉作用。传统的挽歌往往通过寻找替代物、赋义升华等方式来"完成恰当的哀悼工作",而狄金森在诗节空白处插入"或者"(Or)的策略,恰恰是为了对顺利通往终点的语流起到打岔作用。也就是说,她只是借用了维多利亚式挽歌的形式,表达的却是更为现代性的、对于无可挽回的失去与不可理解的死亡之谜的接受、质疑与记录的开放态度。用索卡里兹的话说,就是"狄金森通过'或者'来打岔的方式与她的诗歌主题有着深层的联系",即以

---

① Joan Kirkby. "Death and Immortality," in Eliza Richards, ed. *Emily Dickinson in Context*. New York:Cambridge University Press, 2013, pp. 161–166.

这样一种方式更能"讲述失去的经历、提供关于那种失去的解释"。除了事实上的"打岔",还有隐含的"打岔",即在同一册"诗卷"(fascicle)中——狄金森亲自誊抄并装订的自己部分诗歌的40本小册子——前后几首不同的死亡不朽主题诗歌,每首之间并不存在任何序列关系,而只是几个不同选项之间的"或者"关系,因此对于每一首诗歌的阅读都是一次重返现场、重新面对死亡所产生的断裂或"认识论的困境",而不是企图以任何人为的方式迅速弥合,否认这种断裂。[①]

(四)国内研究现状

国内的狄金森译介起步虽然不算太晚,但进展非常缓慢。经历了20世纪二三十年代的初步关注、寥寥无几的反响,到中华人民共和国成立后的停顿、重提,再到20世纪80年代真正开始对狄金森及其作品的全面译介。

江枫选译并出版了国内第一部《狄金森诗选》(1984)。他突破国内学界对狄金森的"定论",如"题材狭隘"、以"个人情感为中心"、"晦涩难懂"、充满"神秘色彩"、"消极的现代派的起点"[②]等,全面介绍了狄金森的生平与诗歌,并提出诗人并未局限于自我禁闭和自我探索,而是与她的时代精神相通,认为她"虽然阅历不广,但是体验较深",尤其对诗歌题材的选择有"绝对的自由"。[③]

江枫发现狄金森创作了大量死亡主题诗歌,且风格与18、19世纪流行的感伤主义大相径庭:不虚饰、不掩盖、不制造慰藉,而是坦然面对死亡的"真相"。这无疑抓住了狄金森诗歌的精髓。他还注意到狄金森永恒主题诗歌的矛盾性,并从诗人矛盾的宗教观上找到原因,即"宗教信仰难以形成""清教主义影响和怀疑主义倾向同时并存"。但江枫从现实主义文学观的角

---

① Alexandra Socarides. "The Poetics of Interruption: Dickinson, Death, and the Fascicles," in Martha Smith, et. al., eds. *A Companion to Emily Dickinson*. Chichester: Wiley Blackwell, 2014, p. 314, p. 316, p. 323.

② 董衡巽:《美国文学简史》,人民文学出版社1978年版,第217—218页。

③ 狄金森:《狄金森诗选》,江枫译,湖南人民出版社1984年版,第6、19页。

度,提出狄金森的永恒主题诗歌是"借宗教圣坛上的酒杯,浇自己胸中的块垒,用《圣经》的词汇和传教士的口吻发表她对人生的观感",无疑是失之偏颇的①。在19世纪的新英格兰,人们依然保持着宗教内省的玄思习惯,譬如狄金森、赫尔曼·梅尔维尔(Herman Melville)等。他们的诗歌中透露出的痛苦和矛盾,绝不仅仅是"借宗教的酒杯"表达"对人生的观感",而是与其对死亡、永恒等的形而上沉思本身有关。

另一位最早的译者张芸在《狄金森诗钞》(1986)的序言中指出,狄金森是深邃的、献身于艺术的。也就是说,她的隐遁并非"出世","而是为了更深刻地探讨从她年轻时起就向她呈现出巨大神秘的生命的本质",所以狄金森的隐遁只是一种献身艺术的形式,因为"艺术需要时间,需要沉思冥想"。②

国内第一部有影响力的研究专著《狄金森研究》(2006),以专题方式讨论了狄金森的"死亡""宗教"主题诗歌。作者刘守兰认为,狄金森的死亡主题诗歌不同于维多利亚诗人热衷于天国想象的浪漫手法,而是耽于各种死亡场景——包括弥留、葬礼、"墓中生活"等——并对场景本身、逝者与生者的感受等极尽描述,"竭力展示死者面临的各种可能性","把死亡这一不为人知的过程具体化",而不做界定。狄金森宗教主题诗歌的独特性则主要体现在两个方面:第一,对基督教《圣经》,尤其是耶稣故事的改写,"没有把基督的一生当作寓言或传奇故事来欣赏,而是把他当作效仿的榜样,用自己的方式来重现耶稣及各式《圣经》故事人物";第二,将基督教仪式——如寓意着救赎的洗礼、圣餐礼等——与神性的大自然、诗人的想象世界融为一体,以象征手法将"虽然熟悉却拒不接受的基督教文化"转化成独具狄金森个人特色的某种宗教艺术。③

这一时期的重要成果,还有董爱国的隐退隐喻,孙立恒的受虐与自我毁灭说,阮敏桑出于解构主义认识论的"空白边界"与"空白表达"悖论研究,康

---

① 狄金森:《狄金森诗选》,江枫译,湖南人民出版社1984年版,第12—13、19页。
② 狄金森:《狄金森诗钞》,张芸译,四川文艺出版社1986年版,第4页。
③ 刘守兰:《狄金森研究》,上海外语教育出版社2006年版,第268、291、304页。

燕彬的道禅解读,李超慧的陌异维度与死亡不朽隐喻研究,王巧俐的模糊诗学与尘世天堂观点等。

董爱国认为,狄金森诗中的"死亡"实际上比喻的是自己的隐退生活,即在世俗外界生活中"死亡"(消失),隐退到一个完全属于自己的精神、艺术世界之中。同样,狄金森还运用基督教象征论的手法,将自己的隐退比作基督受难,以基督升天象征自己将通过默默努力而死后成名。①

孙立恒从弗洛伊德的死亡本能学说出发,认为狄金森正是在"死的本能"下,即"人类潜伏在生命中的一种破坏性、攻击性、自毁性的驱动"下,通过对死亡场景、葬礼、进入天国过程的详尽想象与描绘,来满足一种"自我毁灭的欲望",并"从中品尝受虐的快乐"。②

阮敏桑从解构主义认识论的视角,探讨了狄金森死亡主题诗歌的语言特点,即以"空白边界"和"空白表达"等认知悖论应对"感知死亡"的"认知困境"。也就是说,当死亡被作为"感知的对象",我们感受到的是意识内部的"空白"及其在我们意识中的"界限"与"印记"。同样,为了表达不可表达的,狄金森还使用了"一种充满空白的语言,一种边界清晰、意义模糊的抽象性或含混性语言",在显现死亡边界的同时,抹去死亡的内容。③ 阮敏桑的认知悖论观点颇具启发性,但其关于狄金森诗歌在显现死亡边界的同时抹去死亡内容的说法则有待商榷。毕竟狄金森的死亡主题诗歌中不乏各种鲜明独特的意象,无论具体的还是抽象的,都不失为某种已然呈现的"内容"。

康燕彬从东方文化,如"以死观生"的道禅思想出发阐释狄金森的死亡观。她认为,狄金森的死亡主题诗歌是"满怀惊惧地直面死亡"的产物,这种

---

① 董爱国:《死亡——狄更生隐退的比喻》,《西安外国语学院学报》2000年第4期,第68—72页。董爱国:《狄更生的死亡比喻与基督》,《外国文学评论》2002年第3期,第102—110页。

② 孙立恒:《虐恋之花:艾米莉·狄金森精神分析初探》,《外语教学》2003年第3期,第95页。

③ 阮敏桑:《"神圣之伤":论狄金森诗歌中"死亡"的认知意义》,《外国文学》2011年第1期,第75页。

直面体现在主人公"常以'濒死者'别样的兴致感受人生,以墓中人的热眼憧憬生命的美好",正如崇阴抑阳,以死亡激发活力的道禅思想所展现出来的消极智慧。①文中不乏真知灼见,但她将狄金森诗歌中"死的力量"完全解释为道禅化的灭欲逍遥、消弭自我的观点,与狄金森对永恒语境中的自我与个体延续性的强调和捍卫是不相符的。

李超慧从"陌异维度"的角度分析了狄金森诗歌中的天堂、圣婚、乐园、死亡等与永恒主题有关的一系列文学隐喻的运行机制。她将狄金森笔下"陌异的天堂"归入疯狂隐喻一类,即由于否定性的陌异维度的内化和心理崩溃而引起的"灵魂对于陌异天堂的恐惧"。"圣婚"隐喻被理解为性欲的隐喻,即"死亡被看作是性高潮的,而性又被看作是致命的"。"死亡"隐喻最为含混复杂,既意味着温暖人性维度的丧失和对深渊的恐惧,又意味着与陌异维度遭遇时产生的"危险的极乐",如幻象体验,以及"在场的不朽",即生命陶醉的体验。②

王巧俐从狄金森对待宗教的矛盾态度出发,提出狄金森是以心灵体验来探索宗教命题,从寻求对上帝的信仰逐渐走到了神秘而不可知的领域,并以诗歌的方式建立起自己独特的信仰王国。狄金森从上帝与《圣经》代表的"中心"领域逐渐走向了诗人所在的"周缘",即边缘地带,以空白、含混等否定中心的模糊诗学来对抗传统、宣扬自我的主权,同时以诗歌的方式在未知、可能、神秘的疆域构建起自己独特的信仰——尘世天堂。③

总的来说,永恒主题在狄金森的诗歌创作乃至思想意识中发挥着基础性的、渗透性的作用,其重要性已在国内外专家学者中达成共识。虽然评论家们从不同视角,对这些诗歌从语言风格、文化语境、诗人的心理分析、创作

---

① 康燕彬:《狄金森死亡隐喻的道禅解读》,《英美文化研究论丛》2015年第3期,第192—206页。

② 李超慧:《艾米莉·狄金森诗歌中的隐喻研究》,西南交通大学出版社2016年版,第50、90、114、122页。

③ 王巧俐:《狄金森的宗教观与诗歌创作关系研究》,山东大学2016年博士论文,第Ⅲ页。

动机,到私写作与私编辑方式、平行文化比较等领域做出研究并取得相应的成果,但对永恒主题诗歌的内容本身,譬如狄金森所构筑的从死亡、复活到不朽的"永恒王国"的特殊表现形式,所使用的意象系统、语言机制,以及背后蕴藏的作者复杂的思想意识等,仍采取一种语焉不详、点到为止的态度——譬如,将狄金森的永恒体验统称为"在她可怕的幻象背后的无论什么东西"(特德·休斯),或以只有边界而没有内容的"空白边界""空白表达"作为这些诗歌的语言特征(阮敏桑),等等——其实这仍是对狄金森永恒主题诗歌内容本身的一种回避与拒绝。

参考文献

狄金森诗歌、书信集

[1]JOHNSON T. The poems of Emily Dickinson, including variant readings critically compared with all known manuscripts [M]. Cambridge: The Belknap Press of Harvard University Press, 1955.

[2]JOHNSON T. The letters of Emily Dickinson [M]. Cambridge: The Belknap Press of Harvard University Press, 1958.

[3]JOHNSON T. The complete poems of Emily Dickinson[M]. Boston: Little Brown & Company, 1960.

[4]FRANKLIN R W. The manuscript books of Emily Dickinson [M]. Cambridge: The Belknap Press of Harvard University Press, 1981.

[5]FRANKLIN R W. The poems of Emily Dickinson, variorum edition[M]. Cambridge: The Belknap Press of Harvard University Press, 1998.

[6]FRANKLIN R W. The poems of Emily Dickinson, reading edition[M]. Cambridge: The Belknap Press of Harvard University Press, 1999.

[7]HUGHES T. Emily Dickinson: poems selected by Ted Hughes [M]. London: Faber and Faber, 2004.

[8]TODD M L, HIGGINSON T W. Poems by Emily Dickinson[M]. Three Series. Rarebooksclub.com, 2012.

[9]狄金森.狄金森诗选[M].江枫,译.长沙:湖南人民出版社,1984.

[10]狄金森.狄金森书信选[M].康燕彬,译.北京:人民出版社,2014.

[11]狄金森.狄金森全集[M].蒲隆,译.上海:上海译文出版社,2014.

[12]狄金森.狄金森诗钞[M].张芸,译.成都:四川文艺出版社,1986.

其他参考文献

[1]ABRAMS M H, HARPHAM G G. A glossary of literary terms [M]. Beijing: Foreign Language Teaching and Research Press, 2010.

[2]BALDICK C. Oxford concise dictionary of literary terms [M]. Shanghai: Shanghai Foreign Language Education Press, 2000.

[3]BENNETT F. A reference guide to the Bible in Emily Dickinson's poetry [M]. Lanham: The Scarecrow Press Inc., 1997.

[4]BLOOM H. Emily Dickinson[M]. New York: Chelsea House Publishers, 1985.

[5]BRANTLEY R. Experience and faith: The late-romantic imagination of Emily Dickinson[M]. New York: Palgrave Macmillan, 2004.

[6]BUCKINGHAM W. Emily Dickinson's reception in the 1890s: a documentary history[M]. Pittsburgh: University of Pittsburgh Press, 1989.

[7]BURBICK J. Emily Dickinson and the economics of desire[M]//FARR J. Emily Dickinson: a collection of critical essays. Upper Saddle River: Prentice Hall, 1996: 76-88.

[8]CAPPS J L. Emily Dickinson's reading, 1836-1886[M]. Cambridge: Harvard University Press, 1966.

[9]CARUTH C. Trauma: explorations in memory [M]. Baltimore: Johns Hopkins University Press, 1995.

[10]DEIKMAN A J. "I" =Awareness [J]. Journal of consciousness studies, 1996, 3(4): 350-356.

[11]DEPPMAN J, NOBLE M, STONUM G L. Emily Dickinson and philosophy [M]. New York: Cambridge University Press, 2013.

[12]DEPPMAN J. Say some philosopher![M]//RICHARDS E. Emily Dickinson in context. New York: Cambridge University Press, 2013: 257-267.

[13]DIEHL J F. Dickinson and the romantic imagination [M]. Princeton: Princeton University Press, 1981.

[14]EBERWEIN J D. An Emily Dickinson encyclopedia [M]. Westport: Greenwood Press, 1998.

[15]EBERWEIN J D. New England puritan heritage [M]// RICHARDS E. Emily Dickinson in context. New York: Cambridge University Press, 2013: 46-55.

[16]FREEDMAN L. Emily Dickinson and the religious imagination [M]. Cambridge: Cambridge University Press, 2011.

[17]FREUD S. Beyond the pleasure principle, group psychology and other works[M]. London: The Hogarth Press, 1955:12-13.

[18]GILBERT S M, GUBAR S. The Madwoman in the Attic: the women writers and the nineteenth century literary imagination[M]. New Haven: Yale University Press, 1979.

[19]GORDON L. Lives like loaded guns: Emily Dickinson and her family's feuds[M]. London: Hachette Digital, 2010.

[20]GRABHER G. The Emily Dickinson handbook[M]. Amherst: University of Massachusetts Press, 1998.

[21]GRIFFITH C. The long shadow: Emily Dickinson's tragic poetry [M]. Princeton: Princeton University Press, 1964.

[22]JOHNSON T. Emily Dickinson: an interpretive biography[M]. Cambridge: The Belknap Press of Harvard University Press, 1955.

[23]JUHASZ S. Feminist critics read Emily Dickinson [M]. Bloomington: Indiana University Press, 1983.

[24]KIMPEL B. Emily Dickinson as philosopher[M]. New York: The Edwin Mellen Press, 1981.

［25］KIRKBY J. Death and immortality［M］// RICHARDS E. Emily Dickinson in context. New York: Cambridge University Press, 2013: 160-168.

［26］LAKOFF G, TURNER M. More than cool reason: a field guide to poetic metaphor［M］. Chicago: The University of Chicago Press, 1989.

［27］LEYDA J. The years and hours of Emily Dickinson［M］. New Haven: Yale University Press, 1960.

［28］LUNDIN R. Emily Dickinson and the art of belief［M］. Grand Rapids: William B. Eerdmans, 1998.

［29］MARTIN W. All things Dickinson: an encyclopedia of Emily Dickinson's world［M］. Santa Barbara: Greenwood, 2014.

［30］MARTIN W. The cambridge companion to Emily Dickinson［M］. Shanghai: Shanghai Foreign Language Education Press, 2004.

［31］MARTIN W. The cambridge introduction to Emily Dickinson［M］. Shanghai: Shanghai Foreign Language Education Press, 2008.

［32］MCINTOSH J. Nimble believing: Dickinson and the unknown［M］. Ann Arbor: The University of Michigan Press, 2004.

［33］MCINTOSH J. Religion［M］//RICHARDS E. Emily Dickinson in context. New York: Cambridge University Press, 2013: 151-159.

［34］MCNAUGHTON R F. Emily Dickinson on death［J］. Prairie Schooner, 1949, 23(2): 203-214.

［35］MESSMER M. Dickinson's critical reception［M］//GRABHER G. The Emily Dickinson handbook. Amherst: University of Massachusetts Press, 1998: 299-322.

［36］MITCHELL D, STUART M. The international reception of Emily Dickinson［M］. London: Continuum, 2009.

［37］PETRINO E A. British Romantic and Victorian influences［M］//RICHARDS E. Emily Dickinson in context. New York: Cambridge University Press, 2013: 98-108.

[38]POLLAK V. A historical guide to Emily Dickinson [M]. New York: Oxford University Press, 2004.

[39]RICHARDS E. Emily Dickinson in context [M]. New York: Cambridge University Press, 2013.

[40]SEWALL R. Emily Dickinson: a collection of critical essays [M]. Upper Saddle River: Prentice Hall, 1963.

[41]SEWALL R. The life of Emily Dickinson [M]. Cambridge: Harvard University Press, 1994.

[42]SMITH M, LOEFFELHOLZ M. A companion to Emily Dickinson [M]. Chichester: Wiley Blackwell, 2014.

[43]SOCARIDES A. The poetics of interruption: Dickinson, death and the fascicles [M]// SMITH M, LOEFFELHOLZ M. A Companion to Emily Dickinson. Chichester: Wiley Blackwell, 2014: 309-333.

[44]SON H. Alterity and the lyric: Heidegger, Levinas, and Emily Dickinson [M]. Seoul: Seoul National University, 2007.

[45]ST ARMAND B L. Emily Dickinson and her culture: the soul's society [M]. Cambridge: Cambridge University Press, 1984.

[46]STONUM G L. Dickinson's literary background [M]//GRABHER G. The Emily Dickinson handbook. Amherst: University of Massachusetts Press, 1998: 44-60.

[47]WHICHER G. This was a poet, a critical biographer of Emily Dickinson [M]. New York: Charles Scribner's Sons, 1938.

[48]WOLFF C G. Emily Dickinson [M]. Cambridge: Perseus Publishing, 1988.

[49]ZAPEDOWSKA M. Citizens of paradise: Dickinson and Emmanuel Levinas's phenomenology of the home [J]. The Emily Dickinson Journal, 2003, 12 (2): 69-92.

[50]艾布拉姆斯. 镜与灯:浪漫主义文论及批评传统[M]. 郦稚牛,张照进,

童庆生,译.北京:北京大学出版社,2004.

[51]列维纳斯.上帝·死亡和时间[M].余中先,译.北京:生活·读书·新知三联书店,1997.

[52]罗素.从科学到神:一位物理学家的意识探秘之旅[M].舒恩,译.深圳:深圳报业集团有限公司,2012.

[53]柏拉图.柏拉图对话录[M].王太庆,译.北京:商务印书馆,2004.

[54]柏拉图.柏拉图全集:第一卷[M].王晓朝,译.北京:人民出版社,2002.

[55]陈立胜.自我与世界:以问题为中心的现象学运动研究[M].北京:北京燕山出版社,2017.

[56]陈也奔.康德与费希特——从先验统觉向自我意识的过渡[J].黑龙江社会科学,2000(6):25-28.

[57]邓晓芒.黑格尔《精神现象学》中的自我意识溯源[J].哲学研究,2011(8):70-76.

[58]笛卡尔.第一哲学沉思录[M].庞景仁,译.北京:商务印书馆,1986.

[59]董衡巽.美国文学简史[M].北京:人民文学出版社,1978.

[60]克里克.惊人的假说——灵魂的科学探索[M].汪云九,齐翔林,吴新年,等译.长沙:湖南科学技术出版社,2001.

[61]郭劲松.论柯勒律治的有机整体诗学观[D].武汉:华中师范大学,2011.

[62]布鲁姆.西方正典[M].江宁康,译.南京:译林出版社,2011.

[63]博尔赫斯.永恒史[M].刘京胜,屠孟超,译.上海:上海译文出版社,2015.

[64]黑格尔.精神现象学[M].贺麟,王玖兴,译.北京:商务印书馆,1979.

[65]黑格尔.精神哲学[M].杨祖陶,译.北京:人民出版社,2006.

[66]黄瑜.他者的境域——列维纳斯伦理形而上学研究[M].北京:中国社会科学出版社,2014.

[67]华兹华斯.序曲或一位诗人心灵的成长[M].丁宏为,译.北京:北京大学出版社,2017.

[68]康德.实践理性批判[M].邓晓芒,译.北京:人民出版社,2003.

[69]康燕彬.狄金森死亡隐喻的道禅解读[J].英美文化研究论丛,2015(3):192-206.

[70]巴克斯特.圣徒永恒的安息[M].许一新,译.北京:生活·读书·新知三联书店,2013.

[71]李超慧.艾米莉·狄金森诗歌中的隐喻研究[M].成都:西南交通大学出版社,2016.

[72]李恒威.意识:从自我到自我感[M].杭州:浙江大学出版社,2011.

[73]刘守兰.狄金森研究[M].上海:上海外语教育出版社,2006.

[74]海德格尔.存在与时间[M].陈嘉映,王庆节,译.北京:生活·读书·新知三联书店,2014.

[75]海德格尔.荷尔德林诗的阐释[M].孙周兴,译.北京:商务印书馆,2014.

[76]尼采.偶像的黄昏[M].李超杰,译.北京:商务印书馆,2013.

[77]莱考夫,约翰逊.我们赖以生存的隐喻[M].何文忠,译.杭州:浙江大学出版社,2015.

[78]阮敏桑."神圣之伤":论狄金森诗歌中"死亡"的认知意义[J].外国文学,2011(1):68-75.

[79]斯通普夫,菲泽.西方哲学史:从苏格拉底到萨特及其后[M].匡宏,邓晓芒,译.北京:世界图书出版公司,2009.

[80]卢克斯.个人主义[M].阎克文,译.南京:江苏人民出版社,2001.

[81]孙立恒.虐恋之花:艾米莉·狄金森精神分析初探[J].外语教学,2003(3):93-95.

[82]王巧俐.狄金森的宗教观与诗歌创作关系研究[D].济南:山东大学,2016.

[83]王晓华.中世纪基督教美学的身体观与身体意象探析[J].河北学刊,2012(4):30-36.

[84]谢文郁.身体观:从柏拉图到基督教[J].云南大学学报(社会科学版),2010,9(5):11-22.

[85]五十奥义书[M].徐梵澄,译.北京:中国社会科学出版社,2007.

[86]黄裕生.西方哲学史:第三卷[M].北京:人民出版社,2011.

[87]塞尔.心灵导论[M].徐英瑾,译.上海:上海人民出版社,2008.

[88]沃尔夫莱.批评关键词:文学与文化理论[M].陈永国,译.北京:北京大学出版社,2015.

[89]张瑞华:清教与美国——美国精神的寻根之旅[M].北京:中央编译出版社,2015.

[90]张尧均.隐喻的身体:梅洛-庞蒂身体现象学研究[M].杭州:中国美术学院出版社,2006.

[91]张媛.美国基因——新英格兰清教社会的世俗化[M].北京:中央编译出版社,2016.

[92]沃尔弗雷斯.21世纪批评述介[M].张琼,张冲,译.南京:南京大学出版社,2009.

后　记

　　犹记得博士入学之际,我毫不犹豫地选择了狄金森诗歌作为自己的研究对象。事实上,这也正是我重返母校攻读博士学位的目的所在。愚钝如我,终于可以将历经漫长时光结出的这颗青涩果实小心摘下,留作进一步研究的种子,不得不说幸甚至哉!

　　这种庆幸,不仅仅是因为没有辜负时光,更是因为得师相助,与有荣焉!我从硕士阶段就师从浙江大学高奋教授,她要求每位研究生每月参加两次讨论会,当面向她汇报自己最新的读书成果或研究进展。讨论会上,近十位同学逐一展示自己的成果,经常絮絮叨叨一讲就是两三个小时,高老师都会耐心倾听、细心询问,然后一针见血地指出我们或许没有意识到、或许想要为自己减压而试图回避的问题。我们日常所见的温婉和顺、事事为人留有余地的高老师,在每次讨论会上却会收起她所有的"同情",执起严厉的"教鞭",促使我们打消怠惰的企图,在一次次醍醐灌顶的警醒后继续砥砺前行。

　　同样要感谢的,是杭州师范大学外国语学院的殷企平教授和浙江大学外国文学研究所的方凡教授、郭国良教授、何辉斌教授、隋红升教授、孙燕萍教授。令学子深深敬佩的名师专家们,一次次牺牲自己宝贵的休息时间,对我们尚不成熟的各个阶段性成果进行现场评审,为我们指点迷津。是他们的付出,使我们从开题到成稿,一步一个脚印地走到现在。

　　还要感谢的是我的研究生小伙伴们,在每一个重要时刻,大家互相监督、互相激励,无私分享自己的学术经验和教训。希望大家都能风雨之后见彩虹,早日得偿所愿!

　　最后还要感谢我的爱人,从读研到读博,从未对我的这些重大人生决定提出过任何异议,最多只是要求我保证正常的饮食和作息习惯,以确保身体健康。

　　这几年,从热爱、憧憬到迷惑、质疑,再在诸位老师与同学的帮助下,通过一次次求证,重拾信心。经历了从立意构思到语言形式一遍遍的修正、打磨,终于使自己懵懂的热爱一点点"成长"为较为清晰的思路,并结出一颗小小的希望的种子。在此只想再说一声,谢谢大家!

向玲玲

2021年元旦